OFFRANDE FUNÈBRE

DES MÊMES AUTEURS
CHEZ LE MÊME ÉDITEUR

Nuit sans fin, 2018.
Noir sanctuaire, 2017.
A comme apocalypse, 2016.
Mortel Sabbat, 2016.
Labyrinthe fatal, 2015.
S comme survivre, 2014.
Tempête blanche, 2014.
Descente en enfer, 2013.
C comme cadavre, 2013.
R pour revanche, 2012.
Vengeance à froid, 2012.
Les Sortilèges de la cité perdue, 2012.
Fièvre mutante, 2011.
Cauchemar génétique, rééd. 2011.
Valse macabre, 2010.
Le Piège de l'architecte, rééd. 2010.
Croisière maudite, 2009.
Le Grenier des enfers, rééd. 2009.
Le Livre des trépassés, 2008.
Relic, rééd. 2008.
Danse de mort, 2007.
Le Violon du diable, 2006.
Les Croassements de la nuit, 2005.
La Chambre des curiosités, 2003.
Ice Limit, 2002.

DE DOUGLAS PRESTON

Jennie, rééd. 2017.
Le Projet K, 2015.
Impact, 2011.
Credo, le dernier secret, 2009.
T-Rex, 2008.
Le Codex, 2007.

DE DOUGLAS PRESTON
& MARIO SPEZI

Le Monstre de Florence, 2010.

DOUGLAS PRESTON
& LINCOLN CHILD

OFFRANDE FUNÈBRE

traduit de l'américain (États-Unis)
par Sebastian Danchin

l'Archipel

Ce livre a été publié sous le titre
Verses for The Dead
par Grand Central Publishing, New York, 2018.

Notre catalogue est consultable à l'adresse suivante :
www.editionsarchipel.com

Éditions de l'Archipel
34, rue des Bourdonnais
75001 Paris

ISBN 978-2-8098-2646-3

1

Isabella Guerrero – que ses amis et les membres de son club de bridge appelaient Iris – traversa le cimetière de Bayside dont les palmiers ondulaient paresseusement sous un ciel d'azur limpide. À 7 h 30 du matin, la température avoisinait les 25 degrés et la rosée détrempait ses sandales de cuir. Elle avançait précautionneusement entre les sépultures en serrant d'une main potelée un sac Fendi, de l'autre la laisse sur laquelle tirait son pékinois Twinkle. Moins de trois semaines plus tôt, embarrassée par son sac à provisions, son amie Grace Manizetti avait perdu l'équilibre et s'était fracturé le bassin en rentrant du supermarché voisin.

Ouvert depuis une demi-heure à peine, le cimetière était désert, à la grande satisfaction d'Iris qui regrettait de voir l'invasion des touristes croître chaque année à Miami Beach. Même ici, à la pointe nord de l'île, la circulation était plus dense que celle du New York de son enfance. Sans parler de cet horrible centre commercial qui avait poussé quelques années plus tôt au nord de la 96e Rue, de tous ces gens issus des quartiers sud qui envahissaient peu à peu le secteur avec leurs *bodegas*, leurs *casas* et leurs *tiendas*. Francis avait eu le nez fin d'acheter leur appartement dans l'une des tours dominant la plage de Surfside, loin de tous ces intrus.

Francis dont elle apercevait la tombe un peu plus loin, sa stèle déjà blanchie par le soleil de Floride. Twinkle, sentant que sa maîtresse arrivait à destination, cessa de tirer sur sa laisse.

Depuis que le destin lui avait ravi Francis trois ans auparavant, Iris avait pris la mesure de ce qu'elle lui devait. Il avait insisté pour quitter New York et déménager la boucherie héritée de son père au meilleur moment, à l'époque où la Floride était bon marché, où cette partie de Collins Avenue était encore paisible, et il en avait fait un commerce florissant. Il avait surtout eu l'intelligence de vendre le magasin en 2007, juste avant la crise. L'énorme plus-value engrangée à cette occasion lui avait permis d'acheter leur appartement du Grand Palms au moment où les prix de l'immobilier dégringolaient, leur assurant une retraite confortable. Qui aurait pu prévoir qu'un cancer du pancréas l'emporterait aussi soudainement ?

Iris s'immobilisa au pied de la tombe et prit le temps d'admirer la baie de Biscayne, avec ses myriades de voiles blanches et ses couleurs tropicales. Le cimetière lui-même était une oasis de paix, particulièrement en cette heure matinale. Même au mois de mars, au plus fort de la saison touristique, Iris pouvait s'y recueillir tranquillement.

Le petit vase de fleurs artificielles posé au pied de la stèle était de travers, sans doute à cause de la tempête tropicale qui avait sévi l'avant-veille. Elle s'agenouilla péniblement, le redressa et sortit de son sac un mouchoir à l'aide duquel elle nettoya les fleurs. Au même moment, son pékinois tira de plus belle sur sa laisse.

— Twinkle ! le tança-t-elle. Arrête !

Francis, qui avait toujours détesté ce nom, appelait le chien Tyler, en hommage à la rue dans laquelle il avait grandi. Pour sa part, Iris préférait Twinkle. À présent que Francis était mort, sans doute ne lui en voudrait-il pas.

Elle enfonçait le vase dans le gazon et tassait la terre tout autour lorsqu'elle crut apercevoir une silhouette du coin de l'œil. Le gardien, sans doute, ou bien quelqu'un venu honorer un défunt. Le temps de prononcer la prière que Francis et elle n'avaient jamais manqué de dire avant de se coucher, et elle regagnerait le Grand Palms où l'attendait une réunion de copropriété. Elle comptait bien dire ce qu'elle pensait de l'état lamentable des plantations à l'entrée de l'immeuble.

Twinkle se mit soudain à japper. Elle le gronda à nouveau, d'autant plus agacée que le pékinois était relativement sage en temps ordinaire. Elle se relevait lorsqu'il lui arracha la laisse du poignet et prit la fuite en aboyant.

— Twinkle ! cria-t-elle. Reviens ici tout de suite !

L'animal s'arrêta brusquement à côté d'une tombe de la rangée voisine. Même à cette distance, Iris remarqua que des fleurs coupées et une note manuscrite avaient été déposées sur l'herbe. En soi, ce détail n'avait rien d'anormal, mais Iris s'étonna de voir Twinkle s'acharner sur un objet gisant au pied de la stèle.

— Twinkle !

Avait-il trouvé un vieux jouet pour chien? Ou alors un bonbon abandonné par un enfant? Iris rangea le mouchoir au fond de son sac et se dirigea vers l'animal en le grondant. Elle arrivait près de lui lorsqu'il prit la fuite en emportant son trésor. Surprise, elle le vit disparaître au milieu d'un bosquet de palmiers.

Elle laissa échapper un soupir agacé. Francis aurait été furieux, lui qui affirmait à tout bout de champ que les chiens méritaient d'être punis à la moindre incartade. « Sale bête », aurait-il pesté.

Iris se promit de priver Twinkle de biscuits à la figue et se lança à sa poursuite en maugréant. Elle s'arrêta au pied des palmiers, perdue, ne voyant nulle part son pékinois. Elle ouvrait la bouche pour l'appeler, mais se ravisa en se souvenant qu'elle se trouvait dans un cimetière.

Au même instant, elle aperçut Twinkle une vingtaine de mètres plus loin en train de gratter furieusement une plate-bande d'amaryllis.

Horrifiée, Iris se précipita en serrant son sac à main contre elle. Le chien était si bien occupé à creuser la terre qu'il ne la vit pas arriver dans son dos et ramasser la laisse. Il fit un bond en sentant sa maîtresse le tirer en arrière, mais il refusa de lâcher sa proie.

— Vilain chien! le tança Iris à mi-voix. *Vilain chien!*

En voulant lui retirer son trésor, elle découvrit un objet indéfinissable, couvert de terre, de la taille d'un ballon de football miniature.

— Lâche ça tout de suite! s'écria-t-elle.

Twinkle montra les crocs, mais Iris, refusant de se laisser intimider, s'évertua à lui reprendre l'objet mystérieux sans y parvenir tant il était poisseux. La maîtresse et son chien se lancèrent dans une lutte impitoyable, la première tirant tandis que le second refusait de se laisser déposséder, ses griffes enfoncées dans le gazon. Iris lança un regard inquiet par-dessus son épaule, mais le petit groupe qui se recueillait un peu plus loin n'avait rien remarqué.

La bataille se poursuivit pendant trente secondes jusqu'à ce que l'animal finisse par céder, ses mâchoires étant trop petites pour sa proie. Iris se redressa en s'assurant qu'elle tenait fermement la laisse avant de s'apercevoir que l'objet gluant était un morceau de viande dont s'échappait un liquide rouge visqueux. Elle en avait les mains toutes tachées, à l'instar du museau de Twinkle. Elle se serait volontiers débarrassée de cet étrange trophée caoutchouteux si elle n'avait pas eu la certitude que Twinkle s'en emparerait à nouveau. Elle prit le mouchoir dans son sac afin d'essuyer le morceau de viande en se demandant qui avait bien pu l'abandonner sur une tombe.

Elle se tétanisa, horrifiée, en voyant apparaître un curieux tube sanguinolent de la taille d'une durite de voiture. Elle avait suffisamment travaillé dans la boucherie de son mari pour comprendre de quoi il s'agissait.

Elle jeta l'horrible chose loin d'elle en poussant un cri de dégoût. Le chien en profita pour s'en emparer et s'enfuir triomphalement après avoir arraché sa laisse une nouvelle fois. Iris ne prêta même pas attention à son manège. Les tempes bourdonnantes, elle sentit monter en elle une bouffée de chaleur tandis que des taches noires papillonnaient devant ses yeux. La rumeur qui lui vrillait le crâne atteignit son paroxysme et c'est tout juste si elle eut le temps de voir le petit groupe de la tombe voisine se précipiter vers elle avant de s'évanouir.

2

Le directeur adjoint Walter Pickett, la taille ceinte d'un drap de bain, se détendait dans le sauna surchauffé dont les autres bancs de bois étaient inoccupés, en dehors de celui, proche de la porte, sur lequel avait pris place un homme élancé à la carrure de nageur. Pickett avait soigneusement veillé à s'installer près du broc d'eau permettant de contrôler le degré d'humidité de la pièce.

Un document glissé dans une chemise en plastique était posé à côté de lui.

Il lança un coup d'œil en direction du thermomètre fixé à la cloison : 74 degrés, la température idéale.

Le sauna, voisin du vestiaire et des douches réservées aux hommes, se trouvait dans l'Annexe de Worth Street. Le bâtiment abritait divers services fédéraux ainsi qu'un club de tir, des courts de squash et une piscine, le tout à une portée de flèche de son bureau du 26 Federal Plaza. Pickett était à des années-lumière des locaux pour le moins spartiates de l'antenne du FBI à Denver où il était encore en poste trois mois plus tôt.

Depuis sa sortie de l'école du Bureau, Pickett avait rapidement gravi les échelons. Il avait brillé successivement dans le contre-espionnage, les enquêtes criminelles et l'inspection générale des services, le gendarme interne du FBI, tout en convoitant depuis toujours la direction du bureau de New York, dont il avait désormais la charge. Ce poste recherché constituait un excellent tremplin pour quiconque souhaitait à terme être affecté au siège du Bureau à Washington.

Il s'adossa à la cloison brûlante et sentit s'ouvrir les pores de sa peau. Les paupières mi-closes, il se plongea dans ses pensées. Sans jamais douter de ses capacités, il avait toujours évité de tomber dans les pièges qui avaient coûté leur carrière à tant de collègues doués : la vantardise, le carriérisme ou encore le despotisme. Il avait beaucoup appris au sein du service Interrogatoire du Bureau où il avait passé plusieurs années à sa sortie de l'école. Au même titre que son séjour à l'inspection générale des services, ce premier poste l'avait doté d'une sagacité psychologique rare chez un cadre du FBI. Depuis, il avait largement tiré profit de sa parfaite connaissance du comportement humain.

Il avait trouvé l'antenne new-yorkaise du Bureau dans un état de délabrement avancé. Le moral des agents était au plus bas et le taux d'élucidation des affaires n'atteignait pas la moyenne nationale. Le service souffrait de graves lourdeurs bureaucratiques, une situation qu'il avait réglée en multipliant les mutations et les retraites anticipées. Pickett avait le sens du détail, prenant le temps de s'intéresser aux différents services dont il avait la charge de façon à confier des responsabilités accrues aux individus les plus prometteurs, sans se soucier de leur ancienneté. Cet art de la méritocratie avait redonné un élan bienvenu à ses troupes. Si ses subordonnés s'étaient initialement méfiés de lui au prétexte qu'il était passé par les Responsabilités professionnelles, il avait su gagner leur respect et leur confiance. L'antenne de New York était désormais une machine bien huilée dont le palmarès affichait des signes de progression, et Pickett avait réussi cet exploit en l'espace d'une saison tout en veillant soigneusement à ne pas fanfaronner.

Il lui restait toutefois un problème à régler. Une épine dans le pied dont il avait hérité de son prédécesseur, et qu'il avait souhaité garder pour la fin.

Au cours de sa carrière, Pickett avait croisé la route de bien des agents à problèmes. L'expérience lui avait enseigné qu'il s'agissait de solitaires asociaux, ou bien alors de types aigris qui en voulaient à la terre entière. Pickett n'hésitait pas à se débarrasser des poids morts de cette espèce en les envoyant dans le Nebraska. Quant aux trublions les plus prometteurs, le mieux était encore de leur remettre les idées en place en leur confiant des enquêtes atypiques, histoire de les déstabiliser. Cette technique, acquise à l'époque où il travaillait à l'inspection générale des services, pouvait se révéler très efficace avec les agents tentés de faire cavalier seul.

À en croire le dossier de l'intéressé, c'était notamment le cas de l'agent qu'il s'apprêtait à rencontrer. Il leva le nez vers la pendule et constata qu'il était 13 heures. La porte du sauna s'ouvrit au même moment et un individu pénétra dans la pièce surchauffée. Pickett masqua sa surprise du mieux qu'il le pouvait en découvrant un homme svelte aux cheveux d'un blond presque blanc, doté d'un regard bleu de glace impénétrable. Loin de porter une serviette-éponge autour des reins, il était vêtu d'un costume noir de coupe impeccable et d'une chemise blanche soigneusement amidonnée, rehaussée d'une cravate parfaitement nouée. Ses chaussures de bottier étaient parfaitement cirées. De toutes les questions qu'il aurait pu se poser, Pickett se demanda si son visiteur avait traversé le vestiaire dans cette tenue. Il n'osait imaginer les réactions des autres agents.

Le second occupant du sauna releva la tête, afficha son étonnement d'un froncement de sourcils et baissa aussitôt les yeux.

Pickett, qui connaissait la réputation d'excentricité de son visiteur, reprit rapidement ses esprits. Il avait pourtant choisi de lui fixer rendez-vous dans ce sauna pour mieux l'ébranler, sûr d'avoir le dessus sur lui s'il le recevait à moitié nu.

Le mieux était encore de voir où le menait cet entretien.

Il remplit d'eau une louche dont il fit couler le contenu sur les pierres brûlantes. Un épais nuage de vapeur envahit l'espace.

— Inspecteur Pendergast? dit-il d'une voix égale.

L'homme en noir hocha le chef.

— Lui-même.

— Vous trouverez plusieurs rangées de casiers de l'autre côté des douches, si vous souhaitez vous changer.

— Ce ne sera pas nécessaire. La chaleur ne me dérange pas.

Pickett l'examina de la tête aux pieds.

— Dans ce cas, asseyez-vous.

L'inspecteur s'empara d'une serviette sur la pile disposée près de la porte, épongea le banc voisin de celui de Pickett, replia la serviette et s'assit.

Pickett veilla à ne pas laisser percer sa surprise.

— Tout d'abord, je tiens à vous présenter toutes mes condoléances pour la mort de Howard Longstreet. C'était un homme remarquable dont j'ai cru comprendre qu'il vous avait formé.

— C'était l'être humain le plus brillant qu'il m'ait été donné de croiser, à une exception près.

Pickett ne s'attendait pas à une telle réaction, ce qui ne l'empêcha pas d'acquiescer sans se laisser démonter.

— Je souhaitais m'entretenir avec vous depuis quelque temps, j'espère que vous ne m'en voudrez pas de ma franchise.

— Bien au contraire. À l'image des couteaux, les échanges les plus tranchants sont les plus efficaces.

Pickett chercha en vain une marque d'insolence sur les traits de son interlocuteur.

— Je ne vous étonnerai pas en vous disant qu'on m'a beaucoup parlé de vous depuis mon arrivée à la tête de ce service. Officiellement comme officieusement. Pour être franc, vous avez une réputation de loup solitaire, tout en jouissant d'un taux de réussite très élevé dans vos enquêtes.

Pendergast accueillit le compliment par un très léger hochement de tête. Le moindre de ses mouvements, à l'instar de sa façon de s'exprimer, était félin.

— On peut cependant s'étonner du nombre anormalement élevé de suspects qui *décèdent au cours de l'enquête*, si vous me permettez d'utiliser l'expression consacrée au sein du FBI.

Nouveau hochement de tête.

— Le directeur adjoint Longstreet n'était pas seulement votre mentor, c'était également votre ange gardien. D'après ce que j'ai cru comprendre, il s'est toujours efforcé de vous protéger des enquêtes internes, de défendre vos méthodes peu orthodoxes et de vous épargner toute réprimande. À présent que Longstreet n'est plus là, les huiles du Bureau hésitent sur la conduite à tenir à votre endroit.

Pickett, qui s'attendait à lire une lueur d'inquiétude dans le regard de son interlocuteur, fut surpris de n'en voir aucune. Il cacha son trouble en versant une nouvelle louche d'eau sur les pierres brûlantes. À l'intérieur du sauna, la température avait franchi la barre des 80 degrés.

Pendergast rajusta son nœud de cravate et passa nonchalamment une jambe par-dessus l'autre. On aurait pu croire qu'il ne transpirait même pas.

— En clair, nous avons décidé de continuer à vous confier des enquêtes impliquant des psychopathes, ce qui vous permettra de recourir aux méthodes qui vous ont si bien réussi jusqu'à présent. En y mettant quelques conditions, naturellement.

— Naturellement, répéta Pendergast.

— Ce qui m'amène à votre nouvelle mission. Un cœur humain a été découvert ce matin sur une sépulture du cimetière de Miami Beach. La tombe était celle d'une certaine Élise Baxter, qui s'est donné la mort en s'étranglant à l'aide d'un drap il y a onze ans dans la bourgade de Katahdin, dans le Maine. Sa tombe…

— Pour quelle raison Mme Baxter était-elle enterrée en Floride? l'interrompit Pendergast d'une voix onctueuse.

Pickett, qui n'aimait pas être coupé, afficha son agacement.

— Elle vivait ordinairement à Miami et se trouvait en week-end dans le Maine. Ses proches ont organisé le rapatriement de sa dépouille.

Il se tut afin de s'assurer que Pendergast n'avait pas d'autre question, puis il s'empara de la feuille dans sa chemise en plastique.

— On a retrouvé sur la tombe une note rédigée en ces termes: «Chère Élise, je suis désolé de ce qui vous est arrivé. Savoir ce que vous avez enduré me hante depuis des années. J'espère que vous accepterez ce présent en signe de sincères condoléances. Enfuyons-nous donc, toi et moi, d'autres attendent leur offrande.» La lettre était signée: « M. Cœur-Brisé», conclut Pickett avant de marquer une pause dramatique.

— C'est fort aimable à M. Cœur-Brisé, bien que le cadeau en question soit d'un goût douteux, remarqua Pendergast.

Un pli barra le front couvert de transpiration de Pickett. Cette fois encore, il ne crut déceler aucune marque d'insolence chez son interlocuteur. Ce dernier, assis à côté de lui, paraissait frais comme une rose malgré la chaleur ambiante.

— Le cœur a été découvert par une visiteuse aux alentours de 7h45 ce matin. À 10h30, on découvrait un corps de femme dans des fourrés sur la promenade de Miami Beach, une quinzaine de kilomètres plus au sud. Son cœur avait été prélevé. La police de Miami Beach continue de fouiller la scène de crime, mais nous savons déjà que le cœur retrouvé dans le cimetière est celui de la victime.

Pour la première fois depuis le début de leur entretien, Pickett crut déceler une lueur dans le regard de Pendergast. L'éclat vif que produirait un diamant exposé à la lumière.

— Nous ne connaissons pas la nature du lien existant entre Élise Baxter et la femme tuée ce matin, mais il est clair qu'il y en a un. Et si l'on peut se fier à la mention «d'autres» dans la note de l'assassin, il faut s'attendre à de nouveaux crimes. Élise Baxter étant morte dans le Maine, et bien qu'il s'agisse d'un suicide, l'enquête nous appartient puisqu'elle implique des États différents.

Il reposa la chemise en plastique et la glissa en direction de Pendergast.

— Vous partez enquêter à Miami à la première heure demain.

La lueur continuait de briller dans les yeux de Pendergast.

— Excellent, murmura-t-il. Tout à fait excellent.

Les doigts de Pickett se figèrent sur le document que Pendergast s'apprêtait à saisir.

— Un dernier détail. Vous travaillerez avec un coéquipier.

Pendergast se figea.

— J'ai fait allusion tout à l'heure à un certain nombre de conditions. Celle-ci est la plus importante. Howard Longstreet n'est plus là pour veiller sur vous, inspecteur, ou bien vous rapatrier lorsque vous avez abusé de vos prérogatives. Le Bureau ne saurait nier vos états de service, mais il ne peut pas davantage ignorer le taux de mortalité élevé au prix duquel vous résolvez vos enquêtes. Nous avons donc décidé de vous adjoindre un collègue, ainsi que l'exige le protocole. J'ai choisi l'un de nos meilleurs jeunes agents. Vous dirigerez l'enquête, bien évidemment, mais il se tiendra à vos côtés à tout moment. Il vous servira de caisse de résonance... et freinera vos élans au besoin. Qui sait? Peut-être apprendrez-vous à apprécier cet arrangement.

— Mon palmarès plaide en ma faveur, rétorqua Pendergast avec toute sa bonhommie sudiste coutumière. J'obtiens de meilleurs résultats en agissant seul. Un coéquipier risquerait de me handicaper.

— Vous étiez pourtant satisfait de votre association avec ce flic new-yorkais. Comment s'appelle-t-il déjà ? D'Agosta.

— C'est un homme exceptionnel.

— Le collègue que je vous propose l'est tout autant. De toute façon, c'est à prendre ou à laisser : soit vous acceptez sa présence, soit je confie l'enquête à un autre.

Et je te laisse mariner dans ton jus en attendant que tu te calmes, poursuivit intérieurement Pickett.

Tout en parlant, il avait remarqué sur le visage de Pendergast une expression qu'il était bien en peine de décoder, en dépit de ses talents de psychologue. Pendant quelques instants, seul le sifflement de la vapeur sur les pierres du sauna meubla le silence.

— J'en déduis que vous acceptez, finit par reprendre Pickett. Autant vous présenter tout de suite votre coéquipier. Inspecteur Coldmoon, si vous voulez bien vous joindre à nous ?

Le jeune homme assis près de la porte se leva en rajustant sa serviette et se planta devant les deux hommes, le torse luisant de transpiration. Le teint légèrement olivâtre, il avait des traits fins qui suggéraient des origines asiatiques. Il étudia les deux hommes d'un air placide, debout face à eux. Ses longs cheveux d'un noir de jais, séparés par une raie au sommet du crâne, cadraient mal avec le reste de son apparence. Pickett sourit intérieurement, fier de son coup. Pendergast n'était pas au bout de ses surprises.

— Je vous présente l'inspecteur Coldmoon, dit Pickett. Il a intégré le Bureau il y a huit ans et s'est distingué aussi bien dans le service informatique que dans celui des enquêtes criminelles. Les rapports de ses supérieurs sont tout simplement dithyrambiques. Il a reçu il y a dix-huit mois la médaille de la Bravoure du Bureau pour services exceptionnels lors d'une opération d'infiltration à Philadelphie. Je ne serais pas surpris qu'il égale un jour votre palmarès. Vous aurez l'occasion de constater qu'il apprend vite.

Coldmoon accueillit ce panégyrique sans broncher. Quant à Pendergast, l'expression étrange que Pickett avait lue sur son visage quelques instants plus tôt avait cédé la place à un sourire sincère.

— Ravi de faire votre connaissance, inspecteur, dit-il en tendant la main à son jeune collègue.

— Moi de même, répondit Coldmoon en lui offrant une poigne ferme.

— Si vos états de service sont à la hauteur de ce que décrit le directeur adjoint Pickett, poursuivit Pendergast, je suis convaincu que vous ferez bénéficier de vos lumières une enquête qui s'annonce fort intéressante.

— Je ferai de mon mieux, dit Coldmoon.

— Dans ce cas, nous nous entendrons à merveille, conclut Pendergast que la présence de sa chemise et de son costume ne semblait nullement incommoder.

C'est tout juste si une goutte de transpiration perlait sur son front.

Il se tourna vers Pickett.

— Nous partons pour Miami demain dès potron-minet, dites-vous?

Le directeur adjoint opina.

— Votre ordre de mission et votre billet d'avion vous attendent sur votre bureau.

— Dans ce cas, il me reste tout juste le temps de me préparer. Monsieur le directeur adjoint, merci d'avoir pensé à moi pour cette enquête. À demain, inspecteur Coldmoon.

Pendergast salua ses deux interlocuteurs, se leva et quitta le sauna de sa démarche souple.

Pickett attendit une bonne minute afin de s'assurer que l'homme en noir était bien parti, puis il s'éclaircit la gorge.

— Très bien, Coldmoon. Vous avez entendu ce que je lui ai dit? Vous vous contenterez officiellement de le seconder sur cette enquête.

Le jeune inspecteur acquiesça.

— Avez-vous des questions sur votre *véritable* mission ?

— Aucune.

— Très bien. Tenez-moi informé régulièrement.

— Bien, monsieur le directeur.

— Ce sera tout.

L'inspecteur Coldmoon tourna le dos à son chef et quitta la pièce sans un mot. Pickett remplit une nouvelle fois la louche en bois, en déversa le contenu sur les pierres rougies et s'adossa confortablement contre la cloison de bois de cèdre, nimbé d'un nuage de vapeur.

3

Mme Trask émergea des cuisines en poussant une table roulante à travers les couloirs sombres de la vieille demeure du 891 Riverside Drive. Il était particulièrement tôt pour servir le thé à l'inspecteur Pendergast, puisqu'il n'était pas encore 15 heures. Le menu du jour était inhabituel, lui aussi, car en lieu et place du simple thé vert accompagné de biscuits au gingembre, il avait commandé à la gouvernante des petits pains de Bath au citron, des scones, de la crème caillée, des madeleines, et même des gâteaux de Battenberg miniatures. C'était la première fois depuis une éternité que la gouvernante se servait de la table roulante, en lieu et place du plateau en argent habituel. De toute évidence, son maître avait souhaité gâter sa pupille Constance, pourtant dotée d'un appétit d'oiseau et qui ne toucherait quasiment à rien.

Depuis leur retour à New York une semaine plus tôt, Pendergast se montrait très attentif avec la jeune femme. Même Proctor, le stoïque chauffeur et garde du corps de l'inspecteur, lui en avait fait la réflexion. M. Pendergast, plus bavard qu'à l'accoutumée, conversait avec Constance le soir jusqu'à une heure tardive. Il l'aidait dans les recherches complexes qu'elle avait entreprises dans les arcanes généalogiques du clan Pendergast. Il allait jusqu'à s'intéresser au dernier projet en date de Constance : un terrarium destiné à la préservation des plantes carnivores menacées.

Mme Trask traversa le grand salon en faisant crisser les roulettes de sa table sur le sol de marbre. Entendre les voix feutrées de M. Pendergast et de sa protégée s'échapper de la bibliothèque voisine lui fit chaud au cœur. Elle n'avait jamais compris pourquoi Constance s'était envolée pour l'Inde si brusquement au mois de décembre précédent, pas plus qu'elle ne savait ce qui avait poussé l'inspecteur à la ramener à New York. Cela les regardait, Mme Trask était néanmoins heureuse de retrouver sa maisonnée coutumière. Le quotidien de la vieille demeure se trouverait bientôt bousculé par le départ prochain de M. Pendergast en Floride, mais Mme Trask se consolait en sachant qu'il s'agissait d'un simple déplacement professionnel.

Et si elle n'appréciait guère la «profession» de l'inspecteur, elle gardait ses réserves pour elle.

Précédée par la table roulante, elle s'avança dans la bibliothèque d'acajou sombre aux vitrines gorgées de fossiles, minéraux et autres objets précieux, aux rayonnages chargés du sol au plafond d'ouvrages reliés plein cuir. Les flammes d'un feu dansaient dans l'âtre de part et d'autre duquel se trouvaient deux bergères. Mme Trask, surprise de trouver celles-ci vides, chercha des yeux dans la pénombre les occupants de la pièce. Elle les découvrit dans un coin, penchés au-dessus du nouveau terrarium. Constance fournissait justement des explications à son compagnon de sa voix de contralto que masquait le crépitement des bûches dans la cheminée.

— ... je trouve particulièrement ironique que le *Nepenthes campanulata*, que l'on croyait disparu il y a encore quinze ans, soit à peine reconnu aujourd'hui comme une espèce menacée alors que le *Nepenthes aristolochioides*, dont on connaissait à peine l'existence à l'époque, fait de nos jours l'objet de toutes les attentions.

— Ironique en effet, murmura Pendergast.

— Vous noterez la morphologie bien particulière de l'*aristolochioides*, avec son péristome vertical rare chez les «plantes pichet». Elle se nourrit de façon fort intéressante. On doit me livrer prochainement des insectes de Sumatra, mais je me contente pour l'heure de scarabées rhinocéros. Cela vous amuserait-il de lui fournir son repas?

Sans attendre la réponse de Pendergast, elle s'empara d'une longue pince à l'extrémité de laquelle se débattait un scarabée.

L'inspecteur fut pris d'une légère hésitation.

— Je préfère vous observer, vous aurez la main plus sûre que moi.

Mme Trask toussota afin de manifester sa présence et les deux occupants de la bibliothèque se retournèrent.

— Ah! Madame Trask! l'accueillit Pendergast en s'éloignant du terrarium en verre afin de la rejoindre. Toujours aussi ponctuelle.

— Je dirais même, plus que ponctuelle, il est tout juste 15 heures, remarqua Constance en se postant derrière l'inspecteur.

Elle examina le contenu de la table roulante de ses yeux violets.

— Dites-moi, Aloysius. Que nous vaut une telle profusion? Vous auriez donc convié une armée de Troyens pour le thé?

— Je souhaitais célébrer mon départ.

Constance fronça les sourcils.

— En outre, enchaîna Pendergast en s'installant dans l'une des bergères avant de saisir une madeleine, le régime du monastère ne vous a guère épargnée.

— J'y mangeais fort bien, je vous remercie, répliqua-t-elle en prenant place en face de lui, ce qui eut pour effet de faire danser sa coupe au carré. À vrai dire, j'aurais aimé vous accompagner en Floride. Cette enquête m'intrigue.

— Quant à moi, j'aurais surtout aimé que l'on ne m'encombrât point d'un coéquipier, mais c'est ainsi. Constance, vous serez mon oracle et je vous promets de recueillir vos conseils, *à distance*, ajouta-t-il en français.

Mme Trask laissa échapper un petit rire en remplissant les tasses de thé.

— J'imagine bien mal notre M. Pendergast encombré d'un équipier. Jamais ça ne fonctionnera, Monsieur est tout simplement incapable de travailler en équipe. C'est une cause perdue d'avance, si vous m'autorisez à vous le dire.

— Je vous y autorise bien volontiers si vous avez la gentillesse de glisser quelques-unes de ces madeleines dans ma valise. J'ai cru comprendre que la nourriture fournie par les compagnies d'aviation n'était pas des meilleures. Lorsqu'elle n'est pas dangereuse pour la santé.

— Une cause perdue d'avance? répéta Constance en se tournant vers la gouvernante. L'espoir fait vivre.

Mme Trask, qui s'apprêtait à quitter la pièce, n'eut pas l'occasion de lire le regard qu'échangèrent furtivement Pendergast et la femme assise en face de lui.

4

Il était 18 h 40 précises, le même soir, lorsque l'inspecteur Pendergast traversa le grand hall de l'hôtel Fontainebleau après s'être assuré que la suite présidentielle La Mer était à son goût. L'immense espace, avec son escalier monumental, ses hordes de clients et son labyrinthe d'entrées et de sorties, ressemblait au salon des premières d'un aéroport. Les portes de verre s'écartèrent avec un soupir à son approche et il zigzagua entre les piscines, les bars, les spas et les jardins luxuriants avant de rejoindre la pelouse Tropez sud. Aucun des amateurs de bronzage qui l'observaient à travers leurs lunettes noires Oakley ou Tom Ford ne se formalisa de le voir circuler entre les chaises longues en costume sombre, pensant qu'il s'agissait d'un employé quelconque, à l'image des maîtres d'hôtel qui vaquaient d'un client à l'autre, munis de plateaux chargés de cocktails de fruit comme de bouteilles de Dom Pérignon à 1 500 dollars.

Pendergast traversa la pelouse et s'engagea dans l'allée menant à la célèbre promenade de Miami Beach. Bordée de palmiers géants, celle-ci longeait les eaux de l'Atlantique depuis le parc d'Indian Beach quasiment jusqu'au port de la ville.

Pendergast s'arrêta afin d'observer les alentours. Sur sa gauche, des fourrés d'avoine de mer séparaient la promenade en bois de la plage de sable fin tandis qu'une longue succession d'hôtels et d'immeubles dressaient leurs façades blanches vers un ciel bleu cobalt sur sa droite. La température était de 26 degrés et une légère brise humide lui caressait le visage. Une septuagénaire vêtue d'un mini-bikini, d'énormes lunettes solaires sur le nez, passa à côté de lui en sandales à talon italiennes.

Pendergast observa le paysage d'un air songeur pendant quelques minutes, puis il redressa son nœud de cravate, tira sur les poignets de sa veste et se mêla aux promeneurs en tenue estivale. Il marchait en prenant son temps et atteignit une demi-heure plus tard la 23e Rue où les planches de la promenade se transformaient en ruban de bitume. Il aperçut un peu plus loin une foule de curieux dont la présence s'expliquait par la présence d'une scène de crime protégée par des bandes jaunes de police.

À cet endroit, les buissons avaient cédé la place aux haies soigneusement taillées d'un hôtel chic, au-delà desquelles s'élevait une dune. Pendergast emprunta un escalier de béton jusqu'au sommet de la butte de sable en enregistrant le moindre détail de ses yeux argentés. Un sentier sablonneux descendait jusqu'à la plage proprement dite, avec ses rangées de chaises longues et de parasols rythmées par les cabanes surélevées des maîtres-nageurs. Les eaux turquoise de l'Atlantique s'étalaient paresseusement un peu plus loin.

Le regard de Pendergast se perdit un long moment au milieu des flots, puis il se tourna vers l'ouest et admira le décor luxueux de l'île en direction de la baie de Biscayne, de l'autre côté de laquelle on apercevait les tours du centre-ville de Miami. Il était 19 h 30 et le soleil se couchait seulement à l'horizon alors que la nuit était tombée sur New York depuis une demi-heure.

Immobile, ses cheveux blonds cendrés caressés par la brise, Pendergast regarda longuement le rose opalescent des nuages dans le lointain avant de s'intéresser au carré de promenade bordé de buissons que délimitait la bande jaune. Des groupes de badauds se trouvaient là, attirés par l'annonce du meurtre à la télévision. Les enquêteurs avaient toutefois réussi à garder le secret sur le sort réservé au cœur de la victime.

Pendergast descendit tranquillement les marches de béton et s'approcha nonchalamment de la haie savamment taillée qui séparait la promenade de la dune jusqu'à coller le bas de sa veste à la bande jaune. Les enquêteurs avaient terminé leur travail, il ne restait là qu'un spécialiste de la police scientifique en tenue stérile, ainsi qu'un agent assis sur un banc voisin.

Pendergast s'était approché si discrètement que l'agent n'avait pas remarqué sa présence. Il releva seulement la tête en voyant l'inspecteur franchir la bande jaune. Son visage placide s'anima et il se leva aussitôt en remontant son pantalon. Proche de la cinquantaine, le crâne légèrement dégarni, il avait des yeux très écartés et un teint de brique. Si ses bras et ses jambes restaient minces, il arborait une panse rebondie.

— Hé, vous! s'écria-t-il sur un ton agressif. Arrêtez!

Pendergast acheva de franchir l'obstacle et se redressa.

Le flic s'approcha, le front barré d'un pli. Ses joues étaient marbrées de vaisseaux éclatés et il portait sur sa chemise, au niveau du bras, l'écusson de la police de Miami Beach.

— Vous vous croyez où? C'est une zone interdite, franchissez-moi tout de suite cette bande jaune.

— Excusez-moi, monsieur l'agent, dit Pendergast d'une voix dégoulinante d'amabilité, mais je dispose des autorisations nécessaires.

Le flic le regarda de la tête au pied.

— Vous travaillez pour les pompes funèbres, c'est ça? Je vous signale qu'ils ont enlevé le corps depuis longtemps.

— Je crains fort que ce ne soit pas le cas, mais c'est une méprise bien pardonnable. J'ai le grade d'inspecteur au sein du FBI.

— Le FBI? rétorqua le flic d'un air incrédule. Montrez-moi votre badge.

— Bien volontiers.

Pendergast tira de la poche intérieure de sa veste un porte-cartes en cuir dont il écarta le rabat, découvrant une pièce d'identité munie d'une photo ainsi qu'un badge.

Le flic examina le tout attentivement avant de reporter son attention sur Pendergast avec animosité.

— Le FBI, grommela-t-il. On m'avait bien prévenu que vous étiez sur le coup. En *liaison* avec nos gars, ricana-t-il.

— En effet, approuva Pendergast. Je vous sais gré de vous en souvenir, agent...

Il se pencha vers la plaque sur laquelle figurait le nom de son interlocuteur.

— ... agent Kleinwessel. À présent, si cela ne vous dérange pas, j'aimerais examiner les lieux.

Le flic l'arrêta en lui posant une main sur la poitrine.

— Vous n'allez nulle part, mon vieux.

— Je vous demande pardon? réagit fraîchement Pendergast qui détestait qu'on le touche.

— Je viens de vous le dire, on m'avait prévenu que vous étiez sur le coup, mais mon sergent m'a parlé de demain. Pas d'aujourd'hui. Il reste de la paperasse à régler. À moins que vous n'ayez une lettre d'autorisation, je peux pas vous laisser passer.

Pendergast plissa les paupières. Il avait entendu ses collègues se plaindre du manque de coopération de la police locale depuis que le responsable de l'antenne du FBI avait fait du zèle en voulant arrêter un flic à vélo de Miami Beach qui se trouvait sur une scène de crime. Les autorités du cru n'avaient visiblement pas oublié l'incident.

Pendergast referma son porte-cartes.

— C'est ennuyeux, car j'ai reçu l'ordre d'examiner les lieux.

— Moi aussi, j'ai mes ordres et je peux laisser passer personne sans l'autorisation de mon sergent. Maintenant, je vais vous demander de passer de l'autre côté de cette bande jaune... *inspecteur*.

— Monsieur l'agent, rétorqua Pendergast avec la plus grande patience. Vous avez vu mon badge et vous avouez vous-même être au courant de l'intervention du FBI. Je vous serais très reconnaissant de bien vouloir me laisser effectuer mon travail d'enquêteur.

— Votre travail d'*enquêteur* ? répéta le flic en éclatant de rire. Vous vous prenez pour Sherlock Holmes ou quoi ?

— Vous n'avez aucune raison de vous montrer insultant, monsieur Kleinwessel.

— Je me contente de dire ce que je pense. Vous attendrez demain pour procéder à toutes vos *déductions*, à moins de me montrer une autorisation en bonne et due forme. De toute façon, y'a rien à voir.

Pendergast fronça les sourcils. L'ordre de mission de Pickett était resté sur son bureau à New York, avec le billet du vol qu'il aurait dû prendre le lendemain matin. Il se pencha vers l'agent qui continuait de lui bloquer le passage.

— Vous faisiez allusion à Sherlock Holmes, un personnage qui ne m'a jamais beaucoup séduit du fait de ses penchants mélodramatiques, mais soit ! Vous voulez Sherlock Holmes ? Je vous l'offre.

Il marqua une légère pause avant de reprendre.

— Monsieur Kleinwessel, nous n'avons aucune raison de ne pas être amis. Je me trompe ?

Au lieu de lui répondre, le policier l'obligea à reculer jusqu'à la bande jaune.

— En tant qu'ami, poursuivit Pendergast, je me sens obligé de vous alerter sur les risques que vous encourez professionnellement et personnellement. Il en va sans doute même de votre survie.

— Rien à foutre de vos conneries, je vous demande une dernière fois de déguerpir si vous voulez pas que je vous boucle.

— Il ne s'agit nullement de conneries, croyez-moi. À l'approche de votre retraite, si vous souhaitez conserver la maigre pension à laquelle vous pouvez prétendre, je vous conseillerais volontiers de refréner votre penchant pour l'alcool. Le Cuban Hound, votre rhum préféré, a une forte teneur en alcool. Il contient surtout de dangereux aldéhydes et autres esters nocifs. À moins d'arrêter de boire dès à présent, je ne doute pas qu'une cirrhose du foie mette un terme rapide à votre retraite.

Kleinwessel manifesta sa stupeur en ouvrant la bouche.

— C'est quoi ce... ?

— Votre femme est fort tolérante d'avoir subi votre alcoolisme depuis si longtemps. Si elle était au courant que vous avez une maîtresse, dans le triste quartier d'Opa-Locka de surcroît, sans doute jetterait-elle l'éponge. Vous voyez bien, monsieur Kleinwessel, que je me préoccupe de votre bien-être en vous avertissant de la fragilité de votre mariage. Il suffirait que votre épouse soit mise au courant pour réagir.

Pendergast ponctua sa phrase en sortant ostensiblement son téléphone.

Le policier, livide, regarda désespérément autour de lui à la recherche d'un secours hypothétique.

— Comment pouvez-vous savoir..., s'étrangla-t-il. Comment...

Il ne put achever sa phrase.

— Vous me demandez comment j'ai pu réaliser de telles « déductions », pour reprendre votre terme ? Est-ce bien cela ?

Pendergast posa un regard interrogateur sur Kleinwessel, mais celui-ci restait bouche bée.

— Eh bien, c'est tout simple. La chevalière que vous portez au petit doigt de la main droite me signale que vous êtes sorti de l'école de police il y a dix-neuf ans. La date figure en bonne place sur ce bijou. Il ne vous reste donc qu'un an avant d'atteindre les deux décennies de service requises. Je constate à l'absence de chevrons sur votre chemise d'uniforme que vous n'êtes jamais monté en grade, ce que me confirme votre présence en simple planton sur cette scène de crime. Vous ne pouvez donc prétendre qu'à une médiocre retraite. Je remarque aussi une trace plus claire au niveau de votre annulaire, preuve que vous avez récemment retiré votre alliance, tandis que le cal visible au niveau de la phalange trahit votre habitude en la matière. Quant à la localisation de votre maîtresse, un simple coup d'œil à votre tenue m'a éclairé. Lorsque le quartier d'Opa-Locka est né au début du XXe siècle, ses fondateurs ont décidé d'ériger des immeubles de style mauresque. Pour davantage de vraisemblance, ils ont planté dans les espaces publics une herbe caractéristique du Moyen-Orient, l'*Erodium glandiatum*. Les graines de cette espèce ont une forme oblongue tout à fait caractéristique, avec une extrémité en forme de tire-bouchon et une autre duveteuse. Opa-Locka est le seul endroit des États-Unis où l'on rencontre cette plante, un fait suffisamment rare pour que j'en aie conservé le souvenir. J'ai eu l'occasion d'apercevoir sur votre personne pas moins de deux spécimens de cette graine très particulière : le premier accroché à votre pantalon derrière le genou droit, le second coincé dans le revers de ce même pantalon. Le premier encore jeune, le second en piteux état, preuve que vous vous êtes rendu à Opa-Locka à plusieurs reprises au cours des derniers jours. Il se trouve que ce secteur a beaucoup perdu de son lustre avec le temps. Et comme si cela ne suffisait pas à me fournir une indication précieuse sur l'origine sociale de votre maîtresse, il flotte autour de votre personne les effluves d'un parfum bon marché. Nuit de Désir, si je ne m'abuse.

Le flic, les bras ballants, recula sous le choc en observant Pendergast comme s'il était porteur d'une maladie mortelle.

— Comment vous avez pu savoir tout ça ? couina-t-il.

— Élémentaire, mon cher Kleinwessel.

— Je n'ai pas avalé une goutte d'alcool depuis dix ans, geignit le policier. Vous n'avez aucune preuve. C'est quoi, ces conneries de rhum Cuban Hound ?

— Inutile de me mentir, mon ami. Je vous le répète, je cherche uniquement à vous aider. L'abdomen proéminent que dissimule mal votre chemise tendue à craquer, couplée à votre maigreur, est caractéristique d'une ascite avancée. J'en trouve confirmation dans la rosacée phymateuse présente sur votre visage. Quant à la nature de l'alcool consommé, le rhum Cuban Hound est non seulement le plus fort et le moins cher sur le marché, mais il est distribué dans des flacons conçus pour tenir discrètement dans la poche. Outre les relents de rhum que porte votre haleine, je note que l'usure de votre poche revolver droite a précisément la forme de cette bouteille. À présent, monsieur Kleinwessel, êtes-vous disposé à me laisser poursuivre mon travail ? À moins que vous ne préfériez...

Pendergast brandit son portable avec un sourire.

L'agent battit inutilement des mâchoires au gré des soubresauts de ses muscles faciaux, puis il s'écarta sans un mot.

— Vous avez toute ma gratitude, le remercia Pendergast en posant une main sur son épaule. Je ne manquerai pas de louer votre esprit de coopération auprès de votre sergent. Qui sait s'il n'est pas encore temps pour vous d'obtenir ce chevron ?

Il se pencha vers son interlocuteur et lui glissa sur un ton de conspirateur :

— À propos, ce pauvre Conan Doyle s'est trompé sur toute la ligne : Sherlock Holmes était le maître de l'*induction*, et non de la déduction.

Pendergast quitta le policier sans autre forme de procès et parcourut longuement le labyrinthe des haies en s'arrêtant régulièrement pour s'agenouiller, une loupe à la main, afin de scruter le sol. Il sortit même une pince à épiler de la poche intérieure de sa veste et préleva un minuscule indice qu'il déposa dans un petit tube à essai.

La nuit tombait lorsqu'il arriva à l'extrémité de la scène de crime où l'employé de la police scientifique achevait de ranger son matériel. Pendergast lui montra son badge et l'homme se montra nettement plus coopératif que Kleinwessel. Il désigna à l'inspecteur un espace, près d'un muret, où se trouvaient plantés de nombreux drapeaux. Le sol était humide et noir à cet endroit, détrempé par le sang de la victime. Pendergast se mit une nouvelle fois à genoux et testa la spongiosité du sol, puis il sortit une torche miniature dont il fit courir le faisceau tout autour de lui.

— Que pouvez-vous me dire au sujet de ce crime?

— Tout indique que la victime a eu la gorge tranchée avec un couteau très acéré, répondit le technicien en abaissant son masque. L'assassin l'a ensuite entraînée loin du chemin jusqu'à cet endroit isolé où il lui a ouvert la poitrine avec un instrument plus imposant, probablement une hachette, avant de procéder à l'ablation du cœur. Le légiste pense qu'elle n'était plus consciente au moment de l'excision, la mort ayant été provoquée par une perte massive de sang. Le corps a ensuite été roulé sous la haie, à cet endroit précis, précisa-t-il en tendant le doigt, où l'assassin l'a grossièrement recouvert de paillis.

— Avez-vous retrouvé des éclaboussures de sang?

— Celles auxquelles on pourrait s'attendre en pareil cas. Principalement sur la partie inférieure de la haie et le paillis environnant.

— Êtes-vous en mesure de fixer approximativement l'heure du décès?

— Aux alentours de 4 heures du matin.

— Qui a retrouvé le corps?

— Un couple de jeunes mariés de Seattle qui avait choisi cet endroit à l'écart pour leurs ébats, précisa le technicien en montrant un banc voisin.

— Vers 10 h 30 ce matin, si j'ai bien compris?

— 10 h 15, plus précisément.

Toujours agenouillé au sol, Pendergast balaya les alentours des yeux. La haie était touffue, à 4 heures du matin par une nuit sans lune, l'endroit aurait été plongé dans l'obscurité, la promenade et la plage désertes. Il constata en relevant la tête que les arbustes ornementaux et les palmiers cachaient les hôtels riverains. Le lieu et l'heure étaient particulièrement bien choisis, étant donné l'affluence sur une île aussi touristique.

— Cela vous dérange si je reste encore un peu, sachant que je n'ai pas de tenue stérile? s'inquiéta Pendergast.

— Aucun souci, j'ai terminé.

L'inspecteur poursuivit ses explorations pendant un quart d'heure en se servant alternativement de sa loupe, de sa pince à épiler, de sa torche et de l'appareil photo de son téléphone portable. Kleinwessel ne s'était pas trompé en lui disant qu'il n'y avait rien à voir.

— Merci de votre patience, déclara-t-il en se relevant enfin.

— C'est normal, dit le technicien en s'éloignant dans le dédale des haies, sa valise d'équipement à la main.

Pendergast lui emboîta le pas.

— Avez-vous remarqué quelque chose d'autre d'intéressant?

— Rien, à part quelques empreintes sanglantes qui s'éloignaient de la scène de crime.

— Des empreintes? réagit Pendergast en haussant les sourcils. Voilà qui est intéressant.

— Elles ont été laissées par quelqu'un qui portait des sandales pour homme de grande taille. Le genre qu'on trouve dans toutes les boutiques de plage et dont il est facile de se débarrasser. Bonne chance si vous arrivez à retrouver son propriétaire, tout le monde en porte. Jour et nuit.

— Tout le monde, dites-vous?

— Tous les touristes en tout cas, et sans doute la moitié de ceux qui vivent ici à l'année. N'oubliez pas qu'on est en Floride, inspecteur. Vous comptez vous baigner avec ça? demanda-t-il en montrant du menton les chaussures impeccablement cirées de Pendergast.

— Je vois où vous souhaitez en venir, approuva ce dernier, avant d'ajouter, après une courte hésitation : Jour et nuit, dites-vous ?

— Exactement.

— Ah, fit Pendergast, perplexe, en regardant dans le lointain. Vous avez des coutumes bien pittoresques par ici, mon ami.

5

Le lendemain matin, une Nissan Altima de couleur blanche s'arrêtait devant une maison de Tigertail Avenue, au nord-est de Coconut Grove. L'inspecteur Pendergast coupa le contact et descendit de voiture. Il épousseta son costume, lança un regard assassin en direction du véhicule, gagna le trottoir et se planta devant la maison.

Il s'agissait d'un bâtiment de style espagnol vieux d'un demi-siècle, sa façade crépie de blanc encadrée par d'épais bouquets d'arbres, comme le voulait la tradition à Miami. Bien que située dans un quartier résidentiel animé, ainsi qu'en témoignaient les bruits de tondeuse à gazon et les cris des enfants de retour de l'école, la maison semblait sommeiller. Pendergast monta les quelques marches du perron et s'immobilisa devant la porte avant d'appuyer sur la sonnette.

Un carillon tinta à l'intérieur et un bruit de pas se fit entendre quelques secondes plus tard. La porte s'ouvrit et un vieil homme apparut sur le seuil. Presque aussi grand que Pendergast, il était vêtu d'un polo et d'un bermuda. Ses cheveux clairsemés formaient un duvet blanc grossièrement peigné au-dessus de son crâne bronzé.

Il adressa à son visiteur un regard interrogateur.

— Bonjour, dit Pendergast. Ai-je l'honneur de parler à Harold Baxter?

— Que puis-je pour vous?

— Je suis l'inspecteur Pendergast, du FBI, répondit l'intéressé en montrant son badge au vieil homme. Je suis navré de vous déranger chez vous, mais je me demandais si vous accepteriez de me consacrer quelques minutes.

L'homme battit des paupières.

— La police est déjà venue hier après-midi.

— Cela ne me surprend pas, mais je m'engage à ne pas vous importuner aussi longtemps que mes collègues.

— Très bien, entrez, dit Baxter en s'effaçant.

Pendergast écarta la porte moustiquaire et se glissa à l'intérieur de la maison. Son hôte lui fit traverser une salle à manger et un salon parfaitement tenus dans lesquels flottait une légère odeur de naphtaline, puis il l'entraîna dans une véranda carrelée donnant sur l'arrière de la maison. Des fauteuils de jardin étaient disposés autour d'une table en verre et Baxter désigna l'un d'eux à l'inspecteur. Ce dernier venait de s'installer lorsqu'une femme âgée franchit une porte coulissante, un torchon à la main.

— Harold? s'enquit-elle en posant son regard sur Pendergast. S'agit-il d'un autre...?

Pendergast se leva prestement.

— Madame Baxter? Je suis l'inspecteur Pendergast, du FBI. Cela vous dérangerait-il que nous ayons une petite discussion tous les trois, avec votre mari?

— Eh bien... je suppose que non.

La vieille dame allait s'asseoir lorsqu'elle se souvint du torchon qu'elle tenait à la main. Elle le plia soigneusement et le posa sur le dossier du fauteuil voisin avant de s'installer.

Pendergast dévisagea tour à tour ses deux hôtes.

— Laissez-moi tout d'abord vous remercier. J'ai bien conscience qu'il s'agit d'une épreuve pour vous, et loin de moi le désir de rouvrir d'anciennes blessures. Sans doute serait-il plus simple que vous me rapportiez ce que vous a dit la police.

Baxter adressa un coup d'œil à sa femme.

— Ils ne nous ont quasiment rien dit. Ils se sont contentés de nous poser des questions au sujet de... de ce qu'ils ont retrouvé sur la tombe d'Élise.

Pendergast l'encouragea d'un hochement de tête.

— Ils voulaient savoir si nous connaissions la femme assassinée hier. Mlle... Mlle...

Il se tourna à nouveau vers sa femme.

— Montera, compléta celle-ci. Felice Montera.

— Je vois, approuva Pendergast d'une voix pleine de compassion. Puis-je savoir ce que vous leur avez répondu?

— Nous leur avons expliqué qu'à notre connaissance, Élise n'avait jamais rencontré ou entendu parler de cette malheureuse. Nous ne la connaissions pas en tout cas. Élise a forcément croisé bien des gens dans sa vie, mais elle nous parlait toujours de ses rencontres. Le soir, à l'heure du dîner, elle nous racontait sa journée...

La bouche de la vieille femme se tordit et elle s'empara machinalement du torchon.

— Votre fille vivait avec vous.

Le mari opina du chef.

— C'était plus pratique pour elle, puisqu'elle travaillait à Coral Gables, tout près d'ici. Élise faisait des économies pour s'acheter un appartement, mais elle était très exigeante sur ce point. Ce qui n'a rien de surprenant, puisqu'elle était agent immobilier. Elle avait une carrière prometteuse devant elle, surtout à son âge.

La vieille femme se tamponna un œil à l'aide du torchon.

— La police nous a posé toutes ces questions hier.

— Je suis désolé, madame Baxter. Je m'efforcerai d'être bref. J'ai cru comprendre que votre fille était morte à Katahdin, dans le Maine?

Un silence accueillit la question, et M. Baxter finit par acquiescer.

— Avait-elle des proches là-bas? Ou peut-être des amis?

— Non, répondit le père de la disparue. Elle s'était rendue là-bas à l'invitation de Sun & Shore, la compagnie qui l'employait. Il s'agissait essentiellement d'un week-end de détente auquel participaient les employés qui signaient le plus de contrats.

— Sun & Shore a des agences dans toute la Floride, ajouta la mère en repliant le torchon.

— Votre fille Élise avait-elle quelqu'un dans sa vie à l'époque? Je pense à un fiancé, par exemple.

Le père hocha la tête.

— Oui, Matt. Un gentil garçon, qui servait à l'époque dans un sous-marin nucléaire.

— Savez-vous s'ils avaient connu un désaccord?

— Ils s'entendaient à merveille. Matt voyait Élise chaque fois qu'il était à terre. Il effectuait une mission de deux mois lorsque c'est arrivé.

— Vous dites qu'elle se plaisait dans son travail.

— Son métier était tout pour elle. À part nous, bien sûr. Et... et Matt.

— Diriez-vous qu'elle avait un tempérament optimiste?

— Je vous arrête tout de suite, répondit M. Baxter. Les enquêteurs nous ont posé la même question hier, autant gagner du temps. Si notre Lizzy était malheureuse, alors elle était excellente actrice. Elle avait un bon métier, un petit ami, elle avait même passé son diplôme d'autodéfense un mois plus tôt. Pourquoi aurait-elle appris à se défendre contre les agressions si elle avait décidé de se donner la mort?

Il secoua la tête.

— Non, ça n'a aucun sens.

— Je comprends ce que vous ressentez. Ne pas comprendre ce qui s'est passé ne peut qu'ajouter à votre douleur.

Pendergast laissa s'écouler un court moment de silence avant de reprendre:

— Une dernière question. Vous dites que votre fille résidait chez vous. Sa chambre est-elle occupée actuellement?

Le mari et la femme échangèrent un regard. Le premier répondit par la négative d'un mouvement de tête.

— Cela vous ennuierait-il que j'y jette un œil?

Harold Baxter laissa s'écouler un bref silence avant de se lever.

— Je vous y conduis.

Pendergast montait à l'étage, guidé par ses hôtes, lorsque des cris d'enfants se firent entendre dans la rue.

— Le quartier a beaucoup changé, remarqua Baxter. De plus en plus de jeunes gens s'installent par ici. Nous avons envisagé de partir, sans avoir le cœur de quitter Coconut Grove... et cette maison.

Il fit halte au milieu du couloir, ouvrit une porte et fit signe au visiteur d'entrer.

— Nous n'avons touché à rien.

Pendergast pénétra dans la pièce. Il découvrit une chambre lumineuse et pimpante avec des murs jaune vif, un lit à baldaquin et des meubles de bois blond. Deux aquarelles représentant des paysages marins étaient accrochées au mur et plusieurs portraits encadrés reposaient sur la commode. Du coin de l'œil, il remarqua que les parents de la jeune disparue restaient figés sur le seuil.

Il se tourna vers eux.

— Je vous remercie infiniment. Je n'en ai que pour une minute.

Tandis que son mari regagnait le rez-de-chaussée, Mme Baxter pointa du doigt un sachet en plastique posé sur la table de nuit.

— Ce sont les effets personnels de Lizzy qui nous ont été rendus après... qui nous ont été envoyés du Maine. La police a tenu à les voir hier. Ils les ont sans doute laissés là après les avoir examinés.

Pendergast prit le sachet et découvrit à l'intérieur un petit portefeuille en cuir, un anneau d'argent tressé, ainsi qu'un médaillon d'un saint muni d'une crosse, attaché à une chaîne en or.

— Il s'agit de saint Jude Thaddée, expliqua Mme Baxter.

Pendergast retourna la médaille entre ses doigts.

— Le saint patron des causes perdues.

— Elle portait ce médaillon depuis son entrée à l'université. Jamais elle ne nous en a donné la raison, précisa Mme Baxter d'une voix étrange. Je me demande tous les jours ce qui l'a poussée à mettre fin à sa vie. Tous les jours. Je n'ai pas de réponse.

Elle étouffa un sanglot.

— Elle avait tout pour être heureuse.

Pendergast posa son regard sur elle.

— Je sais que vous la pleurez toujours, dit-il d'une voix douce. Votre mari et vous êtes convaincus que certains signes vous échappent. Aussi difficile que cela puisse paraître, sachez que les suicides inopinés sont les plus durs à accepter. Ils défient d'autant plus l'entendement que la personne concernée n'est plus là pour s'expliquer. Je sais en tout cas que vous n'avez rien à vous reprocher.

Mme Baxter l'écouta avec la plus grande attention. Soudain, elle s'approcha et referma les mains de Pendergast autour de la médaille.

— Gardez-la, lui dit-elle.

Pendergast la questionna des yeux.

— Madame Baxter, je ne saurais…

Elle le fit taire d'un geste brusque.

— S'il vous plaît. J'ai l'intuition que vous avez connu votre lot de causes perdues.

Sur ces mots, elle fit volte-face et partit rejoindre son mari.

Pendergast resta figé sur place pendant un petit moment, puis il glissa la médaille dans la poche de sa veste avant d'enfiler des gants de caoutchouc. Il reposa le sachet en plastique et s'activa à travers la pièce en s'intéressant aux bibelots de la morte, à ses affaires de toilettes et au contenu de la petite bibliothèque.

Ainsi que l'avait expliqué la mère d'Élise, la police de Miami était déjà passée par là, ce que confirmaient les nombreuses empreintes de chaussures sur le plancher et les traces de doigts dans la poussière accumulée sur le bureau. C'était agaçant, mais inévitable.

Soudain, le carillon de l'entrée tinta un étage plus bas. Sans y prêter véritablement attention, l'inspecteur ouvrit les tiroirs de la commode, de la table de nuit et de la coiffeuse afin d'en fouiller le contenu tout en veillant à ne rien déranger.

Des pas feutrés se firent entendre dans l'escalier et Pendergast retira ses gants. Il venait de les glisser au fond de sa poche lorsque la silhouette en costume gris de l'inspecteur Coldmoon s'encadra sur le seuil de la pièce. Il était légèrement essoufflé et des perles de transpiration brillaient le long de ses tempes. Il exhalait une odeur étrange, curieux mélange de poil de chat brûlé et d'acide butyrique.

— Inspecteur Coldmoon, fit Pendergast en s'avançant. Je note que vous êtes habillé, cette fois. Quel plaisir de vous voir.

— De même, répondit Coldmoon en saisissant la main que lui tendait son collègue. Je pensais vous retrouver plus tôt.

— Sur le vol de ce matin 6 heures à La Guardia, sans doute? Étant donné la nature de l'enquête qui nous préoccupe, j'ai pensé qu'il était préférable de gagner la Floride sans tarder et j'ai pris l'avion hier après-midi.

Pendergast huma l'air.

— Je vous demande pardon, mais serait-ce grossier de ma part de m'enquérir de cette curieuse odeur?

— Quelle odeur?

— Je ne sais pas. Une odeur telle que pourrait en conserver sur ses vêtements quelqu'un qui aurait récemment visité une usine chimique pestilentielle.

— Je ne sens rien du tout, rétorqua Coldmoon sur un ton glacial. En attendant, pourriez-vous me tenir informé de l'enquête?

— Bien sûr. Felice Montera, vingt-neuf ans, a été tuée hier aux alentours de 4 heures du matin, apparemment alors qu'elle faisait du jogging avant de se rendre à son travail. Elle exerçait le métier d'infirmière à l'hôpital Mount Sinaï et prenait son service à 6 heures. Son corps a été dissimulé au milieu de buissons bordant la promenade de Miami Beach où il a été retrouvé quelques heures plus tard par un couple venu passer ici sa lune de miel. Peu d'indices utiles ont été retrouvés sur la scène de crime. La police locale a interrogé de nombreuses personnes, employés d'hôtel, éboueurs, riverains et autres vacanciers, mais aucun témoin ne s'est présenté et personne n'a rien entendu. Ni bruit de lutte, ni cri. Mlle Montera s'était récemment séparée de son compagnon, mais il ne se trouvait pas à Miami Beach au moment des faits.

— Avez-vous vu le corps?

Pendergast hocha la tête en signe d'assentiment.

— À la première heure ce matin. La dépouille de la victime n'a pas été très parlante. Tout indique qu'on lui a tranché la gorge à l'aide d'un couteau et que sa cage thoracique a ensuite été ouverte d'un coup de hachette. Aucune trace de viol ou d'attouchement. Le meurtre a été rapide. On ne lui a rien volé... à part son cœur, évidemment. En dehors de la note retrouvée sur la sépulture d'Élise Baxter faisant allusion à une offrande, la mort de Mlle Montera est inexplicable. On a trouvé des empreintes de sandales sanglantes s'éloignant de la scène de crime, mais ce type de chaussures étant fort courant dans la région, la police a peu d'espoir d'en tirer des conclusions utiles.

— Les coups de couteau et de hachette ont-ils été donnés par un expert?

— Le coup de hachette montre la détermination du tueur davantage que son savoir anatomique ou chirurgical. Il a été assené presque au milieu du manubrium sternal. À l'inverse, la plaie à la gorge signale un tueur efficace, ou alors très chanceux. La lame a tranché net la carotide droite et la victime s'est rapidement vidée de son sang.

Coldmoon acquiesça lentement.

— Des hypothèses?

— Aucune.

Le silence retomba, que le jeune inspecteur finit par rompre de sa voix monotone.

— Existe-t-il un lien entre la victime et la défunte de la sépulture concernée?

— Pas à ma connaissance. Les deux femmes n'avaient pas d'amis ou d'intérêts communs, elles ne fréquentaient pas les mêmes milieux professionnels ni les mêmes cercles. La victime a pu être choisie au hasard. Et puis il y a cette curieuse référence littéraire dans la note retrouvée sur la tombe.

Pendergast marqua une pause, sans que Coldmoon lui pose la question qu'il attendait.

— La note faisait également référence à des offrandes à venir, réagit le jeune inspecteur.

Ses yeux n'étaient pas bruns, mais d'un vert mordoré. Pendergast remarqua qu'ils balayaient paresseusement le décor de la chambre, à l'image de ceux d'un écolier inattentif.

— Cela signifie que le temps nous est compté et qu'il nous reste beaucoup de pistes à explorer, dit Pendergast. Je vous proposerais volontiers d'enquêter séparément.

— Séparément?

— Vous pourriez par exemple vous intéresser plus avant aux circonstances de la mort de Mlle Montera pendant que j'enquête sur le suicide d'Élise Baxter.

— En termes clairs, vous m'envoyez sur un terrain que vous avez déjà exploré.

— Pas le moins du monde. Je n'ai effectué qu'une visite rapide de la scène de crime. En outre, il nous reste beaucoup à apprendre du quotidien de Mlle Montera : son passé, ses fréquentations, son ancien petit ami qu'il serait bon d'interroger. Avec un peu de chance, la police de Miami Beach vous aura déjà déblayé le terrain. Votre point de vue me sera fort utile.

Le regard de Coldmoon cessa de divaguer à travers la chambre et revint se poser sur Pendergast.

— Je préfère rester avec vous.

Pendergast afficha son étonnement.

— Ce serait du gâchis de concentrer ainsi nos forces.

— Nous faisons équipe, avec l'ordre de travailler ensemble. À propos d'ordre, le directeur adjoint Pickett m'a chargé de vous transmettre ce mémorandum.

Coldmoon sortit une enveloppe cachetée, légèrement chiffonnée par son séjour au fond de sa poche.

Pendergast la prit sans un mot, l'ouvrit, et sortit la feuille qu'elle contenait.

Inspecteur,

Conformément à l'ordre de mission que je vous ai confié hier, vous travaillerez en étroite collaboration avec l'inspecteur A. B. Coldmoon que vous associerez à l'ensemble des recherches liées à l'enquête, quelles qu'elles soient, en lui faisant part de vos conclusions et autres suppositions. Tout manquement à ce mode de fonctionnement sera considéré comme une marque d'insubordination.

Le directeur adjoint
W. Pickett
Antenne de New York

Pendergast replia soigneusement la feuille, la glissa dans son enveloppe et fourra le tout dans une poche de son costume noir sans laisser percer la moindre émotion.

6

Les deux hommes quittaient la maison des Baxter lorsque Coldmoon se tourna vers son compagnon.

— Comment êtes-vous venu jusqu'ici ? Vous avez loué une voiture ?

Pendergast lui désigna la Nissan blanche rangée le long du trottoir.

— Pour mon plus grand malheur. C'est une chance que vous m'ayez rejoint ici. La circulation est proprement éprouvante dans ce quartier dont les rues dessinent un labyrinthe kafkaïen. Un rendez-vous important nous attend dans trois quarts d'heure, et le piètre conducteur que je suis sera trop heureux de se laisser conduire par vous. Cela vous ennuierait-il ? Sans compter que votre voiture est autrement plus intéressante.

D'un mouvement de menton, il montra la Mustang Shelby GT500 que Coldmoon avait garée devant la maison.

— Quand j'ai voulu réquisitionner une voiture de service auprès de l'antenne locale du Bureau, s'expliqua le jeune homme, on m'a renvoyé vers les Stups qui ont fini par me confier ce véhicule confisqué en me précisant qu'ils n'avaient rien de mieux à me proposer. Je ne sais pas s'il s'agit d'une faveur, ou d'une plaisanterie.

— Peut-être ont-ils estimé que cet engin se fondrait sans peine dans le paysage local.

Coldmoon lança un coup d'œil en direction de la Nissan, que Pendergast avait visiblement l'intention d'abandonner sur place. Il haussa les épaules et fit le tour de la Mustang. Pendergast chercha machinalement à ouvrir la portière arrière droite avant de s'apercevoir que la Ford n'en avait pas, et se rabattit sur la portière avant.

— Où? s'enquit Coldmoon.

— Le cimetière Bayside, à Bal Harbour, je vous prie.

Pendant que Coldmoon entrait les coordonnées du lieu dans le GPS de son téléphone portable, Pendergast se cala confortablement dans le siège baquet. Il renifla bruyamment et adressa un regard en coin à Coldmoon.

— Cela vous ennuierait-il que j'ouvre les fenêtres? La climatisation a tendance à irriter mes voies respiratoires.

— Pas de problème.

— Je vous remercie, dit Pendergast en baissant sa vitre. Puisque nous faisons équipe, vous préférerez sans doute que nous nous appelions par nos prénoms. Le mien est…

— Coldmoon suffira, le coupa son compagnon en démarrant.

— Excellent. Bien sûr, fit Pendergast.

Le châssis de la Mustang avait été rabaissé, son moteur rugissait davantage qu'il ne ronronnait, et le moindre nid-de-poule secouait brutalement la carrosserie. Pendergast profita du trajet pour informer son collègue des avancées de la brigade criminelle locale. Il avait personnellement pris contact avec le lieutenant Sandoval qui dirigeait l'enquête. Ce dernier lui avait fourni tous les éléments dont il disposait, en attendant de recevoir les résultats du labo. La victime semblait avoir été choisie au hasard et le crime paraissait précipité, mais le mode opératoire était inhabituel: alors qu'une attaque éclair de ce genre aurait dû signaler un tueur désorganisé, la maîtrise dont celui-ci avait fait preuve en ne laissant aucun indice dans son sillage contredisait une telle hypothèse.

Pendergast ne s'était pas trompé en évoquant les problèmes de circulation. Si Coldmoon était parvenu à éviter les embouteillages du centre-ville grâce aux fonctionnalités de son application, sa chance l'avait quitté une fois franchi le pont permettant d'accéder à l'île. Les rues étaient encombrées par des voitures rangées en triple file devant les hôtels du front de mer, sans parler des touristes qui ne savaient pas où ils allaient et des personnes âgées à qui l'on aurait dû retirer le permis depuis longtemps. Les quarante-cinq minutes dont ils disposaient suffirent tout juste à parcourir la trentaine de kilomètres séparant la maison des Baxter du cimetière où reposait leur fille.

Coldmoon quitta Collins Avenue avec soulagement. Le cimetière de Bayside était petit et relativement calme avec ses cinq hectares plantés de palmiers, de magnolias et de gommiers rouges à l'ombre desquels s'alignaient sagement les rangées de stèles.

Coldmoon franchit la grille du cimetière et gagna le petit parking de terre battue ceint d'oiseaux de paradis à fleurs blanches où stationnaient déjà des voitures de police.

Pendergast descendit de voiture et adressa un signe de tête à l'agent en uniforme installé au volant de l'une d'elles, qui observait la Mustang avec curiosité. Loin de se diriger vers la sépulture où avait été déposé le cœur, matérialisée un peu plus loin par de la bande jaune, Pendergast commença par se promener au hasard des tombes, tel un croque-mort avec son costume funèbre, saluant les rares visiteurs dont il croisait la route, s'arrêtant ici et là pour observer le paysage ou se pencher sur l'herbe. Coldmoon, qui lui avait emboîté le pas, gardait le silence. Parvenu à la cabane du jardinier, Pendergast en fit le tour avant de poursuivre sa déambulation.

Sa promenade achevée, il se résolut enfin à se rendre à la tombe d'Élise Baxter. En s'approchant, Coldmoon constata la présence, devant la bande jaune, de cinq personnes manifestement mal à l'aise. Tout dans leur tenue et leur attitude indiquait des autochtones, Coldmoon ayant rapidement appris à distinguer les touristes des résidents. À l'intérieur du carré protégé, deux agents en uniforme montaient la garde en discutant à voix basse, intrigués par la présence du petit groupe.

— Bien le bonjour, dit Pendergast à l'adresse des cinq inconnus. Je suis l'inspecteur Pendergast, et voici mon collègue, l'inspecteur Coldmoon. Je vous remercie d'avoir répondu à mon invitation.

Des hochements de tête ponctuèrent la fin de sa phrase. Coldmoon comprit à leur comportement que ces gens ne se connaissaient pas. Probablement ne s'attendaient-ils pas à cette convocation groupée.

— En dehors de l'occasion qui vous est donnée de présenter vos respects à Mlle Baxter, je vous ai réunis aujourd'hui parce que vous étiez ceux qui la connaissaient le mieux en dehors de sa famille. Mon interrogation est double : comment expliquer que sa sépulture ait été *distinguée* de la sorte, mais aussi comment expliquer le geste de Mlle Baxter ?

Il se tourna vers la personne la plus proche, une femme corpulente d'âge moyen en robe à fleurs et à la chevelure marbrée de mèches blondes.

— Puis-je vous demander de vous présenter, madame ?

L'intéressée lança un coup d'œil circulaire.

— Je suis Claire Hungerford.

— Par quel biais connaissiez-vous Mlle Baxter ?

— Je travaillais avec elle pour l'agence immobilière Sun & Shore.

— Je vous remercie, fit Pendergast d'une voix trahissant la distinction et le charme sudiste dont il avait hérité. Comment avez-vous fait connaissance ?

— Nous étions affectées au même secteur, celui de Coral Gables. Nous étions aussi les deux seules négociatrices de l'agence honorées par un Palmier d'argent plusieurs années de suite.

— Un Palmier d'argent ?

— Une récompense accordée aux employés de Sun & Shore qui ont obtenu les meilleurs résultats.

— Je vois. J'imagine que cela explique votre présence, toutes les deux, à ce week-end dans le Maine?

Hungerford hocha la tête.

— Avec le recul, de quelle humeur était Élise Baxter lors de ce séminaire?

La femme tritura nerveusement ses mèches blondes.

— Je n'ai rien remarqué de spécial. Elle se comportait comme d'habitude.

— J'en déduis qu'elle n'était pas plus réservée ou morose qu'à l'accoutumée, par exemple.

— Non. C'était une personne d'un naturel très discret. Je veux dire, on a partagé le même bureau pendant deux ans, mais je ne la connaissais pas vraiment. Ce n'était pas quelqu'un d'exubérant, même si…

— Même si? insista Pendergast.

— Eh bien… il me semble qu'elle avait un peu trop bu ce soir-là.

— À quoi l'avez-vous vu?

— Elle a quitté le dîner très tôt, avant la remise des prix. Elle m'a glissé quelques mots en partant et j'ai remarqué qu'elle ne marchait pas droit quand elle s'est éloignée.

— Que vous a-t-elle dit?

La femme battit des paupières.

— Elle m'a demandé si je comptais profiter de l'excursion à l'usine L.L. Bean le lendemain matin.

— Je vois. C'est donc la dernière fois que vous l'avez vue?

— Oui.

Pendergast procéda à l'interrogatoire des trois témoins suivants de façon analogue: la jeune fille qui avait partagé la chambre d'Élise à l'université, une amie d'enfance, son partenaire de danse à l'école Arthur Murray.

Coldmoon se fit la réflexion que tous conservaient des souvenirs flous de la morte, dont se dessinait le portrait d'une jeune femme agréable, à la fois ambitieuse et réservée. Rien dans son comportement ne trahissait des penchants suicidaires, sans qu'il soit possible pour autant de prouver qu'elle n'en avait pas.

Pendergast les remercia longuement de leur collaboration. Le petit groupe se séparait lorsqu'il arrêta d'un geste le cinquième témoin, resté silencieux tout au long des échanges précédents. La soixantaine, d'allure légèrement débraillée, il portait un T-shirt blanc sur un pantalon vert fatigué, un vieux chapeau sur la tête.

— Carl Welter? s'enquit Pendergast.

— C'est moi, répondit l'homme d'une voix éraillée de gros fumeur.

— Savez-vous pourquoi je vous ai convoqué?

Le regard de Welter navigua de Pendergast à Coldmoon.

— Je connaissais pas la morte.

— C'est exact. En revanche, vous étiez le gardien de nuit de ce cimetière avant-hier, de minuit à 8 heures du matin.

— J'ai déjà dit à la police tout ce que je savais. Deux fois, même.

— J'ai lu votre déposition. Vous avez déclaré...

Pendergast tira de la poche de sa veste un document officiel qu'il déplia.

— ... vous trouver près de l'appentis réservé aux jardiniers, occupé à aiguiser une lame de tondeuse, lorsque vous avez entendu le grincement métallique d'une grille que l'on ouvre. Cet incident est survenu...

Il examina la déposition d'un air théâtral.

— ... entre 2 heures et 2h15. Vous avez bien entendu cherché à savoir de quoi il retournait, mais il faisait sombre car la Lune se cachait derrière les nuages. Vous avez trouvé la grille principale fermée et n'avez rien remarqué d'anormal.

— C'est ce que je leur ai dit, réagit l'homme avec une certaine agressivité en hochant vigoureusement la tête.

— Et c'était un mensonge, poursuivit Pendergast avec sa suavité coutumière.

— Qu'est-ce qui...? s'étrangla le veilleur de nuit.

— Un mensonge cousu de fil blanc. Je suis d'ailleurs surpris que vous n'ayez pas encore reçu une *troisième* visite de la police. Monsieur Welter, je m'engage à oublier tout cela si vous faites preuve de transparence avec moi.

L'homme voulut protester, mais Pendergast ne lui en laissa pas le temps.

— Ne nous faites pas perdre notre temps, lui conseilla-t-il en rangeant le papier dans sa poche. Je tiens uniquement à m'assurer que ce lieu n'a rien d'autre à nous apprendre. Ce cœur n'a pas pu être déposé sur la sépulture d'Élise Baxter à 2 heures du matin, monsieur Walter, pour la bonne et simple raison qu'il battait encore dans le cœur de sa propriétaire à cette heure-là. Mlle Montera n'a été assassinée qu'aux alentours de 4 heures.

Il se tut afin d'observer la réaction de son interlocuteur.

— À dire vrai, monsieur Welter, vous n'avez rien entendu du tout cette nuit-là. Reste à savoir pourquoi vous avez menti.

Le veilleur de nuit dévisagea furtivement les deux policiers, avec l'air d'une proie prise au piège.

Pendergast laissa volontairement s'installer un silence pesant. Il ouvrait la bouche lorsque Coldmoon le devança.

— Vous cuviez cette nuit-là.

Welter et Pendergast se tournèrent vers lui dans un même ensemble.

— Vous avez pris votre service à minuit, mais avec les douze cannettes de Pabst Blue Ribbon que vous avez ingurgitées, j'imagine que votre taux d'alcoolémie devait avoisiner les deux grammes par litre de sang en milieu de nuit, ce qui ne vous autorisait pas à remarquer quoi que ce soit, encore moins à explorer les alentours.

— Vous…

Cette fois encore, le vieil homme laissa sa phrase en suspens.

— Vous avez menti à la police pour éviter que votre employeur sache dans quel état vous étiez. Je me trompe?

Le temps donna l'impression de s'arrêter.

— Contentez-vous de hocher la tête si c'est la vérité, monsieur Welter, insista Coldmoon. Une seule fois suffira.

Au terme d'une longue hésitation, le veilleur de nuit opina de façon à peine perceptible.

— Très bien, approuva Coldmoon. D'autres questions? ajouta-t-il en se tournant vers Pendergast.

— Aucune, je vous remercie.

Les deux hommes remontèrent en voiture et prirent la direction du sud en silence. Coldmoon traversait North Beach lorsqu'il interrogea son collègue :

— Où êtes-vous descendu?

— Au Fontainebleau. Et vous?

— À l'Holiday Inn.

— Toutes mes condoléances.

— Dites-moi, Pendergast. C'est le service qui règle la note?

— En aucun cas. Comme vous passez devant mon hôtel en regagnant le vôtre, serait-ce trop vous demander de me déposer? Je téléphonerai au lieutenant Sandoval afin qu'il vous envoie un exemplaire complet du dossier, ainsi que les derniers rapports du laboratoire, s'il les a reçus. Je vous propose de nous retrouver cet après-midi. Cela vous convient-il?

— Pas de problème.

Une ou deux minutes venaient de s'écouler lorsque Coldmoon sentit les yeux argentés de Pendergast se poser sur lui.

— Savez-vous pourquoi j'ai demandé à ces gens de nous parler collectivement, au lieu de les interroger séparément? Et pourquoi j'ai choisi de les voir devant la tombe d'Élise Baxter?

— Non.

— Ah, fit Pendergast en s'enfonçant dans le siège baquet.

— Mais si c'était *moi* qui avais organisé cette réunion, poursuivit Coldmoon, je l'aurais fait pour deux raisons. Primo, je les aurais déstabilisés en les interrogeant en présence d'inconnus, qui plus est sur la tombe d'une vieille amie. Les gens sont tous plus ou moins superstitieux, ils hésitent à mentir devant la sépulture d'un proche. Deuxio, si j'avais eu la conviction que ces gens avaient peu de chance de faire progresser l'enquête, je n'aurais pas souhaité perdre mon temps à les interroger l'un après l'autre.

— Très bien, approuva Pendergast.

La Mustang avait parcouru près de deux kilomètres lorsqu'il rompit à nouveau le silence.

— Comment saviez-vous que le veilleur de nuit « cuvait », comme vous l'avez dit ?

— De la même façon que vous, en découvrant ce tas de cannettes de bière vides derrière la cabane du jardinier. Dans la confusion qui a suivi la découverte du cœur, Welter n'a pas trouvé le temps de s'en débarrasser. Il s'est contenté de les dissimuler derrière l'appentis en espérant que personne ne les remarque. Parallèlement, il a fourni cette fable aux flics, histoire de prouver qu'il ne dormait pas.

Enfoncé dans le siège passager, Pendergast resta sans réaction.

— C'est bien de cette façon-là que vous le saviez, non ? s'enquit Coldmoon.

— Ah, nous voici arrivés ! s'écria Pendergast en voyant se profiler l'immense silhouette du Fontainebleau.

Coldmoon s'engagea sur l'allée majestueuse et s'arrêta devant l'entrée du bâtiment. Pendergast descendit de voiture.

— Disons 15 heures à la piscine ? proposa-t-il à son compagnon.

— Parfait.

Il referma sa portière, fit le tour de la Mustang et s'accouda sur le châssis de la fenêtre ouverte de Coldmoon.

— À propos de ces cannettes vides, déclara-t-il, légèrement penché en avant. Je constate que rien n'échappe à votre regard baladeur. Vous m'en voyez ravi.

— Que… ? voulut demander Coldmoon.

Mais il était trop tard, Pendergast lui avait tourné le dos et il disparut bientôt au milieu de la foule des clients de l'établissement.

7

À 15h15 cet après-midi-là, Aloysius Pendergast se reposait dans une paillotte privée, à l'ombre du bâtiment en demi-lune formant le cœur du Fontainebleau. Les panneaux de toile de la paillotte étaient déroulés de chaque côté, ce qui l'empêchait de voir les palmiers et les rangées de clients prenant le soleil face aux eaux de l'Atlantique. Pendergast n'était pas venu là pour la vue, se contentant de tourner vers le soleil son confortable fauteuil de jardin. Les paupières closes, il se reposait sous la protection d'un panama Montecristi d'une toile particulièrement fine.

Un léger bruissement lui signala l'arrivée d'un serveur.

— Monsieur?

Pendergast ouvrit les yeux.

— Je suis navré de vous déranger. Souhaitez-vous un autre julep?

— Oui, merci. Recommandez bien au barman d'utiliser du whisky Woodford Reserve cette fois, avec moins de sucre et davantage de menthe.

— Bien, monsieur.

L'employé s'éclipsa et Pendergast baissa encore davantage le bord de son chapeau avant de reprendre sa position initiale. Il avait troqué son costume funèbre contre un ensemble de lin blanc. Il avait passé nonchalamment une jambe au-dessus de l'autre, et les boucles de ses mocassins en cuir d'alligator lançaient des éclats d'or sous la caresse du soleil.

Le serveur revint avec son cocktail sans qu'il remue un cil, tout comme il resta sourd aux cris qui s'élevaient régulièrement des piscines voisines. Il finit toutefois par ouvrir un œil lorsqu'une ombre se profila sur le mur de toile de la paillotte.

— Inspecteur Coldmoon, quel plaisir de vous retrouver.

La silhouette de son équipier se matérialisa à l'entrée de la tente.

— Asseyez-vous, je vous en prie. L'une de ces bouchées pourrait-elle vous séduire? s'enquit Pendergast en montrant d'une main langoureuse un plateau de dattes fourrées au fromage de chèvre et enroulées dans des lanières de bacon croquant.

Coldmoon s'avança et posa une fesse sur le bord d'un fauteuil.

— Non merci.

Pendergast adressa un signe à un serveur.

— Une boisson, peut-être?

— Pas pour l'instant.

Coldmoon s'était changé lui aussi, optant pour un jean délavé, de vieilles bottes de cow-boy à bouts carrés, une ceinture de cuir ornée d'une boucle Navajo, ainsi qu'une chemise en jean à manches longues. Il tenait coincé sous son bras une liasse de documents.

— Ah, fit Pendergast en apercevant le dossier. Vous avez pensé à prendre vos devoirs.

Comme Coldmoon ne répondait pas, il enfourna une datte dans sa bouche d'un mouvement gracieux.

— Je suis curieux de savoir si vous avez des hypothèses, comme vous me l'avez demandé ce matin.

Coldmoon posa le dossier à côté de lui.

— L'autopsie ne nous apporte rien de neuf. Nous n'aurons pas tout de suite les résultats des analyses toxicologiques, mais je doute qu'ils nous soient utiles. Jusqu'à présent, les vérifications effectuées et les témoignages recueillis n'ont rien donné, personne ne semblait avoir la moindre raison de tuer cette femme.

Pendergast acquiesça.

— En apparence, la lecture de tous ces éléments confirme votre diagnostic : l'assassin de Montera dénote un comportement à la fois organisé et désorganisé.

— C'est curieux, ne trouvez-vous pas ?

Coldmoon fit la moue.

— D'un côté, tout indique que nous sommes en présence d'un sociopathe agissant au hasard, guidé par ses pulsions. De l'autre, nous avons une scène de crime soigneusement maîtrisée et dépourvue d'indices, en dehors de ceux que le coupable souhaite nous fournir.

Un cri résonna tout près, suivi d'un bruit d'éclaboussures, de rires et d'exclamations en italien. Pendergast ne put qu'être frappé par l'impavidité de son collègue. Raide comme la justice sur le bord de sa chaise longue, il refusait de sacrifier au moindre confort. Et, comme toujours, rien n'échappait à ses yeux verts.

— Vous avez dit « en apparence » il y a un instant. Pourquoi cette expression ?

— Parce que les sociopathes sont incapables de remords. Par essence, ils n'ont aucune empathie vis-à-vis des autres, et ça ne cadre pas avec les éléments dont nous disposons.

— Expliquez-vous.

— Je fais allusion à la note retrouvée sur la tombe.

— *Acta est fabula, plaudite*[1] *!* le félicita Pendergast. C'est bien ce qui m'intrigue. Pourquoi diable un sociopathe tuerait-il une victime au hasard, avec une grande violence, avant de laisser derrière lui une note pleine de repentir sur une tombe ? En outre, inspecteur, comment a-t-il choisi sa victime ? En assassinant Mlle Montera à cet endroit précis, il s'obligeait à transporter son cœur jusqu'au cimetière, à une vingtaine de kilomètres

1. « La pièce est jouée, applaudissez ! » Cette phrase, attribuée à l'empereur Auguste, aurait constitué ses derniers mots. (*Toutes les notes sont du traducteur.*)

de là, alors que le temps lui était compté. Pourquoi n'avoir pas jeté son dévolu sur une victime plus proche géographiquement?

— Il peut très bien vouloir se jouer de nous. Cette note, qui plus est déposée sur une tombe, est peut-être une simple diversion.

— Oui. C'est bien pourquoi il nous faut nous rendre dans le Maine.

Coldmoon haussa un sourcil. Son visage était si impassible que le moindre mouvement était lourd de sens.

— Ah, remarqua Pendergast. Me trompé-je en percevant chez vous une objection?

Coldmoon prit le temps de choisir soigneusement ses mots avant de répondre.

— Enquêter sur le suicide d'Élise Baxter, puisque c'est de ça qu'il s'agit, ne me semble pas être une priorité à ce stade.

— Réfléchissez. Les éléments dont nous disposons au sujet de Mlle Montera ne nous mènent pour l'instant à rien.

— L'enquête est loin d'être terminée. N'oubliez pas que le meurtre a été commis il y a seulement trente-six heures.

— Raison de plus pour ne pas perdre de temps. La police locale n'aura pas les résultats des analyses tout de suite, autant mettre ce délai à profit. N'oublions pas que l'assassin a promis de nouveaux meurtres.

— Avec tout le respect que je vous dois, inspecteur Pendergast, le Bureau ne fonctionne pas de cette façon-là en pareil cas. Le crime qui nous concerne a eu lieu ici, c'est donc ici que nous devons chercher l'assassin, *surtout* s'il est susceptible de récidiver.

Pendergast trempa les lèvres dans son julep d'un air songeur.

— Je craignais cette réaction de votre part. Il existe une différence fondamentale entre *chercher* un assassin et le *trouver*. Qui sait quand il frappera à nouveau? Son *ici* à lui peut fort bien se trouver en Alaska, pour ce que nous en savons. Non, le plus sûr moyen de remonter jusqu'à lui consiste à nous intéresser au suicide d'Élise Baxter, par lequel tout a commencé. Il nous faut remonter le Nil si nous souhaitons en découvrir la source, à l'image de David Livingstone.

— Jolie métaphore. Mais quand bien même je me rangerais à vos arguments, il reste un problème.

Pendergast décroisa les jambes.

— J'imagine que vous faites allusion à notre ami Pickett.

Coldmoon acquiesça.

— Excusez-moi, mais je n'ai pas l'habitude d'être tenu en laisse, poursuivit Pendergast en avalant une nouvelle gorgée de julep. Après tout, c'était une simple suggestion. Je vous propose de l'appeler, ce qui nous permettra de savoir tout de suite s'il refuse. J'aurais trop peur de ne plus avoir d'appétit pour le dîner si nous le joignons plus tardivement.

Le regard de Coldmoon explora quelques instants les environs de la paillotte, puis il sortit son téléphone, composa un numéro, et appuya sur la touche du haut-parleur. Son correspondant décrocha à la troisième sonnerie.

— Pickett.

— Monsieur le directeur, inspecteur Coldmoon à l'appareil. Je suis en compagnie de l'inspecteur Pendergast qui nous écoute.

— Très bien. Votre enquête?

Coldmoon alla droit au but.

— Monsieur le directeur, l'inspecteur Pendergast pense que nous devrions aller dans le Maine.

— Le Maine? Pourquoi diable?

Pendergast se redressa d'un mouvement souple et se mit en position assise.

— Monsieur le directeur, dit-il en se penchant vers le téléphone, j'ai l'impression que la police locale a l'enquête bien en main, et je souhaiterais donc m'intéresser au lien qui peut unir les deux femmes.

— Quel lien? De ce que j'ai pu en voir, l'assassin a choisi cette tombe au hasard.

— Comment pourrions-nous en avoir la certitude?

— Quel lien voudriez-vous qu'il y ait? s'agaça Pickett.

— Il est trop tôt pour le dire. J'ai demandé à ce que l'on procède à l'exhumation de Mlle Baxter, mais ses parents sont réticents et...

— Vous êtes en train de me dire qu'il ne s'agissait pas d'un suicide? Qu'elle a été assassinée? C'est ça, votre *lien*?

— Ainsi que je vous le disais, il est impossible de le savoir sans procéder à une exhumation.

— Vous trouverez toutes les réponses à vos questions dans le rapport établi par le légiste il y a onze ans. Cessez de vous focaliser sur ce suicide et renoncez à l'idée d'une nouvelle autopsie. Je vous ai demandé d'enquêter sur un meurtre qui a eu lieu à Miami. Vous avez parlé à la famille de la morte, au moins? Comment s'appelle-t-elle, Montoya?

— Montera, plus exactement. Non, nous ne l'avons pas fait, mais l'inspecteur Coldmoon et moi-même avons lu les dépositions enregistrées par la police de Miami Beach et elles...

— Franchement, inspecteur Pendergast, c'est exactement le genre de fantaisie que je redoutais de votre part. Au même titre qu'affréter un avion privé pour vous rendre à Miami douze heures plus tôt que prévu.

Pendergast préféra garder le silence.

— Quand bien même vous auriez raison, ce nouveau meurtre est prioritaire. Il passe avant un suicide survenu il y a plus de dix ans à deux mille kilomètres de Miami. Il est hors de question que je vous couvre. Vous n'avez qu'à demander aux autorités du Maine de vous envoyer une copie du dossier. Il sera toujours temps de décider s'il est utile de vous rendre là-bas par la suite.

— Le dossier de la police du Maine risque fort...

— Inspecteur Pendergast, je vous demande de mener cette enquête en respectant la procédure. Maintenant...

— Monsieur le directeur? l'interrompit Coldmoon. Je suis d'accord avec l'inspecteur Pendergast.

Son intervention fut suivie d'un long silence.

— Vraiment? finit par réagir Pickett.

— La police de Miami Beach mène l'enquête de façon très efficace, avec le soutien de la police de Miami. Nous avons une fenêtre de tir de quelques heures qui nous permet d'explorer cette piste.

— Je vous le répète, l'assassin a très bien pu choisir cette tombe au hasard.

— Je suis d'accord avec vous : l'un de ces deux drames est le fruit du hasard, monsieur le directeur. Mais il serait dangereux de penser que les *deux* le sont. N'oublions pas que la lettre s'adressait spécifiquement à Élise Baxter.

Un silence plus interminable encore lui répondit.

— Vous partirez demain à la première heure, décida Pickett d'une voix sèche, et à bord d'un vol commercial. Avant ça, je vous demande d'interroger *vous-mêmes* les membres de la famille Montera.

— Compris, monsieur le directeur.

— Un dernier conseil, inspecteur Coldmoon. Je vous interdis de passer plus de vingt-quatre heures dans le Maine.

Sur ces mots, Pickett raccrocha.

Pendergast releva lentement la tête.

— Je n'avais pas cru comprendre que vous vous étiez rallié à ma suggestion.

— Qui vous dit que je m'y suis rallié?

— Dans ce cas, pourquoi...?

— Je crois au travail d'équipe.

— Inspecteur, je discerne chez vous une profondeur à laquelle je ne m'attendais guère.

Coldmoon haussa les épaules avant de héler un serveur qui passait à portée de la paillotte.

— Apportez-moi une bouteille de Grain Belt, je vous prie. À température, et non glacée.

Sa bière commandée, il s'installa confortablement sur la chaise longue en croisant les doigts.

— Puisque nous ne sommes pas en service officiellement, je crois bien que j'ai soif, en fin de compte.

8

— *No puedo dormir*, dit Mme Montera en se tamponnant les yeux à l'aide d'un vieux mouchoir.

Depuis l'arrivée de l'inspecteur Coldmoon dans le petit appartement de Southwest Eleventh Terrace une heure plus tôt, la mère de la victime n'avait pas cessé de pleurer, alors que le soleil couchant plongeait la pièce dans une atmosphère rosacée. Tout le monde avait pris place autour de la vieille table de cuisine familiale. Outre Coldmoon et la grosse Mme Montera, il y avait là ses deux enfants survivants, Nicolás et Aracela.

Du fait de son teint mat, on avait parfois pris l'inspecteur pour un Latino, alors qu'il ne parlait pas un mot d'espagnol et ne connaissait rien à la communauté cubaine de Miami. Il avait été soulagé que les Montera acceptent de le recevoir, après avoir vu défiler chez eux des hordes d'enquêteurs de la police locale. Ils avaient accepté de répondre à ses questions avec beaucoup de patience et lui avaient même proposé de rester dîner. Après avoir refusé une fois, puis deux, il avait fini par accepter une assiette de *congri* avec des *tamales*.

Jamais il n'avait vu autant de couleurs vives dans un même intérieur, ni autant de crucifix et de statuettes. Le souvenir de sa propre enfance lui en paraissait presque monochrome. L'endroit était petit, mais bien tenu, la maîtresse de maison avait mis un point d'honneur à veiller au moindre détail. Cette fierté domestique était manifeste dans la façon dont étaient empilées les poêles à frire au-dessus du plan de travail, dont était briquée la collection de portraits de famille dont les couleurs passées indiquaient que leurs sujets étaient morts depuis longtemps. Les parents de Mme Montera, vieux et frêles, dormaient dans la chambre du fond, épuisés par le chagrin, et Coldmoon n'avait pas eu le cœur de les déranger. Pour avoir grandi dans le respect de la tradition *tiospaye* des Indiens oglalas, il se voyait mal imposer sa présence à l'ensemble du clan Montera, conscient que les parents éloignés de la morte n'avaient rien à lui apprendre. À son grand regret, sa visite n'avait pas été fructueuse. Les proches de la victime avaient déjà répondu longuement aux questions des inspecteurs de Miami Beach, ce qui ne les avait pas empêchés de manifester à son endroit beaucoup de bonne volonté. Nicolás était mécanicien dans un garage voisin et Aracela, après avoir perdu son emploi de comptable suite à la fermeture d'une bodega du quartier, contribuait au budget familial en gardant des enfants. Felice, la plus ambitieuse des trois, avait suivi des études d'infirmière et aurait dû passer prochainement son diplôme. Si elle comptait quelques amis à Miami et à Cuba, elle passait le plus clair de son temps à l'école ou à l'hôpital et consacrait le peu de temps libre dont elle disposait à sa famille ainsi qu'à Lance, le petit ami dont elle s'était récemment séparée.

L'atmosphère s'était assombrie autour de la table dès qu'il avait été question du jeune homme. Nicolás avait aussitôt grommelé des paroles incompréhensibles en espagnol.

Malgré leur animosité envers Lance, les proches de Felice ne savaient presque rien de lui. La jeune infirmière avait soigneusement veillé à ne pas évoquer les détails de leur relation et ne l'avait invité qu'une seule fois à l'appartement. Le courant était si mal passé ce jour-là qu'elle n'avait jamais cherché à rééditer l'expérience. Elle avait rencontré Lance six mois plus tôt, pas très loin de l'hôpital Mount Sinaï, dans le club où il était «chargé des entrées». En clair, il était videur. Il avait perdu sa place deux mois plus tôt et Felice avait rompu peu après. Elle ne s'était pas étendue sur la question, évoquant des questions d'argent, mais Nicolás était persuadé que le caractère emporté de Lance avait fini par effrayer sa sœur.

— Chaque fois qu'il appelait, expliqua Nicolás en faisant la vaisselle, il ne parlait que d'argent. Il était toujours question d'emprunter, ou bien de récupérer les sommes qu'il avait prêtées. Même après leur rupture, ce *comemierda* continuait de téléphoner ici.

Il ponctua son propos en crachant dans l'évier.

— Savez-vous quand ils se sont vus pour la dernière fois? s'enquit Coldmoon.

— D'après ce qu'elle m'avait dit, il y a trois ou quatre semaines. Il l'avait coincée à sa sortie de l'hôpital.

— Pour quelle raison?

— Toujours pareil. Il prétendait qu'elle lui devait de l'argent. Ils se sont embrouillés et elle l'a menacé d'appeler les flics, raconta Nicolás en secouant la tête.

— Vous connaissez son nom de famille?

— Corbin.

— Corvin, rectifia Aracela.

— Savez-vous ce qu'il fait à présent?

— Felice m'a expliqué qu'il avait retrouvé du boulot. Le Club Edge, si je me souviens bien.

— Dans quel coin?

Nicolás chercha dans sa tête.

— À Cape Coral.

— J'imagine que vous avez déjà fourni tous ces détails à la police?

Nicolás et sa sœur hochèrent la tête.

Coldmoon se leva.

— Je vous remercie d'avoir accepté d'évoquer tous ces détails avec moi. Je suis désolé de ce qui vous arrive, je peux vous assurer que nous ferons tout notre possible pour arrêter le coupable.

Mme Montera, toujours en larmes, voulut envelopper des *tamales* à l'intention de Coldmoon qui déclina son offre avec gentillesse.

— *Encuentre el hombre que hizo esto*, recommanda-t-elle au jeune inspecteur en lui tenant longuement la main.

De retour dans la rue, Coldmoon chercha les coordonnées du Club Edge sur son téléphone, puis il composa le numéro trouvé sur le Net et demanda à parler à Lance Corvin.

— C'est-à-dire qu'il est occupé, lui cria son correspondant dans l'espoir d'être entendu malgré la musique bruyante qui passait en arrière-plan. Rappelez plus tard.

— À quelle heure fermez-vous ?

— Trois heures du matin.

Coldmoon consulta sa montre en remontant dans la Mustang. Un peu plus de 20 heures. Ce Lance Corvin faisait un suspect un peu trop beau pour être vrai... ce qui ne l'empêchait nullement d'avoir commis le meurtre. Cape Coral n'était pas très loin. Avec un peu de chance, il pouvait recueillir la déposition de l'intéressé et regagner sa chambre d'hôtel dans une heure.

Il entra machinalement le nom de la boîte de nuit dans le GPS de son téléphone portable, posa celui-ci sur le siège passager, et démarra. Il n'avait pas prévenu Pendergast, mais le fait de n'avoir pas été présent lorsque son collègue avait examiné la veille le lieu où Felice Montera avait trouvé la mort lui restait en travers de la gorge. Cette conversation avec les proches de l'infirmière avait surtout contribué à le rapprocher de la victime, au point de considérer son assassinat comme une tragédie personnelle.

Guidé par la voix douce du GPS, Coldmoon quitta les rues encombrées de Little Havana et s'engagea sur les grands axes. En l'espace de quelques kilomètres, la circulation s'était fluidifiée. Avec le recul, il n'était pas mécontent d'avoir accepté la proposition de Pendergast de se partager les tâches. Ce dernier avait regagné sa suite du Fontainebleau où il s'employait à retrouver par téléphone le maximum d'anciennes connaissances d'Élise Baxter. Coldmoon connaissait la manœuvre, il suffisait d'obtenir le nom d'une première personne pour dénicher la suivante, et ainsi de suite. Pendergast risquait fort d'y passer la moitié de la nuit, pendant que lui dormirait tranquillement dans son lit.

Bercé par ses pensées, Coldmoon s'aperçut de son erreur lorsque le GPS le dirigea vers la bretelle de l'Interstate 75. *C'est quoi, cette histoire?* L'autoroute s'enfonçait dans une nuit épaisse que trouaient les phares des rares véhicules circulant en sens inverse.

Il s'arrêta sur le bas-côté et laissa échapper une longue litanie de jurons colorés en langue lakota[1] à la vue de l'écran. Cape Coral ne se trouvait pas du tout près de Coral Gables ou de Coral Springs, contrairement à ce qu'il croyait. Ce maudit patelin était au diable, sur la côte ouest de la Floride, à l'extrémité d'une autoroute longiligne connue sous le nom d'Alligator Alley.

Alligator Alley.

— Putain de saloperie de merde, maugréa Coldmoon. Au bas mot deux cent trente kilomètres. Deux heures et demie de route. À l'aller comme au retour.

Il hésita à rebrousser chemin à la première occasion afin de regagner son motel avant de comprendre que l'interrogatoire de l'ancien petit ami de l'infirmière était crucial pour l'enquête, quand bien même ses collègues de Miami auraient déjà été trouver le videur. En outre, il s'était engagé à interroger Corvin auprès de Pendergast. Pas question de laisser filer un suspect potentiel, même si sa conscience l'y avait autorisé.

Il enfonça la pédale d'accélérateur en soupirant et reprit sa route en direction de l'ouest. En l'espace de

1. Le peuple lakota constitue une tribu amérindienne de la famille sioux.

quelques minutes, la chaussée était déserte, les immenses réverbères qui illuminaient la route lui tenaient seuls compagnie dans une nuit d'encre. Il laissa le compteur monter jusqu'à centre trente, cent quarante-cinq, cent soixante. Il lui restait à espérer que la police de la route se montre compréhensive avec lui s'il se faisait prendre. Dans le cas contraire... de toute façon, c'était déjà une nuit de merde.

Il était 22h30 lorsqu'il arrêta la Mustang, juste devant le Club Edge, sur la place réservée au voiturier chargé de garer les autos des clients. Le bâtiment avait tout d'une usine abandonnée à laquelle quelques néons donnaient un semblant de lustre. Des clients en tenue de soirée faisaient la queue derrière un cordon de velours. Deux employés baraqués en jean et gilet de cuir étaient postés de part et d'autre de la porte, d'où s'échappaient des bouffées de musique rythmée. Ce long périple nocturne n'avait pas amélioré l'humeur de Coldmoon qui baissa sa vitre en voyant s'approcher le voiturier prêt à prendre ses clés.

— Je cherche Lance Corvin.

— C'est lui, répondit le voiturier en montrant du doigt l'un des videurs en gilet de cuir.

Coldmoon récupéra son portable sur le siège passager, ouvrit sa portière et descendit de voiture.

— Monsieur, vous ne pouvez pas rester garé là...

Corvin, qui avait entendu Coldmoon prononcer son nom, s'approcha et poussa le voiturier sans aménité.

— Ouais?

— Vous êtes Lance Corvin?

— Et alors?

— Inspecteur Coldmoon, FBI, se présenta Coldmoon sans même prendre la peine de sortir son badge. J'ai quelques questions à vous poser au sujet de Felice Montera.

Il s'adossa à la carrosserie de la Mustang.

Le visage du videur se ferma.

— Les flics sont déjà passés me voir.

— Grand bien leur fasse. Ce soir, c'est moi qui pose les questions.

— Je travaillais ici avant-hier. Un million de personnes peuvent en témoigner.

— Sans doute, mais le club ferme à 3 heures et Mlle Montera a été assassinée aux alentours de 4 heures.

— Corvin ! s'éleva derrière eux la voix du second videur. Dis à ce crétin de bouger sa voiture, j'ai besoin de toi ici !

— Une heure pour traverser la Floride ? Vous croyez peut-être que j'ai des ailes ? s'énerva Corvin sans prêter attention à son collègue.

— Il vous suffisait de quitter votre poste plus tôt ce soir-là.

Corvin croisa ses avant-bras musclés.

— Écoutez, j'ai pas tué cette salope, OK ? Le sujet est clos. Maintenant, grouillez-vous de déplacer votre putain de bagnole.

Le déroulement de la soirée, le chagrin qui flottait au-dessus du clan Montera, le visage inconsolable de la mère de la jeune femme, les deux heures de route au milieu de nulle part, tous les éléments étaient réunis pour que Coldmoon perde son flegme habituel. Il fit un pas en direction de Corvin jusqu'à toucher de sa poitrine les avant-bras croisés du videur.

— C'est à ma voiture que vous faites allusion en parlant de « putain de bagnole » ? grinça-t-il dans un murmure. C'est de ma *Mustang* que vous parlez ?

Le videur avait une tête et vingt kilos de plus que Coldmoon, mais la prudence l'incita à remettre ses bras le long du corps.

— Je savais pas qu'il était interdit de dire putain, fit-il d'une voix mal assurée.

Coldmoon sortit son portable tout en continuant de fusiller Corvin du regard, leurs visages à quelques centimètres l'un de l'autre.

— En dehors de ces agréables considérations sur ma Super Snake de 850 chevaux, j'appelle le juge de service afin de lui demander un mandat. Ensuite, nous regagnerons gentiment Miami tous les deux où nous passerons la nuit ensemble dans une petite pièce équipée de projecteurs.

— Holà, attendez une minute ! J'ai une preuve, se hâta de répondre Corvin en reculant afin de fouiller la poche avant de son jean. Il en tira une feuille qu'il déplia et tendit à son interlocuteur.

— J'ai reçu ça la nuit où Felice a été tuée.

Coldmoon examina le document et constata qu'il s'agissait d'un PV pour excès de vitesse établi par la police de Cape Coral deux nuits plus tôt. L'heure ne laissait planer aucun doute : 3 h 50.

Il prit une photo du PV à l'aide de son téléphone, puis il releva la tête, regarda le videur droit dans les yeux, et lâcha le document qui tomba mollement aux pieds de son propriétaire. L'instant suivant, il remontait dans la Mustang, démarrait et s'éloignait rapidement en se préparant mentalement aux longues heures de route qui l'attendaient.

9

Le Chalet de Katahdin ne se trouvait pas au pied de la montagne dont il portait le nom, mais à une distance respectable du parc naturel de Baxter, à l'orée d'une immense forêt jouxtant l'autoroute. Le contraste avec Miami Beach n'aurait pu être plus marqué. Le Maine avait enregistré de fortes chutes de neige cet hiver-là et c'est tout juste si les boîtes à lettres, les voitures et les mobil-homes commençaient à se débarrasser de leur manteau blanc en cette fin de mois de mars. Les seules taches de couleur étaient celles que formaient les pelletées de sable jetées sur la chaussée après le passage des engins de déneigement, et qui donnaient à la neige une vilaine teinte rougeâtre. Ce spectacle n'était pas sans rappeler à Coldmoon les hivers interminables qu'il avait connus tout au long de son enfance à Porcupine, dans le Dakota du Sud.

Il gara leur voiture, louée le matin même à l'aéroport, sur le parking de l'hôtel. L'espace avait été dégagé assez succinctement et le panneau signalant l'entrée de l'établissement était à moitié enfoui sous une couche de neige. Coldmoon compta trois véhicules en tout et pour tout sur le parking, dont une voiture de patrouille.

L'inspecteur Pendergast, assis à côté de lui, détacha sa ceinture de sécurité.

— Êtes-vous prêt?

Coldmoon, à peine sa portière ouverte, fut accueilli par un vent glacial. La température extérieure était de moins vingt degrés.

C'est tout juste si les deux hommes avaient échangé quelques mots pendant le vol, tôt ce matin-là, et le trajet en voiture s'était révélé plus silencieux encore. Coldmoon s'était contenté de tenir Pendergast informé de ses activités de la veille, sans s'étendre sur ses déboires. De son côté, Pendergast lui avait expliqué en quelques mots qu'il avait réussi à identifier une demi-douzaine d'amis et collègues d'Élise Baxter dans la région de Miami. Tous ceux qu'il avait appelés avait décrit la jeune femme comme une personne discrète, et précisé que son suicide les avait surpris.

Les deux hommes se dirigèrent vers l'entrée de l'hôtel en empruntant un trottoir glissant. Pendergast, engoncé dans une énorme parka, ressemblait au bonhomme Michelin. Coldmoon reconnut une Snow Mantra doublée d'une épaisse couche de duvet, munie d'une étroite capuche bordée de fourrure de coyote. Cette parka, réputée la plus chaude au monde, coûtait plus de mille cinq cents dollars. Coldmoon se demanda comment son collègue avait bien pu s'en procurer une à Miami. Pour sa part, Coldmoon se contentait de sa bonne vieille doudoune achetée chez Walmart vingt ans plus tôt, dont la toile passée, lustrée par le temps, avait été réparée à plusieurs endroits avec du gaffer.

Pendergast, comme s'il avait lu dans ses pensées, tourna vers lui un visage à peine visible au fond de la capuche.

— J'imagine que vous êtes habitué aux climats rigoureux?

Coldmoon haussa les épaules.

— Je ne saurais trop vous conseiller d'investir dans une de ces parkas, poursuivit Pendergast en frappant sa poitrine au tissu marbré de réflecteurs. Les scientifiques en mission au pôle Sud les utilisent couramment. Et moi qui adore les poches, je suis comblé.

Il tira la porte de l'établissement et une bouffée d'air chaud les accueillit. Le hall de l'hôtel était plongé dans la pénombre, l'intégralité de son mobilier recouvert de housses en toile, à commencer par le comptoir de la réception. Une odeur de sciure et de naphtaline flottait dans l'air. Coldmoon balaya du regard l'immense hall. Les paysages accrochés aux murs dans leurs cadres fatigués, tout comme la moquette usée, lui indiquèrent que le chalet avait connu des heures plus fastes. Un bruit de conversation leur parvint depuis la porte ouverte d'une pièce située derrière la réception.

Les propriétaires des voix se turent en entendant la porte de l'hôtel se refermer. Quelques instants plus tard apparurent trois individus. Le premier était un cinquantenaire obèse habillé d'un gilet en laine rouge et d'un vieux pantalon de velours. Il était suivi par une femme du même âge, aussi maigre qu'il était gros, vêtue d'une tenue de femme de chambre. Un petit homme chauve en uniforme fermait la marche, une enveloppe de papier kraft à la main.

Le policier se contenta d'un léger mouvement de tête, tandis que ses deux compagnons adressaient aux visiteurs un sourire timide.

— Horace et Carole Young? s'enquit Pendergast d'une voix qu'étouffait sa parka.

Il s'avança, ôta une énorme moufle et tendit la main.

— Je suis l'inspecteur Pendergast, et voici mon collègue, l'inspecteur Coldmoon.

Le couple serra la main qui leur était offerte. Pendergast baissa la fermeture Éclair de sa capuche, repoussa celle-ci en arrière et se tourna vers le policier.

— Et vous êtes...?

— Sergent Waintree, se présenta l'intéressé en adressant un coup d'œil au compagnon de Pendergast. Je me suis entretenu avec l'inspecteur Coldmoon par téléphone hier après-midi.

— Je vous remercie d'avoir accepté de nous recevoir aussi rapidement, reprit Pendergast en regardant autour de lui. Je constate que vous n'attendez pas de clients prochainement.

— Nous profitons des mois d'hiver pour rafraîchir l'hôtel, lui expliqua Horace Young.

Coldmoon nota que Pendergast restait emmitouflé dans sa parka, en dépit de la chaleur qui régnait à l'intérieur de l'établissement.

— Quoi qu'il en soit, je ne voudrais pas abuser de votre temps. Je vous propose de commencer dès que vous aurez réuni tout le monde.

— Mais il n'y a personne d'autre, dit Horace.

Pendergast adressa un regard en coin à Coldmoon, mais le sergent Waintree se chargea de répondre à sa question muette.

— Votre collègue m'a demandé de réunir tous ceux qui travaillaient à l'hôtel à l'époque où cette Mlle Baxter s'est donné la mort.

— Vous voulez dire qu'il n'y avait que M. et Mme Young? Où se trouve le reste du personnel? Les employés de cuisine, les serveurs?

— Bolton, qui était notre cuisinier à l'époque, répondit Mme Young, a trouvé un emploi dans une station touristique de Caroline du Nord il y a quelques années. Quant à Donna et Mattie, nos deux serveuses, elles ont pris leur retraite. Si ma mémoire est bonne, elles sont allées vivre l'une comme l'autre chez leurs enfants, mais ne me demandez pas où.

— Le personnel d'entretien?

M. Young se dandina d'un pied sur l'autre.

Willy est mort il y a deux ans. Emporté par un cancer.

— Les femmes de chambre?

— C'est moi qui assurait ces tâches, sourit Mme Young avec un sourire plein de coquetterie. Avant mon mariage avec M. Young.

Coldmoon ne put s'empêcher d'attarder son regard sur le cou décharné de Carole.

— Le gros de la saison se déroule en été et en automne, expliqua Young. La région attire les randonneurs, les amateurs d'oiseaux, de botanique et de nature en général. L'établissement reste fermé du début de l'hiver à la fin du printemps, si bien que nous employons essentiellement du personnel saisonnier. On doit parfois se contenter d'étudiants. Une fois qu'ils sont formés, ça se passe bien en général. Certains restent une saison, d'autres reviennent l'été suivant.

— Il faut dire aussi que les affaires ne sont plus ce qu'elles étaient, ajouta sa femme. Les gens préfèrent se rendre en Europe, vu le prix des billets d'avion.

Pendergast ne paraissait nullement déçu de se trouver privé de témoins par les circonstances.

— Je comprends, réagit-il en affichant l'ombre d'un sourire. Si vous n'y voyez pas d'inconvénient, je souhaiterais commencer par examiner vos archives.

Les Young échangèrent des coups d'œil gênés.

— J'aime autant vous prévenir tout de suite, dit Horace, nos registres et nos livres de comptes ont disparu dans un incendie il y a plusieurs années. Il ne nous reste quasiment rien, en dehors de vieux dossiers informatiques.

Il tapota d'un doigt une pile de sorties d'imprimante.

Pendergast haussa les sourcils.

— Un incendie de quel type?

— De l'huile qui a pris feu en cuisine. Nous en sommes rapidement venus à bout, mais nos archives étaient stockées dans une vieille remise près des cheminées d'évacuation des cuisines, et il n'en est rien resté.

— Et vous? insista Pendergast en se tournant vers le policier.

Waintree lui tendit un dossier.

— Je vous ai apporté le rapport d'enquête. Vous y trouverez le détail des dépositions, les photos, et tout le reste.

Pendergast et Coldmoon passèrent la demi-heure suivante à éplucher les maigres archives de l'hôtel en s'intéressant à la période de deux mois autour de la date du suicide d'Élise Baxter. Par précaution, Pendergast photographia avec son portable l'ensemble des documents concernés. Les Young étaient restés dans la pièce, prêts à répondre aux questions éventuelles. À leur mine, on les sentait à la fois curieux et gênés.

Le sergent Waintree observait la scène de loin, les bras croisés, avec ce laconisme propre au caractère taciturne des habitants du Maine. Coldmoon le trouvait surtout sur la défensive, ce qui n'était pas surprenant à la vue des rares éléments recueillis par la police locale. Il avait beau savoir que les suicides retiennent rarement l'attention des enquêteurs, le dossier était pour le moins sommaire, même à l'aune d'un service de police aussi modeste que celui dont le sergent avait la charge.

Pendergast voulut ensuite interroger les propriétaires. Le mari comme la femme se souvenaient vaguement de la nuit où était morte Élise Baxter, essentiellement parce qu'il s'agissait d'un suicide. Le drame avait eu lieu en fin de saison. Horace Young croyait se souvenir que les employés de Sun & Shore avaient passé une soirée sans incident notoire. Les seuls éclats étaient ceux des rires qui avaient ponctué le dîner. Quant à Élise Baxter, elle n'avait pas frappé les mémoires. Pourquoi en aurait-il été autrement, d'ailleurs?

Carole Young se rappelait très bien du lendemain matin, en revanche, car c'était elle qui avait découvert le corps, pendu à la tringle du rideau de douche. La mort de la malheureuse ne faisait aucun doute à la vue de ses yeux exorbités et de sa langue pendante. Avant de s'évanouir, Carole avait poussé un hurlement qui avait alerté les occupants des chambres voisines. Horace, après s'être personnellement assuré qu'Élise Baxter était morte, avait eu le réflexe de refermer la porte de la chambre sans toucher à rien en attendant l'arrivée de la police.

À ce stade du récit, le sergent Waintree prit le relais. Un flic qui faisait une patrouille dans les environs et un conducteur d'ambulance étaient arrivés les premiers sur les lieux du drame : le premier avait pris sa retraite en Arizona et le second avait péri dans un accident de la circulation quelques mois plus tôt. Les spécialistes de l'identité judiciaire avaient alors pris la main. Ils avaient commencé par décrocher le corps, puis ils avaient procédé à un examen préliminaire de la morte en prenant des photographies et en prélevant des échantillons avant de confier la victime au médecin légiste. Tous les éléments recueillis sur place se trouvaient dans le rapport confié à l'inspecteur Coldmoon.

Le légiste, lui aussi en retraite, s'était installé à Bristol, une ville voisine située sur la côte.

— Vous faisiez déjà partie de la police locale à l'époque? demanda Coldmoon à Waintree en ouvrant le dossier.

— Oui, acquiesça le flic.

— Vous avez participé à l'enquête?

— Si on peut parler d'enquête. Je me suis occupé des détails, en tout cas.

— Mais encore? insista Pendergast.

— Personne n'a rien vu ou entendu d'anormal. On a interrogé les clients des chambres voisines et les employés présents ce soir-là, ainsi que plusieurs collègues de la morte.

— Où se trouvent leurs dépositions?

— Elles sont résumées dans le rapport, on n'avait aucune raison de soupçonner quiconque.

— Ceci est une déposition? s'étonna Pendergast en lui montrant une feuille contenant à peine deux phrases.

— Oui.

Pendergast rangea la feuille dans le dossier.

— L'hôtel était-il équipé de caméras de sécurité?

— Vous êtes dans le Maine, inspecteur, répondit Horace Young, comme s'il s'agissait d'une explication imparable.

— Savez-vous si des personnes étrangères à la région se trouvaient dans le village ce soir-là?

— Ce ne sont pas les touristes qui manquent pendant la saison, dit Waintree. Ils attendent que les arbres aient perdu toutes leurs feuilles pour disparaître. Cela dit, nous n'avons enregistré aucune plainte ou incident cette semaine-là.

— Vous n'avez pas non plus remarqué la présence d'objets insolites dans la chambre de Mlle Baxter?

Le couple Young et le policier secouèrent la tête.

— Pas de lettre non plus? intervint Coldmoon

— Aucune, répondit Waintree.

— Que dit le rapport du médecin légiste?

— Je l'ai joint au dossier.

— Vous voulez parler de ces trois pages dactylographiées que vous avez photocopiées? Je ne vois pas de radiographies.

— Je vous l'ai précisé hier au téléphone, se justifia le sergent. Le dossier ne nous apprend quasiment rien. Vous auriez été mieux inspiré de rester bien au chaud à Miami, je me serais fait un plaisir de vous l'adresser par la poste.

Coldmoon et Pendergast étudièrent brièvement le rapport du légiste.

— *On note la présence des marques habituellement constatées en cas de pendaison*, lut Coldmoon à voix haute. *La victime est morte asphyxiée.*

— Elle s'est pendue à la tringle du rideau de douche, remarqua Pendergast. L'expérience m'a montré que les tringles de douche étaient rarement très solides, en particulier dans les hôtels où elles sont fréquemment fixées au moyen de ventouses.

— Ce n'est pas le cas ici, rétorqua fièrement Young. Les nôtres sont scellées au mur à l'aide de colliers maintenus par trois vis.

— Dans ce cas, le mieux serait encore de jeter un œil à la salle de bains concernée, suggéra Pendergast.

Young hocha la tête.

— Vous avez de la chance, c'est l'une de celles que nous n'avons pas choisi de rénover cet hiver.

La chambre d'hôtel où Élise Baxter s'était donné la mort ressemblait à la plupart de celles que Coldmoon avait pu voir à travers l'Amérique : une moquette épaisse aux motifs chargés, destinés à cacher les taches éventuelles, des doubles rideaux protégeant de la lumière du jour les amateurs de grasses matinées, un édredon qui n'avait probablement pas été nettoyé depuis le début de la saison précédente. Coldmoon avait lu un jour que l'objet le plus sale des chambres d'hôtel était la télécommande du téléviseur ; on y trouvait un nombre impressionnant d'E. coli et autres bactéries plus ou moins dangereuses, voire des staphylocoques dorés. Il la chercha des yeux et la vit sur la table, posée à côté de prospectus vantant les attractions touristiques de la région.

La salle de bains au sol carrelé, très petite, était équipée d'une baignoire émaillée. La tringle du rideau de douche, fixée au mur à l'aide de colliers métalliques ainsi que l'avait déclaré Young, se trouvait à quelques centimètres du plafond légèrement moisi. Coldmoon estima la hauteur de la pièce à deux mètres cinquante, bien assez pour ne pas rater sa pendaison.

Pendergast se tourna vers lui.

— Puis-je voir les photographies, je vous prie ?

Coldmoon souleva le rabat du dossier et les deux hommes s'intéressèrent de près aux tirages fatigués. Le photographe s'était acquitté très honorablement de sa mission en mitraillant la pièce sous tous les angles avant de procéder de même avec le corps. On voyait Élise Baxter pendue à la tringle du rideau de douche à l'aide d'un drap noué. Elle était vêtue d'un peignoir en éponge qui s'était légèrement écarté, dévoilant un sein. Avec sa langue pendante toute desséchée, ses yeux grands ouverts et les taches violacées qui dessinaient sur son cou des myrtilles trop mûres, elle n'avait plus rien de commun avec la jolie jeune femme du portrait exposé dans le salon de ses parents.

Pendergast désigna à son compagnon un cliché en gros plan des jambes de la morte. Le sang avait beau s'être figé dans les membres inférieurs, Coldmoon vit que les doigts de pied et les chevilles d'Élise, tout comme le rebord émaillé de la baignoire, brillaient de façon anormale.

— Elle s'était... euh, savonné les pieds, expliqua Horace Young en secouant la tête.

— Au cas où elle aurait été tentée de changer d'avis à la dernière seconde? s'enquit Coldmoon.

— Ce n'est pas si rare, ajouta Pendergast. Dites-moi, monsieur Young. Le carrelage a été changé depuis l'époque où a été pris ce cliché. Quant à la tringle elle-même, on la dirait d'un modèle plus récent.

— En effet, reconnut l'hôtelier. Nous avons tout refait, et je ne parle pas uniquement de la salle de bains. Nous avons changé le lit, les papiers peints, la moquette, tout.

Il fut pris d'une légère hésitation avant d'ajouter:

— Le personnel hôtelier est encore plus superstitieux que les clients.

— Très bien, fit Pendergast sur un ton maussade qui contredisait son propos.

Il remisa la photo dans le dossier.

— Nous souhaiterions examiner la chambre plus en détail, si cela ne vous dérange pas.

— Pas le moins du monde, s'exclamèrent M. et Mme Young à l'unisson.

— Sergent, ajouta Pendergast à l'intention de Waintree, je vous propose de nous retrouver dans vos locaux afin d'évoquer ce suicide plus en détail lorsque nous en aurons terminé ici.

— Je suis désolé, inspecteur, mais c'est impossible, rétorqua le policier d'une voix sans émotion.

— Pour quelle raison?

— Eh bien..., hésita Waintree. Le chef Pelletier m'a chargé de vous transmettre toutes ses excuses, mais nous sommes particulièrement occupés en ce moment.

— Allons bon.

— Voyez-vous, inspecteur, nous assistons depuis quelque temps à une véritable épidémie d'overdoses et de délits liés à la consommation d'opiacés, si bien que nous sommes débordés. Sans parler des mille et un problèmes domestiques auxquels nous sommes confrontés par ici lorsque l'hiver se prolonge. Le dossier que je vous ai donné contient toutes les pièces d'importance, et je suis le seul témoin du suicide encore en poste. Il ne vous servirait à rien de venir chez nous.

Pendergast, dont le visage s'était assombri à mesure que Waintree lui débitait son boniment, laissa le silence s'installer. Il s'apprêtait à réagir lorsque Coldmoon, poussé par son instinct, s'interposa.

— À ce propos, déclara-t-il en s'adressant aux Young, quelles chambres nous avez-vous réservées ?

L'hôtelier et sa femme échangèrent un regard.

— Mon Dieu ! s'écria Carole. Nous n'en avons aucune de disponible. L'établissement est fermé.

— Aucune chambre ? J'avais cru comprendre que le Chalet était vide.

— C'est le cas, s'empressa de répondre Young. Comme tous les établissements de la région. Il n'y a jamais personne pendant les mois d'hiver, nous en profitons pour effectuer des travaux de rénovation.

— Je ne comprends pas, vous nous avez expliqué tout à l'heure que cette partie de l'hôtel n'était pas concernée.

— Je parlais uniquement de cette *chambre*, qui avait déjà été refaite. Les chambres voisines…

Young ponctua sa phrase d'un haussement d'épaules désolé.

Coldmoon prit le temps de digérer l'information.

— Pourriez-vous nous recommander un autre endroit ?

— J'ai bien peur que vous ne trouviez rien en ville, tout est fermé. Les amateurs de ski préfèrent se rendre dans la région de Big Squaw. Vous ne trouverez rien d'ouvert à moins d'une heure de route à cette époque de l'année.

— Aucune chambre dans cet hôtel, murmura Pendergast en sortant de la salle de bains.

— Il y aurait bien l'auberge du Modeste Maquereau, suggéra le sergent Waintree.

— C'est juste! s'exclama Young. Ils disposent effectivement de quelques chambres en cette saison. Je me suis toujours demandé pourquoi.

— L'hôtel se trouve à l'entrée de Millinocket, précisa Waintree en quittant la pièce.

Il se figea sur le seuil.

— Si vous souhaitez dîner, je vous conseille de vous arrêter en chemin au supermarché SaveMart.

— Les restaurants sont tous fermés, eux aussi? s'étonna Coldmoon, mais Waintree s'était déjà éclipsé en compagnie des Young.

— Je ne suis guère étonné que ces gens aient un problème de consommation d'opioïdes, remarqua Pendergast d'une voix sourde.

Sur ces mots, il se frotta les mains et se lança dans un examen poussé de la chambre. Coldmoon, qui assistait à la scène en spectateur, n'avait pas le souvenir d'avoir jamais assisté à une fouille aussi minutieuse. Muni d'une loupe, Pendergast commença par inspecter les bords de la moquette sur tout le pourtour de la pièce, puis il démonta le téléphone et la radio dont il scruta longuement l'électronique, avant de passer à la salle de bains où il épousseta les fixations de la tringle de douche à l'aide d'une minuscule brosse à poils fins. De temps à autres, de petits sachets en plastique surgissaient comme par magie de ses innombrables poches, dans lesquels il glissait quelque poussière glanée çà et là à l'aide de sa pince à épiler.

Coldmoon, qui observait son collègue avec un étonnement croissant, se hasarda à émettre une remarque.

— L'hôtelier nous a expliqué que cette chambre avait été entièrement refaite. Sans oublier que le suicide d'Élise Baxter a eu lieu il y a onze ans. Des centaines de clients ont occupé les lieux depuis.

Pendergast sortit de sa parka un outil multifonction grâce auquel il dévissa une grille de ventilation placée au pied d'une cloison.

— Vous avez tout à fait raison. Néanmoins, Élise Baxter a bel et bien séjourné ici, et c'est ici qu'elle a prétendument mis fin à ses jours, précisa-t-il en examinant avec une mini-torche le conduit dont il venait de dévoiler la présence avant de retirer à l'aide de sa pince à épiler un élément resté collé à une soudure.

— Que comptez-vous trouver, exactement ? Vous espérez donc qu'elle s'adresse à vous par l'entremise du Wanagi Tacanku ?

— C'est une possibilité, répondit Pendergast en se relevant et en s'époussetant. Mon cher collègue, ainsi que vous l'avez sans nul doute remarqué, le dossier qui nous a été communiqué ne présente pas le moindre intérêt. Faute de disposer des registres hôteliers contenant les noms de tous ceux qui séjournaient dans cet hôtel le soir du suicide, nous n'avons quasiment rien à nous mettre sous la dent. Aussi m'efforcé-je de glaner dans cette chambre tout ce qui peut l'être. J'ai bien conscience que vous préféreriez occuper votre temps autrement. Pourquoi ne pas nous retrouver tout à l'heure à la réception ?

Coldmoon haussa les épaules.

— OK, laissa-t-il tomber avant de quitter la chambre sans autre forme de procès.

Coldmoon avait appris à passer le temps depuis belle lurette, au Bureau des Affaires indiennes comme dans les tribunaux des réserves indigènes, sur les terrains de manœuvre du FBI à Quantico, ou encore dans les voitures banalisées lorsqu'il était en planque. Il avait même appris à aimer ces moments d'attente. En outre, il avait peu dormi la nuit précédente et la fatigue commençait à l'emporter. Il regagna le grand hall de l'hôtel qu'il trouva désert, retira la housse de l'un des canapés, prit quelques magazines sur une table basse et s'installa confortablement avec l'intention de lire.

Lorsqu'il se réveilla, il constata d'un coup d'œil à l'horloge murale qu'il était 14h50. Le hall était toujours vide et il régnait un silence de mort à l'intérieur de l'établissement. Que pouvait donc bien fabriquer Pendergast?

Il posa les magazines, se leva et retourna à la chambre d'Élise Baxter. La porte, qu'il avait laissée ouverte un peu plus tôt, était verrouillée à présent. Il colla son oreille contre le battant, en vain.

Les chambres du Chalet étaient encore équipées de clés à l'ancienne. Coldmoon se baissa silencieusement et colla son œil contre le trou de la serrure.

L'inspecteur, emmitouflé dans sa parka, était allongé sur le lit, les mains croisées sur le ventre. Il avait disposé autour de lui les photos fournies par le sergent Waintree et tenait entre ses doigts une chaîne en or à l'extrémité de laquelle pendait un médaillon.

Le jeune inspecteur se demanda l'espace d'un instant si son aîné n'avait pas été victime d'une crise cardiaque ou d'une attaque, avant de s'apercevoir que la poitrine de Pendergast se soulevait à un rythme lent, mais régulier. On aurait pu croire qu'il dormait, même si c'était peu probable tant il était immobile.

Coldmoon observa la scène pendant un petit moment, puis il se redressa et regagna le hall d'entrée.

10

Jenny Rosen tourna le coin de la 7e Rue à la suite de ses amies Beth et Megan. Elle s'immobilisa en découvrant Ocean Drive et ses allures de Babylone moderne. Le boulevard qui s'étendait à l'infini lui fit l'effet d'une bouffée d'adrénaline, avec ses rythmes désordonnés s'échappant des bars, ses odeurs de poisson grillé et de viande marinée auxquelles se mêlaient çà et là des effluves d'herbe, ses guirlandes de lumière blanche qui partaient à l'assaut des troncs de palmier, tels des motifs de sucre d'orge, les néons criards des échoppes de tatoueurs et de marchands d'articles de plage, la masse confuse des projecteurs, des stroboscopes et des lasers multicolores qui striaient follement la nuit.

— Allez, l'entraîna Beth, obligée de crier pour se faire entendre dans le maelström des cris et des rires de la foule massée sur les trottoirs. C'est un peu plus loin!

Jenny et Megan emboîtèrent le pas à Beth qui s'efforçait de se frayer un chemin au milieu des passants. La plupart d'entre eux étaient jeunes, et tous hurlaient à pleins poumons dans l'espoir de couvrir la cacophonie ambiante, la moitié déjà soûls, les autres défoncés. Jenny avait arpenté les rues de bien des lieux branchés, le Lower East Side ou la Mission à Manhattan, la plage de Venice ou Silver Lake à Los Angeles, mais jamais elle n'avait vu un assortiment aussi bigarré de hipsters, de punks, de cybergoths, de membres de gangs, de surfeurs, de losers, de toxicos, de poseurs et autres sous-spécimens réunis dans un même brouet humain.

Jenny et Megan passèrent devant un bar à chicha, traversèrent la gueule d'une ruelle étroite, longèrent la vitrine brillamment éclairée d'un magasin de lunettes de soleil à la mode en s'efforçant de ne pas perdre Beth. Celle-ci avait pris la direction des opérations, comme à son habitude. Au prétexte qu'elle était originaire de Géorgie, l'État voisin, et qu'elle avait passé «du temps» à Miami deux ans auparavant (une seule soirée, à la vérité), Beth jouait les habituées en prenant sous son aile ses deux copines auxquelles elle avait promis une nuit inoubliable.

Les deux amies rattrapèrent leur guide devant l'une des rares boutiques du quartier au rideau baissé.

— C'est quoi, cette connerie? s'agaça-t-elle. C'est le club dont je vous avais parlé. Je le crois pas, c'est fermé. Si ça se trouve, ils ont trouvé un local plus grand.

Elle sortit son portable sur l'écran duquel elle s'activa sans se soucier des passants qui la bousculaient.

Jenny tira sur le col de son petit haut. Elle ne s'était pas attendue à trouver autant d'humidité à Miami dès la fin du mois de mars, et la promiscuité de tous ces corps poisseux ne faisait qu'ajouter à son inconfort. Si elle s'était écoutée, elle aurait entraîné ses copines au LIV, l'une des plus grandes boîtes de nuit du pays, sans même parler de Miami Beach. Sauf que Beth était radine, jamais elle n'accepterait de payer une table. Sans compter que l'idée ne venait pas d'elle. Il fallait toujours qu'elle prenne l'initiative de tout. C'était elle qui avait loué sur Airbnb cette merde d'appart qui sentait la mort à des kilomètres de tout, avant d'obliger Megan et Jenny à remonter Washington pendant des plombes en feignant de se souvenir de la collection de bars prétendument super devant lesquels elles passaient, tous chelous ou hors de prix en fin de compte. Ce qui n'avait pas empêché les trois filles de prendre un verre dans chacun d'eux:

des tequilas sunrise pour Megan, des cocktails aux fruits pour Beth, et des vodkas cranberries pour Jenny qui n'avait pas l'habitude de boire.

Beth rangea son téléphone et repartit de plus belle.

— Allez Meg, cria-t-elle par-dessus son épaule. Allez, ma Jen !

Jenny résista à l'envie de lancer un coup d'œil ironique à Megan, ce qui n'aurait pas été très malin sachant que Megan était la meilleure amie de Beth depuis qu'elles s'étaient connues en deuxième année à Macalester, une institution privée de Saint Paul, dans le Minnesota. Alors que Beth espérait obtenir un diplôme en communication de l'action publique, Megan s'était lancée dans des études de sociologie avec une spécialisation en relations interethniques. De son côté, Jenny s'était initialement intéressée à la recherche médicale avant de changer d'avis au terme d'un semestre de chimie organique. Elle se destinait désormais à un master d'histoire de l'art.

Elle s'enfonça au milieu de la foule d'un air morose. Tous ces cris lui donnaient mal à la tête, et les trois vodkas n'aidaient pas.

Les trois amies passèrent devant la façade Art déco bleu et blanc de l'hôtel Colony avant de poursuivre en direction du nord. Jenny se fit la réflexion qu'elle faisait tache au sein de leur trio. Elle avait du mal à se lier en règle générale et jugeait qu'elle avait trop investi dans sa relation avec Beth et Meg pour y renoncer à présent. Et lorsque ces deux dernières avaient obtenu des entretiens, tous frais payés, à l'université de Miami où elles espéraient s'inscrire en deuxième cycle, Jenny avait accepté de les accompagner. Elle ne s'en vantait pas, mais comme sa famille avait de l'argent, elle n'avait eu aucun mal à s'offrir un billet. La perspective de découvrir Miami Beach ne l'emballait pas plus que ça, mais elle n'avait aucune envie de rester seule dans sa chambre de Kirk Hall. Elle s'était même promis de s'amuser, à condition que Beth cesse pour une fois de se prendre pour la cheffe.

Avec le recul, c'était mal parti de ce côté-là.

Elles traversèrent la rue et passèrent devant des myriades de restaurants devant lesquels s'activaient des aboyeurs dotés de voix de stentor et des sirènes en bikini chargées d'attirer le chaland. Beth s'arrêta enfin devant une double porte cernée de lumière noire devant laquelle un videur en tenue de cuir montait la garde. Elle se retourna vers ses compagnes, tout excitée.

— C'est là ! annonça-t-elle en présentant ses papiers au videur.

Megan se faufila avec enthousiasme jusqu'à elle.

— Allez, ma Jen ! insista Beth en gesticulant.

Jenny, qui détestait qu'on l'appelle « ma Jen », grimaça intérieurement en franchissant la double porte dans le sillage de ses copines. En passant, elle vit une enseigne éclairée par un projecteur : L'OCÉAN ÉLECTRIQUE.

Il faisait un noir d'encre à l'intérieur du bâtiment dont l'air vibrait au rythme des disques de merengue choisis par le DJ. Le temps que ses yeux s'accoutument à l'obscurité ambiante, Jenny distingua une vaste piste de danse fermée sur sa gauche par une rangée de box, et sur sa droite par le bar. Beth et Megan s'étaient déjà mêlées aux danseurs. Après avoir hésité un instant à les rejoindre, Jenny s'approcha du bar. Elle avait déjà la tête qui tournait, mais elle allait devoir s'armer de courage si elle entendait se lancer sur la piste.

Le barman prit le billet de vingt qu'elle lui tendait et posa devant elle une grande vodka cranberry avant de lui rendre cinq coupures de un dollar. Jenny s'accouda au comptoir en sirotant son cocktail tout en observant le ballet des silhouettes qui se déhanchaient de façon saccadée à la lueur intermittente des stroboscopes. Beth et Megan s'était déjà évanouies au milieu de la masse des danseurs.

Elle avait à peine vidé son verre que le barman en posait un plein devant elle. *Putain, ils ne rigolent pas avec l'alcool, par ici.* Elle tira un autre billet de vingt de son sac et le tendit au barman. Une rumeur plus assourdissante encore que la musique lui vrilla les tympans. Elle tourna la tête et vit un barbichu tout maigre en tenue post-punk qui lui criait dans les oreilles.

— Quoi? demanda-t-elle.

— Je te demandais si t'étais un PV? hurla-t-il en retour.

— Un PV? De quoi tu parles?

— Parce que t'as les plus beaux yeux en «amende» que j'ai jamais vus!

Sa propre boutade le fit trembler de rire, au point que le martini qu'il tenait à la main déborda de son verre. Même dans la pénombre ambiante, Jenny constata que ses pupilles étaient à peine plus grosses que des têtes d'épingles. *Moi qui prenais les mecs de Saint Paul pour des nazes.* À l'heure qu'il était, elle n'avait aucune envie de se faire draguer par un abruti.

Elle s'éloigna du bar après avoir vidé sa vodka et distingua un escalier aux marches soulignées par des néons bleus dans la pénombre que trouaient constamment les éclairs des projecteurs. Derrière elle, l'abruti lui cria une phrase qu'elle ne comprit pas et elle se mêla à la longue file de ceux qui montaient à l'étage dans l'espoir de lui échapper. Elle découvrit une piste de danse aussi sombre que celle du rez-de-chaussée, animée cette fois par un DJ spécialisé dans la techno. Elle s'avança prudemment jusqu'au bord de la piste en se demandant si le meilleur moyen d'y trouver sa place ne consistait pas à croiser le regard de quelqu'un. Elle s'aperçut au même moment que ce n'était pas le plancher qui tanguait sous les assauts des danseurs, mais elle qui tenait à peine debout. Elle n'était pas habituée à boire autant, et les deux derniers verres étaient particulièrement chargés en vodka.

Elle éprouva soudain le besoin de quitter cet endroit. L'obscurité étouffante, tous ces corps ruisselant de transpiration, le harcèlement implacable des lasers, les pulsations électroniques et les cris étaient trop pour elle. Prise de panique malgré tout l'alcool qu'elle avait ingurgité, elle se fraya un passage jusqu'à l'escalier et redescendit précipitamment. Sans doute se serait-elle écroulée si la masse de ceux qui la précédaient ne l'avait pas soutenue et c'est d'un pas mal assuré qu'elle franchit la double porte du club.

Même la foule qui se pressait sur les trottoirs d'Ocean Drive lui semblait rassurante après le sentiment d'oppression qu'elle venait d'éprouver à l'intérieur. Elle s'éloigna de quelques pas et s'adossa contre la façade de l'immeuble en prenant de longues inspirations afin de calmer sa panique.

Au même moment, deux silhouettes sortirent précipitamment du club. Jenny plissa les yeux dans l'espoir d'échapper à la violence des néons et reconnut ses amies.

— Je me disais bien que c'était toi que j'avais vu passer, fit Beth. Que se passe-t-il?

— Rien, répondit Jenny. Désolée. Vous avez pas envie de rentrer?

— Naaan! On m'a parlé d'un club trop stylé, tout près d'ici.

Jenny se remplit les poumons.

— Vous savez quoi? Vous n'avez qu'à y aller, je préfère retourner à l'appart en Uber.

Beth afficha une mine déconfite.

— Tu vas pas nous laisser tomber maintenant, ma Jen.

— Je t'assure, je suis lessivée. Allez-y, amusez-vous. On se retrouve tout à l'heure, proposa-t-elle en sortant son portable.

Beth dégaina le sien à la vitesse de l'éclair et cliqua sur l'appli Uber avant même que Jenny ait pu allumer son écran.

— Avec cette circulation de dingue, le Uber en aura au moins pour un quart d'heure, voire une demi-heure. Tu as tout le temps de voir à quoi ressemble cette boîte d'ici là.

Sans laisser à Jenny le temps de répondre, elle commanda une voiture pour plus tard et s'élança sur Ocean

Drive en fourrant le portable dans son faux sac Dolce & Gabbana.

Jenny la suivit machinalement tout en sentant revenir en force le malaise qui l'avait assaillie quelques minutes plus tôt. Elle n'aurait jamais dû avaler cette cinquième vodka cranberry.

Elle s'arrêta et vit danser devant ses yeux la multitude des lumières du boulevard.

— Les filles, je ne me sens pas bien. Je crois que je vais vomir.

Beth et Megan ne l'entendirent même pas dans le brouhaha ambiant.

Jenny regarda autour d'elle. Le monde tanguait dangereusement et son estomac menaçait de la lâcher.

Elle ne pouvait tout de même pas dégueuler devant tout le monde. Sa gorge se mit à la chatouiller dangereusement, un signe avant-coureur de la nausée qui la guettait.

Là! Elle se précipita sans l'ombre d'une hésitation dans l'une des ruelles de service qui croisaient épisodiquement le boulevard. Elle s'enfonça en courant dans le boyau sombre, passa à côté de bennes à ordures nauséabondes et de portes donnant sur des cuisines peu appétissantes. La rumeur d'Ocean Drive s'apaisait à mesure qu'elle s'en éloignait, au point d'entendre à présent le bruit de ses pas sur les briques. Elle avançait dans le noir, guidée par la lueur diffuse d'Ocean Court et de Collins Avenue dans le lointain, surprise par la rapidité avec laquelle elle était passée de la foule du boulevard au vide qui l'entourait.

La nature se chargea d'interrompre sa course. Elle s'appuya brusquement d'une main contre le mur le plus proche et son repas du soir – des raviolis vapeur à la coquille Saint-Jacques, du canard laqué et du riz noir – retrouva la liberté.

Jenny vomit tout ce qu'elle avait, secouée de spasmes, jusqu'à ce que l'horrible sensation de nausée qui l'oppressait commence à s'estomper. Elle avait toujours des vertiges et ses côtes lui faisaient mal, mais du moins commençait-elle à reprendre figure humaine. Elle prit une longue respiration. La pénombre lui procurait une sensation proche du bien-être, elle en arrivait presque à savourer cet instant d'intimité. Elle repartait en arrière, décidée à annuler le Uber, histoire de montrer à ses copines qu'elle était capable de faire la fête aussi bien qu'elles, lorsqu'une main s'abattit sur sa bouche.

Elle ressentit une curieuse brûlure au niveau du cou, et sa gorge se noya brutalement dans un flot de sang tiède.

11

Il était presque 16 h 30 lorsque Pendergast arriva dans le hall du Chalet, toujours engoncé dans sa parka en dépit de la chaleur ambiante. Voyant qu'il oubliait consciencieusement de préciser ce qu'il avait fait dans la chambre d'Élise Baxter, Coldmoon évita de lui poser la question.

Au bruit, Young émergea de son bureau et s'assura auprès de ses visiteurs qu'ils n'avaient besoin de rien. Il se confondit en excuses de ne pouvoir les loger et leur indiqua la direction de Millinocket.

Les deux hommes regagnèrent leur véhicule de location en affrontant un froid polaire. Coldmoon se glissa derrière le volant, démarra et suivit les indications de Young comme celles du GPS en empruntant un labyrinthe de petites routes mal dégagées. De rares silhouettes de fermes ou de magasins animaient le paysage de neige alors que le jour commençait à décliner.

Une tache jaune et rouge se dessina à travers les arbres, indiquant l'entrée du supermarché SaveMart dont leur avait parlé le sergent Waintree. La partie inférieure de l'enseigne lumineuse avait disparu, emportée par un coup de fusil, dévoilant les tubes de néon qu'elle contenait.

— On ferait mieux de s'arrêter ici, suggéra Coldmoon.

Pendergast, qui examinait les photos prises au lendemain du suicide, releva la tête.

— Je vous demande pardon?

— Je propose d'acheter de quoi manger. Waintree nous a bien précisé qu'on ne trouverait rien d'ouvert à cette époque de l'année.

— Oui, naturellement, acquiesça Pendergast avant de ranger les photos et de descendre de voiture à l'imitation de Coldmoon.

Il n'y avait pas d'autres clients dans la piètre supérette qui s'apprêtait à fermer ses portes. Pendergast, manifestement perdu, s'approcha du rayon des produits frais et examina une salade sous toutes ses coutures avant de la reposer, puis il arpenta plusieurs allées et s'arrêta enfin devant le rayon des tisanes.

— Noix de coco camomille fruit de la passion? dit-il en saisissant une boîte avec deux doigts.

— Inutile de me regarder comme ça, répliqua Coldmoon en posant dans son panier une boîte de sardines, une barre protéinée, des nouilles japonaises, quatre paquets de Twinkies et du café moulu premier prix.

Il se rapprocha de la caisse où Pendergast ne tarda pas à le rejoindre, les mains vides.

De retour dans l'auto, ce dernier sortit à nouveau les photos contenues dans le dossier de police et se pencha sur l'une d'elles en particulier : une vue de pied de la victime pendue à la tringle du rideau de douche, une cheville posée sur le rebord de la baignoire, la tête de travers, ses yeux exorbités mal dissimulés sous une masse de cheveux emmêlés.

— Pourquoi cette photo? s'enquit Coldmoon.

Pendergast laissa s'écouler un petit moment avant de répondre.

— Je réfléchissais.

— À quoi?

— À ce que vous avez dit à Pickett hier. À savoir qu'il était illusoire de penser que Mlle Montera et Élise Baxter aient été choisies au hasard *toutes les deux*.

— Vous n'êtes pas de cet avis? Vous ne pensez pas que l'assassin a choisi l'une des deux en toute connaissance de cause?

— Effectivement, répondit Pendergast en posant le cliché. Les chances que les deux femmes aient été sélectionnées au hasard sont quasi nulles. Il existe toutefois une troisième possibilité.

Coldmoon médita longuement l'affirmation de son compagnon.

— Vous voulez dire que l'assassin a choisi délibérément les deux femmes, et non une seule.

— Oui. Si c'est effectivement le cas, je crains fort que notre tâche ne s'en trouve d'autant plus simplifiée… ou compliquée.

Coldmoon commençait à s'habituer aux aphorismes presque mystiques de Pendergast. À ce stade, rien ne permettait de penser que la mort de Baxter n'était pas un suicide et aucune indication sérieuse n'autorisait les deux hommes à établir un lien entre les deux drames. Il se contenta de répondre par un grognement neutre et sentit le regard de son aîné se poser sur lui. Perplexe, il reporta son attention sur sa conduite.

Coldmoon fut surpris de voir un nombre impressionnant de véhicules sur le parking du Modeste Maquereau quelques minutes plus tard. Il comprit la raison de cette affluence en apprenant de la bouche du propriétaire qu'un arbre s'était abattu sur un poste électrique lors de la tempête de neige qui avait sévi la semaine précédente, privant d'électricité plusieurs dizaines de foyers. Les familles qui ne disposaient pas de proches dans les environs s'étaient tout naturellement rabattues sur l'hôtel, si bien qu'il n'y avait plus une seule chambre disponible dans l'établissement. Le premier étage, habituellement fermé pendant les mois d'hiver, avait même été rouvert pour l'occasion.

Sous le regard amusé de Coldmoon, Pendergast parvint toutefois, par un mélange de persuasion, de menace, de supplication et de soudoiement, à convaincre le propriétaire de leur céder sa propre chambre, la 101, qui disposait de deux lits doubles et d'un téléviseur couleur, à défaut d'une connexion wifi.

— Je peux toujours demander à mon cousin Tom de m'héberger, déclara l'hôtelier en empochant une confortable liasse de billets pliés en deux. Vous n'avez qu'à attendre dans le salon pendant que je fais les lits et que j'enlève mes affaires. J'en ai pour une minute.

Le salon en question était une pièce sinistre au sol recouvert d'un vieux linoléum gondolé. Elle était équipée d'un coin cuisine, d'un billard abandonné, et de quelques tables. Les deux hommes choisirent la plus proche.

— Je vous propose de nous partager ce rapport, suggéra Pendergast en tapotant de l'index le dossier fourni par le sergent Waintree. Il sera intéressant ensuite de comparer nos notes.

— Que voulez-vous comparer? s'étonna Coldmoon. Le rapport d'autopsie et les résultats du labo tiennent sur cinq pages, les comptes rendus d'interrogatoire aussi. Quant aux photos, elles parlent d'elles-mêmes.

— C'est bien parce que ce dossier est d'une telle indigence qu'il nous faut sortir des sentiers battus, pour reprendre une expression galvaudée. Nous intéresser à ces divers éléments d'un œil nouveau pourrait bien nous conduire à des découvertes surprenantes.

Coldmoon, résistant à l'envie de secouer la tête, désigna le dossier.

— Je vous laisse prendre les documents qui vous intéressent.

Pendergast constitua deux petites piles puis en prit une qu'il feuilleta en silence. Coldmoon en profita pour faire le tour de la pièce en s'intéressant aux jeux de société usés, aux étagères débordant de livres de poche et autres rebuts. Ses efforts furent récompensés lorsqu'il dénicha une bouilloire dans l'un des placards de la cuisine.

Le propriétaire du motel survint sur ces entrefaites.

— La chambre est prête, annonça-t-il. Vous me suivez?

— Volontiers, accepta Coldmoon en prenant au hasard un livre, la bouilloire, et la pile de documents qui lui revenait.

— Je vous rejoins plus tard, merci, dit de son côté Pendergast sans lever le nez de ses documents.

Le propriétaire du motel ouvrit la porte de la chambre 101. Coldmoon répondit au bonsoir de son interlocuteur, posa son sac, retira son blouson et se débarrassa avec soulagement de son arme de service dans son étui sur le premier lit. Il brancha ensuite le cordon électrique de la bouilloire. Les nouilles japonaises achetées un peu plus tôt attendraient, il avait surtout besoin d'une bonne dose de café. Il remplit d'eau la bouilloire, ajouta quelques poignées de café moulu, retira ses bottes en soupirant d'aise et s'installa sur le second lit en attendant que le mélange arrive à ébullition, muni des Twinkies et de sa moitié du dossier de police.

Deux heures et trois paquets de Twinkies plus tard, une clé tourna dans la serrure et Pendergast apparut sur le seuil. Il entra dans la pièce, referma la porte derrière lui et procéda à un rapide examen des lieux: les couvre-lits tachés, le papier peint passé orné à plusieurs endroits de traces de crayons de couleur, la minuscule salle de bains dotée d'une seule serviette. Son regard s'arrêta sur Coldmoon, allongé sur le lit en chaussettes, un livre sur les genoux, au milieu des paquets déchirés de Twinkies et des éléments du dossier. Les narines de Pendergast se dilatèrent.

— À nouveau cette curieuse odeur.

— Quelle odeur?

— Un mélange de filtre de cigarette brûlé et de produit à déboucher les lavabos.

Coldmoon huma l'air. Il ne pouvait tout de même pas s'agir de ses pieds.

— Vous voulez parler de l'odeur de café?

— Du café?

Coldmoon hocha la tête en montrant du menton la bouilloire.

— J'ai préparé du café tout à l'heure.

Pendergast battit l'air de la main, comme s'il entendait débarrasser l'atmosphère de sa puanteur.

— De toute évidence, vous l'avez laissé bouillir, si bien qu'il est fichu.

Coldmoon, qui tenait cette recette de son père, de son grand-père et de son arrière-grand-père, ne buvait pas son café autrement.

Dans la réserve de Pine Ridge où il avait grandi, la cafetière en émail bleu écaillé sommeillait toujours sur le poêle à bois, et chacun y ajoutait de l'eau ou du café moulu à sa guise. Personne n'aurait eu l'idée d'utiliser un filtre ou un percolateur. Coldmoon n'appréciait pleinement son café que s'il avait mijoté pendant une semaine au moins.

Pendergast frissonna de dégoût. Il balaya une nouvelle fois la pièce du regard et une expression étrange s'y afficha si furtivement que Coldmoon faillit ne pas la remarquer. Une fraction de seconde plus tard, le visage de l'inspecteur avait retrouvé son impassibilité coutumière. Il ôta sa parka, l'accrocha à la patère vissée à la porte et s'assit sur le premier lit où se trouvait encore l'arme de service de Coldmoon. À la grande surprise de ce dernier, Pendergast s'empara du holster et en retira l'arme.

— Un Browning Hi-Power, commenta-t-il en soupesant le calibre 9 mm de son jeune collègue. Un pistolet parfaitement équilibré. Le dernier mis au point par John Browning avant sa mort, si je ne m'abuse. De fonctionnement assez similaire à celui de mon propre Les Baer.

Il actionna une goupille et le chargeur glissa dans la paume de sa main gauche.

— Cette arme semble posséder une longue histoire. Un héritage familial, peut-être?

Le Browning avait en effet appartenu au grand-oncle de Coldmoon pendant la Seconde Guerre mondiale, mais

Coldmoon se leva d'un bond sans répondre en envoyant valser le dossier qu'il compulsait. L'arme d'un policier n'était-elle pas son bien le plus précieux, un bien auquel personne ne s'avisait de toucher, surtout de façon aussi désinvolte, sans prendre la peine de demander la permission à son propriétaire?

— À quoi jouez-vous? s'écria-t-il, furieux.

Pendergast afficha un air surpris.

— C'est pourtant manifeste. J'inspecte votre arme.

— Donnez-la-moi, dit Coldmoon en tendant la main. Tout de suite.

Les yeux de Pendergast se posèrent sur la main de son collègue avant de remonter vers son visage. Coldmoon crut lire dans le regard félin de Pendergast une lueur inquiétante.

Les deux hommes s'affrontèrent des yeux en silence pendant un long moment, puis Pendergast glissa le chargeur dans la crosse.

— Inspecteur, déclara-t-il. Nous voici contraints par les circonstances de partager cet espace confiné au cœur d'une région désolée. Ce lit, avec son unique oreiller, constitue mon seul et unique refuge dans tout l'État du Maine. Je constate que vous avez pris possession de l'autre lit avec vos documents. En laissant délibérément cette arme de poing sur *mon* lit, alors même que tout amateur d'armes qui se respecte sait qu'il n'y a pire transgression que le maniement de celle d'autrui sans sa permission, vous avez clairement manifesté votre désir de me voir examiner et admirer ce Browning. Ce que je viens de faire. Il s'agit effectivement d'une fort belle arme ancienne.

Sur ces mots, il glissa le pistolet dans son étui et tendit le tout à Coldmoon sans autre commentaire.

Ce dernier prit l'arme tout aussi silencieusement et la posa sur sa table de nuit, de l'autre côté du lit, conscient d'avoir reçu une leçon en bonne et due forme. Une leçon méritée, s'avoua-t-il intérieurement en allant se resservir une tasse de café. Coldmoon n'avait aucun intérêt à perdre le respect de son collègue. Il reprit ses papiers et regagna son lit en émettant un léger grognement.

*

Coldmoon se réveilla en sursaut, brusquement tiré d'un sommeil sans rêve. Il ne comprit pas immédiatement où il se trouvait en voyant de la lumière, avant de se souvenir qu'il occupait la chambre 101 de l'auberge du Modeste Maquereau. Il s'était assoupi tout habillé en lisant le rapport d'enquête de la police de Katahdin, ainsi qu'en attestait la feuille qu'il avait gardée serrée entre ses doigts. Il battit des paupières et constata que Pendergast, assis sur le lit voisin, lui tournait le dos. Il continuait apparemment d'étudier les photos du suicide.

Une nouvelle sonnerie lui fit comprendre qu'un appel l'avait tiré de ses songes. Il récupéra son portable au fond d'une poche et constata qu'il était minuit et quart.

— Oui?

— Inspecteur Coldmoon?

Coldmoon reprit instantanément ses esprits en reconnaissant la voix de son interlocuteur.

— Oui, monsieur le directeur.

— Où êtes-vous?

— Dans un motel de Millinocket.

— Écoutez-moi attentivement, fit la voix de Pickett. Vous bouclez immédiatement vos sacs tous les deux et vous prenez le premier vol pour Miami. Ralliez l'aéroport de Boston au besoin, mais je vous veux là-bas au plus vite.

Pendergast, intrigué, se retourna et tendit l'oreille.

— Très bien, monsieur le directeur, dit Coldmoon en enfilant ses bottes. Que se passe-t-il?

— Que se passe-t-il?!! répéta Pickett sur un ton outragé. Il se passe qu'on a un nouveau meurtre sur les bras à Miami et que les deux inspecteurs chargés de l'enquête sont occupés à chasser des chimères à plusieurs milliers de kilomètres de là. Fichez-moi le camp tout de suite de ce motel.

Coldmoon n'eut pas l'occasion de répondre, Pickett avait déjà raccroché.

12

Coldmoon ne s'était jamais rendu à South Beach, même s'il en connaissait l'animation nocturne par les cartes postales et les photos qui s'étalaient à la une des sites de voyage. Le tableau qui l'attendait de l'autre côté de la vitre du taxi était bien différent. Les voitures avançaient pare-chocs contre pare-chocs sur la 5e Rue et l'auto finit par rejoindre Ocean Drive. Dans la lueur crue du matin, sans les néons et le manteau bienveillant de la nuit, le célèbre boulevard paraissait triste et fatigué avec ses auvents d'hôtel et ses parasols de restaurant ternis par le soleil sous le regard morne des palmiers.

Le seul dénominateur commun était la foule, présente en force à 9 heures du matin dans un tourbillon de shorts, de T-shirts, de bikinis, de chapeaux de plage et de téléphones portables dégainés en prévision des inévitables selfies. Coldmoon distingua un peu plus loin l'attroupement auquel il s'attendait.

Pendergast, qui n'avait desserré les dents que pour évoquer le contenu du rapport de police de Katahdin tout au long du périple impossible qui leur avait permis de rallier Miami depuis le Maine, se tourna vers lui.

— Au cas où j'aurais omis de vous le préciser, je tenais à vous remercier de m'avoir soutenu dans mon désir de visiter la pièce où Élise Baxter a trouvé la mort. Faute d'antécédents suffisants, nous ne pouvions pas savoir que le tueur frapperait à nouveau, aussi vite, et dans la même ville. Il n'en est pas moins regrettable que nous n'ayons pu être présents au moment des faits.

Coldmoon haussa les épaules.

— Je soutiens toujours mon équipier, répondit-il avant d'ajouter : Qu'il ait raison ou tort.

En guise de réponse, Pendergast tourna à nouveau son regard de glace vers la masse des badauds.

Le chauffeur parcourut difficilement quelques dizaines de mètres avant de s'arrêter, bloqué par un barrage de piétons, de voitures de patrouille et autres taxis. Les deux inspecteurs ouvrirent sans attendre leurs portières respectives. Pendergast glissa un généreux pourboire au chauffeur en lui recommandant de déposer leurs sacs à son hôtel, puis il se faufila à la suite de Coldmoon au milieu de l'assistance, retenue en bordure d'une large zone délimitée par des bandes jaunes de police. Cette fois, il nota la présence de nombreux journalistes qui criaient en vain des questions, le micro en avant.

À force de repousser les badauds, Pendergast et Coldmoon parvinrent jusqu'à l'entrée du périmètre de sécurité et le franchirent grâce à leurs badges. Coldmoon commença par observer la disposition des lieux. La scène de crime se trouvait dans une étroite ruelle coincée entre un restaurant vietnamien et un hôtel Art déco branché. Plusieurs petits groupes de policiers en uniforme et en civil s'étaient formés le long de la bande jaune afin de monter la garde. Quelques hommes de la police scientifique achevaient d'examiner l'endroit où avait été découvert le corps. L'autre extrémité de la ruelle crasseuse était bloquée par des voitures de police et des ambulances dont les gyrophares frappaient de plein fouet les façades environnantes.

Vu les nombreux fonctionnaires de police de haut rang, reconnaissables à leurs insignes et galons, qui hantaient les lieux, tout indiquait qu'il s'agissait d'une scène de crime de première importance. Coldmoon se souvint soudain de la formule de Chef Joseph, le célèbre leader des Nez-Percés : *Les hommes blancs ont trop de chefs.*

Un individu s'échappa de la masse des policiers et vint à leur rencontre. De petite taille, mince, d'âge moyen, vêtu d'un pantalon clair, d'une veste et d'une chemise sans cravate, il avait des cheveux d'un noir brillant qui trahissaient ses origines hispaniques.

Pendergast s'avança, main tendue.

— Bonjour, lieutenant. Je vous présente mon coéquipier, l'inspecteur Coldmoon. Inspecteur, voici le lieutenant Sandoval.

Ce dernier serra la main de Pendergast, puis celle de Coldmoon.

— J'ai lu le rapport que vous avez rédigé à notre intention à la suite du meurtre de Mlle Montera, dit Coldmoon d'une voix forte, afin d'être entendu de son interlocuteur dans le brouhaha ambiant. Un rapport très complet, je vous en remercie.

Sandoval accueillit le compliment d'un hochement de tête.

— Je vois que vous arrivez tout juste, déclara-t-il avec un léger accent.

— Hélas, oui, fit Pendergast.

Si Sandoval était surpris de ce retard, il ne le montra pas.

— Laissez-moi vous mettre au courant, proposa-t-il en entraînant les deux inspecteurs au plus profond de la ruelle, loin de la foule. Le meurtre a eu lieu aux alentours de 23 h 30. La victime est une certaine Jennifer Rosen, originaire du Minnesota. Elle était venue passer un week-end prolongé ici en compagnie de deux copines d'université.

— Qui a découvert le corps ? s'enquit Pendergast.

— Un plongeur qui travaille dans le restaurant voisin.

Sandoval avait la curieuse manie de se lisser la lèvre supérieure avec l'index, comme s'il avait une moustache. Il pointa du doigt une porte graisseuse, près d'une benne à ordures.

— Ses amies sont arrivées peu après.

— Combien de temps s'est écoulé entre le crime et la découverte du corps? demanda Coldmoon.

— Très peu. D'après le légiste, Rosen achevait de se vider de son sang quand ce plongeur l'a retrouvée là, précisa Sandoval en montrant une silhouette dessinée à la craie sur le sol.

Les hommes de l'identité judiciaire avaient disposé de petits drapeaux tout autour des restes d'une mare de sang.

— Qu'a-t-il remarqué de particulier?

— Rien, d'après ce qu'on a cru comprendre. Il parle uniquement vietnamien, il nous a fallu recourir aux services d'un interprète, ce qui a pris du temps.

Sandoval jeta un coup d'œil par-dessus son épaule en direction d'un homme d'origine asiatique en tablier blanc tout taché. Assis sur une poubelle, l'air hébété, il répondait aux questions de deux flics armés d'enregistreurs numériques.

— Il sortait avec des sacs-poubelles quand il a découvert Rosen sans vie dans la ruelle. Il est resté un moment sous le choc, comme paralysé. Quand il a repris ses esprits, la ruelle était déserte.

— Y avait-il des témoins sur Ocean Drive? demanda Pendergast.

— Oui, et même beaucoup trop. Les secours et la première patrouille sont arrivés sur les lieux huit minutes après la découverte du corps. Ils ont trouvé sur place une centaine de badauds qui prétendaient tous avoir vu l'assassin. À commencer par les deux amies de la victime qui sont actuellement retenues dans nos locaux de Washington Avenue où mes collègues les interrogent. Si vous trouvez que c'est le cirque ce matin, vous auriez dû voir l'atmosphère qui régnait ici cette nuit, ajouta Sandoval en secouant la tête.

— Certains témoins ont-ils apporté des précisions utiles? s'enquit Coldmoon.

— Pas jusqu'à présent. Ils offrent tous des versions contradictoires des faits, et au vu de l'état de la victime...

Le lieutenant laissa la phrase en suspens.

— Je vous en prie, continuez, l'aiguillonna Pendergast.

— La méthode est très similaire à celle de l'assassin de la fille Montera. Rosen a eu la gorge tranchée à l'aide d'un couteau avant que l'assassin lui ouvre la poitrine avec une hachette ou un outil comparable. Un boulot d'expert, réalisé avec une grande efficacité. Le tueur a extrait le cœur de la fille avant de disparaître en laissant son corps baignant dans une mare de sang.

Il secoua la tête d'un air navré.

— Aucun des témoins d'hier soir n'a vu un individu couvert de sang s'éloigner avec un cœur humain, une hachette à la main.

— L'assassin a-t-il poussé la victime dans la ruelle?

— Apparemment pas. Il semble qu'elle se soit réfugiée là afin de... euh, de rendre. On a retrouvé près du corps une grande quantité de vomi correspondant aux traces de nourriture partiellement digérée retrouvées dans son estomac.

— Des caméras de surveillance? intervint Coldmoon.

— Aucune dans la ruelle. Les témoins qui se sont précipités vers le corps n'ont pas aidé l'enquête en brouillant les indices qu'aurait pu laisser l'assassin. Je vous laisse imaginer les complications engendrées par ce genre d'intervention.

— Des photos?

— La scène de crime a été mitraillée, mais nous n'avons rien de plus à nous mettre sous la dent à ce stade.

— Je vous remercie, lieutenant.

Sandoval salua les deux hommes et s'éloigna. Coldmoon le regarda se perdre au milieu de la foule bruyante collée contre la bande jaune à l'entrée de la ruelle, puis il se tourna vers son compagnon.

— Même technique, dans un cadre différent. Le tueur avait un objectif précis, il a accompli sa tâche très rapidement sans attirer l'attention sur lui.

— Oui, murmura Pendergast.

Il détourna le regard et posa les yeux sur le carré de béton sordide où la jeune fille avait perdu la vie.

— Il dispose d'une logistique impressionnante, commenta-t-il.

Coldmoon fronça les sourcils.

— Vous voulez parler de sa capacité à tuer et extraire le cœur de sa victime avant de s'enfuir?

— Exactement. En particulier dans une zone aussi fréquentée. Notre homme n'est pas sans évoquer Jack l'Éventreur. Pourquoi choisir un secteur aussi animé, au risque d'être vu?

Il tourna la tête en voyant le lieutenant Sandoval les rejoindre, muni de photographies.

— Existe-t-il des cimetières dans les environs? l'interrogea Pendergast.

Le lieutenant lui tendit les photos, le front barré d'un pli. Il répondit par la négative d'un mouvement de tête.

— Aucun en dehors de Bayside, mais on en trouve plusieurs à Miami même.

— Dans ce cas, je vous conseillerais volontiers...

Pendergast fut interrompu par des cris aigus derrière eux. Un agent en uniforme se précipita vers Sandoval à l'oreille duquel il glissa quelques mots.

— On vient de découvrir un cœur, expliqua le lieutenant alors que l'agent s'éloignait. Sur une tombe du cimetière municipal de Miami. Si vous voulez bien m'excuser.

À ces mots, Sandoval s'éclipsa et disparut à la vue, emporté par une marée d'uniformes.

Comme la rumeur enflait autour d'eux, Pendergast s'approcha de Coldmoon.

— « Seul mon sang demeure. Prenez-le, mais épargnez-moi de longues souffrances. »

Coldmoon posa sur lui un regard surpris.

— Vous citez les paroles de Crazy Horse à Camp Sheridan?

— Il s'agit plus exactement de celles de Marie-Antoinette. Prononcées à Paris.

Pendergast ponctua sa phrase d'un geste ample en direction de Miami.

— Et si nous allions voir quelle offrande nous laisse cette fois M. Cœur-Brisé?

13

Le calme succéda rapidement au brouhaha, à mesure que disparaissaient les policiers en civil. Les inspecteurs de la police locale qui discutaient par petits groupes quelques instants plus tôt en gesticulant avec leurs téléphones s'évanouissaient les uns après les autres. Seuls restaient les agents en uniforme chargés de maintenir la foule à distance et de protéger la scène de crime. Un hululement de sirène traversa l'air, suivi de plusieurs autres. Les voitures banalisées autour desquelles s'était massée la foule des badauds démarrèrent avant de s'éloigner en forçant le passage. Coldmoon se retourna en entendant un long crissement de pneus et vit s'éloigner une voiture de patrouille qui bloquait la ruelle à son extrémité. Coldmoon comprit soudain que son collègue et lui ne disposaient d'aucun moyen de transport. Ils étaient arrivés en taxi de l'aéroport, et la Mustang était restée sur le parking du Fontainebleau. Il avait l'impression frustrante d'être l'enfant oublié à la fin d'une partie de chaises musicales.

— Comment va-t-on se débrouiller sans voiture? s'inquiéta-t-il. Et où se trouve ce fichu cimetière? Miami n'est pas un patelin.

Pendergast franchit la bande jaune en se baissant et s'enfonça dans la foule d'un pas alerte. Coldmoon, collé dans son sillage, le vit s'arrêter devant un magasin de souvenirs, saisir au vol un plan de la ville sur un présentoir installé à l'entrée, et le déplier d'un coup.

— *Ecce!* s'exclama Pendergast en pointant du doigt un rectangle de verdure au milieu du quadrillage des rues.

— Le cimetière municipal de Miami, commenta Coldmoon.

— Celui-ci se trouve à près de six kilomètres d'ici, précisa Pendergast.

Coldmoon constata d'un coup d'œil circulaire que si la circulation était dense, il n'y avait aucun taxi en vue, pas même une voiture de patrouille susceptible de les conduire sur place.

Pendergast s'empressa de remettre le plan dans le présentoir en voyant la propriétaire de l'échoppe s'approcher, puis il s'éloigna sur Ocean Drive d'un pas vif en direction de l'un des hôtels Art déco de South Beach. Coldmoon, qui s'était glissé machinalement dans ses pas, le vit s'approcher de l'entrée de l'établissement devant laquelle un portier montait la garde. Un taxi à la carrosserie jaune blanchie par le soleil attendait devant l'hôtel, son moteur au ralenti. Le chauffeur était occupé à caser des valises dans le coffre pendant qu'un vieil homme corpulent aidait son épouse âgée à prendre place sur la banquette arrière.

Coldmoon, intrigué, vit Pendergast se présenter au personnage chenu dont il serra la main avant d'adresser une courbette à la vieille dame. Le jeune inspecteur jugea plus prudent de se tenir à l'écart en voyant des valets, des porteurs et ce qui devait être le concierge de l'établissement s'attrouper autour de son collègue et du couple âgé, les cachant à la vue. Moins d'une minute plus tard, le petit groupe s'éparpillait et l'un des porteurs sortait du coffre les valises qu'il remontait dans le hall de l'hôtel tandis que le vieux monsieur à cheveux blancs serrait vigoureusement la main de Pendergast en prenant un air ravi. Coldmoon se décida enfin à s'approcher en voyant le couple âgé grimper les marches de l'hôtel.

— Merci encore, vieux! déclara le vieil homme en se retournant vers Pendergast.

— Je vous souhaite une excellente journée, répondit Pendergast en poussant Coldmoon à l'intérieur du taxi.

Le jeune homme se glissa sur la banquette arrière sous le regard courroucé du chauffeur de taxi qui avait assisté à la scène avec ahurissement.

— C'est quoi ce bordel ? C'était une course de quarante dollars, *hombre* !

— Vous n'y perdrez pas au change, mon ami, je vous le garantis, s'empressa de réagir Pendergast en prenant place à côté de son collègue.

Le temps de claquer sa portière, il sortit son badge qu'il tendit au chauffeur.

— Quel est le moyen le plus rapide de se rendre au cimetière municipal ?

L'homme, un trentenaire aux cheveux tirés en queue de cheval, un drapeau cubain tatoué sur le bras, afficha une mine peu enthousiaste.

Pendergast sortit de sa poche une liasse de billets.

— En combien de temps pouvez-vous nous y conduire ?

— Avec cette putain de circulation ? répliqua le chauffeur. Dans les vingt minutes, peut-être une demi-heure.

Pendergast lança un billet de cinquante dollars sur le siège passager.

— N'est-ce pas plutôt envisageable en dix minutes ?

— Si vous croyez que j'ai des ailes, *hombre*, fit le chauffeur en faisant disparaître le billet dans sa poche.

Un autre billet de cinquante se matérialisa sur le siège passager.

— Dans ce cas, il vous suffit d'en acheter une paire. Je parle d'ailes, naturellement.

Le chauffeur fronça les sourcils.

— Écoutez, on m'a déjà retiré trois points et…

— N'oubliez pas que nous appartenons au FBI. Contentez-vous de nous conduire là-bas *au plus vite*.

— Oui, insista Coldmoon afin d'aiguillonner le Cubain qui ressemblait moins à un taxi qu'à un chauffeur recruté par un gang pour un casse. N'hésitez pas à mettre la gomme, Axel, ajouta-t-il en lisant le prénom de l'intéressé sur la plaque officielle fixée au tableau de bord.

Le taxi démarra sur les chapeaux de roues avant de se retrouver coincé presque aussitôt dans les embouteillages d'Ocean Drive.

Pendergast se tourna vers Coldmoon.

— Quelle est votre appli de circulation préférée? s'enquit-il.

— Waze.

— Mettez-la en route, je vous prie, et regardez quel est le moyen le plus rapide de rallier le cimetière. Au besoin, ouvrez une seconde application, au cas où le chemin proposé serait plus court.

Le taxi se faufila sur le bas-côté et tourna aussitôt sur la 9e Rue.

— Ça vous ennuierait de m'expliquer ce qui s'est passé devant l'hôtel? demanda Coldmoon tout en s'activant sur son téléphone.

— Un instant, je vous prie, le tempéra Pendergast en se penchant vers le chauffeur. Quel chemin comptez-vous prendre, mon ami?

Le Cubain freina brutalement au carrefour de Collins Avenue, obligeant Coldmoon à s'accrocher à la poignée fixée au plafond.

— Je pensais passer par la voie rapide et Biscayne.

Pendergast adressa un regard interrogateur à Coldmoon. Sur l'écran du portable, la voie rapide était entièrement rouge de Miami Beach à la ville de Miami.

— Non, réagit Pendergast.

— Comment ça, non? s'énerva le chauffeur. Vous voulez que je vous conduise au cimetière, oui ou non?

— Il est préférable de prendre par Venetian Way, intervint Coldmoon qui jonglait d'une application à l'autre.

— En passant par les îles? Vous êtes complètement cinglé, ou bien…

— Voici ce que je vous propose, le coupa Pendergast. Mon ami, ici présent, vous guide et vous obéissez à ses instructions, quitte à braver les interdits du code de la route. Pendant ce temps, je poursuis ma distribution de billets. Qu'en pensez-vous?

Il joignit le geste à la parole et jeta une nouvelle coupure de cinquante sur le siège passager.

Axel enfonça la pédale d'accélérateur et traversa en trombe Collins Avenue en déclenchant un concert de klaxons dans son sillage. En dépit de son allure délabrée, le vieux taxi en avait sous le capot.

— Allumez vos warnings et roulez sur le terre-plein central jusqu'au prochain feu, lui conseilla Pendergast.

— C'est vous le patron, grommela le chauffeur en montant sur la pelouse du terre-plein.

— Tournez à droite sur Meridian, puis à gauche sur la 17e, lui enjoignit Coldmoon.

Tandis que Pendergast se calait confortablement dans la banquette, le taxi remonta Meridian à toute allure au milieu d'un concert de klaxons furieux.

— Comment avez-vous fait à l'hôtel? insista Coldmoon.

— Figurez-vous que ce couple d'Australiens originaires de Brisbane se rendaient à Orlando. J'ai insisté sur la folie d'une telle entreprise en les enjoignant de passer une nuit de plus ici, dans une chambre supérieure. À mes frais, bien sûr.

— Il vous suffisait de sortir votre badge et de réquisitionner cette bagnole.

— La manœuvre eût été incongrue, et se serait faite au détriment de ce couple charmant.

— Au lieu de quoi vous avez piqué leur taxi avec vos boniments.

— Je leur ai rendu service, vous voulez dire. Nul être civilisé ne devrait se rendre de son plein gré à Orlando. Je leur ai conseillé à la place de visiter le musée de l'Érotisme qui se trouve à deux pas de leur hôtel.

Le taxi vira sur les chapeaux de roues et accéléra brutalement sur la 17e Rue, collant ses passagers contre le dossier de la banquette arrière. Axel slalomait habilement entre les voitures en alternant coups de volant et coups de klaxon. Il finit par monter brièvement sur le trottoir.

— Brûlez ce feu, je vous prie, lui conseilla Pendergast en l'encourageant au moyen d'un billet de cinquante dollars.

Axel obtempéra et poursuivit sa route, guidé par Coldmoon. La circulation n'était fluide nulle part, mais le chemin emprunté était encore le moins congestionné.

L'étendue bleu de la baie de Biscayne apparut de l'autre côté du pare-brise. Trente secondes plus tard, la rue cédait la place à un pont dont les arches enjambaient des îlots de verdure en forme de losange, semblables à des pierres précieuses enchâssées dans un œuf de Fabergé.

Les tours d'appartements et les marinas se succédaient derrière la vitre dans un décor tropical de rêve, tels des châteaux de conte de fées. Si on lui avait montré une photo d'un tel paysage lorsqu'il était enfant, dans la réserve de Pine Ridge, Coldmoon n'y aurait pas cru.

Un violent coup de frein interrompit le cours de ses pensées, le projetant contre l'appuie-tête du chauffeur. À peine remis de ses émotions, il découvrit une queue interminable de voitures arrêtées, leurs feux stop allumés, bloquées par ce qui semblait être un accident. Il s'aperçut brusquement que Pendergast le regardait d'un air interrogateur, tout comme le chauffeur dans son rétroviseur.

— Alors, Davy Crockett? lui demanda Axel.

Coldmoon se pencha sur l'écran de son téléphone et constata qu'ils se trouvaient au niveau de l'île de Rivo Alto.

— Prenez à gauche avant de tourner deux fois à droite pour revenir sur Venetian Way.

Le chauffeur tourna le volant sans un mot, s'engagea sur la file opposée et vira brutalement à gauche cent mètres plus loin. Pour prix de sa peine, Pendergast déposa délicatement un billet de cinquante à côté de lui.

— À ce prix, commenta Coldmoon, il aurait été plus simple de louer un hélicoptère.

Pendergast le surprit en accueillant sa remarque avec le plus grand sérieux.

— Tout plutôt que ces embouteillages dignes des enfers, réagit-il avant d'ajouter, après un silence: C'est la deuxième fois que j'arrive tardivement sur une scène de crime. Il est hors de question qu'il y en ait une troisième.

Le taxi, après avoir repris ses zigzags entre les voitures qui venaient en sens inverse, passa en trombe au-dessus de la dernière île de la baie et se dirigea vers le front de mer le long duquel s'alignaient les façades d'immeubles.

— Prenez à droite sur la 2e Avenue, décida Coldmoon en voyant sur son application que la Route 1 ressemblait davantage à une aire de parking qu'à une voie rapide, du fait de travaux.

Le taxi traversa en trombe un premier carrefour, puis un second, manquant de peu une camionnette de déménagement, avant de virer dangereusement à droite sur la 2e Avenue où il monta sur le terre-plein central en slalomant entre les palmiers. Soudain, le chauffeur pila net en découvrant le spectacle désespérant d'un embouteillage géant, apparemment provoqué par les conducteurs désireux d'échapper aux travaux de construction sur la Route 1.

— Vacherie, gronda-t-il entre ses dents.

Il n'avait pas eu le temps de fermer la bouche que Pendergast lançait un dernier billet sur le siège avant et descendait du taxi. Coldmoon l'imita. Le cimetière dressait sa masse verte à trois rues de là.

— Onze minutes, nota Pendergast. Excellent. Peut-être aurons-nous même battu à la course notre ami Sandoval.

Alors, traversant le flot des voitures arrêtées, il gagna le trottoir et prit la direction du nord d'un pas alerte.

14

L'inspecteur Coldmoon gratifia d'un signe de tête les deux flics postés devant la grille du cimetière municipal. Des voitures de patrouille arrivaient à tout instant et l'endroit prenait des airs de ruche. Coldmoon s'arrêta un instant afin d'étudier les lieux tandis que Pendergast prenait de l'avance. Une allée en macadam coupait en deux la nécropole, constituée d'une vaste étendue de pelouse bordée de barrières peintes en vert, à laquelle de vénérables chênes tordus apportaient un peu d'ombre. Plusieurs rangées de tombes et de mausolées de formes et de styles divers, pour certains en piteux état, se succédaient de part et d'autre de l'allée centrale. Le cimetière, manifestement ancien, accueillait les dépouilles d'un grand nombre de nantis, à en juger par l'opulence des sépultures. L'endroit, situé à une portée de flèche du centre de Miami, semblait curieusement choisi.

Après avoir humé l'atmosphère du lieu, Coldmoon se dirigea à grandes enjambées vers un mausolée de granite d'allure austère, isolé du grand public à l'aide de bande jaune, autour duquel se massait une nuée grandissante de policiers. Le jeune inspecteur, surpris de ne pas voir Pendergast parmi eux, s'adressa à un planton. Ce dernier lui expliqua que l'intérieur de la sépulture ne serait pas accessible avant une demi-heure.

Coldmoon en profita pour flâner autour de la tombe en mémorisant la scène de crime dans ses moindres détails.

Le mausolée avait été érigé à l'aide de pierres de taille, sa lourde porte de bronze couleur vert-de-gris flanquée d'urnes en pierre. Sur le linteau était gravé le patronyme de la famille concernée, FLAYLEY. À l'intérieur du bâtiment s'activaient deux techniciens de l'identité judiciaire en combinaison stérile blanche, tels des spectres. Une silhouette sombre attira l'attention du jeune inspecteur de l'autre côté du monument, et il lui fallut quelques instants pour comprendre que cet individu en grand deuil qui semblait prier, tête baissée et à genoux, n'était autre que Pendergast. Il s'approcha et constata que son collègue examinait la pelouse, le nez collé contre la terre, une pince à épiler à la main.

— Vous avez découvert un indice?

— Pas encore, répondit Pendergast en tirant des replis de sa veste une éprouvette dans laquelle il glissa une poussière invisible avant de se relever et de poursuivre ses explorations tout autour du mausolée.

On aurait dit qu'il suivait une piste, comme Coldmoon avait appris à le faire de ses aînés lorsqu'il était enfant.

— Je serais heureux que vous m'aidiez à trouver dans l'herbe des traces de l'arrivée et du départ de notre homme, fit Pendergast.

— Comme c'était une nuit de pleine lune hier et que le ciel était dégagé, vous partez du principe qu'il n'a pas emprunté l'allée de service.

— Précisément.

Les deux hommes entamèrent des recherches d'une extrême minutie en ne négligeant aucun indice. Une fois revenu à son point de départ, sans aucun succès, Pendergast reporta son attention sur le mausolée.

— Ah! Je constate que la chambre funéraire est enfin prête.

Les hommes de la police scientifique achevaient de ranger leur matériel sous le regard attentif du lieutenant Sandoval. Coldmoon franchit la bande jaune derrière Pendergast et les deux hommes pénétrèrent dans le mausolée.

Trois rangées de cinq niches s'étageaient des deux côtés de la crypte, toutes scellées à l'exception d'une seule. Sur chacune des urnes, une plaque de marbre indiquait le nom du défunt, accompagné de ses dates de naissance et de mort. Plusieurs de ces dalles s'étaient effritées avec le temps, révélant la présence de cercueils enveloppés de moisissures. Le sol, couvert d'une épaisse couche de poussière, laissait deviner le passage de rongeurs tandis que sur les murs s'étalaient des traces d'humidité aux nombreux endroits où avait fui le toit.

Coldmoon, profitant du fait que Pendergast examinait les lieux en silence, s'intéressa à l'une des sépultures les plus récentes. Une plaque de marbre, déposée sur le côté, précisait l'identité de son occupante :

AGATHA BRODEUR FLAYLEY
3 septembre 1975
12 mars 2007

Au bout d'un cordon, accroché au cercueil à la façon d'une boule de Noël, se balançait lentement un cœur humain entouré de ficelle à rôti, une goutte de sang figée à son extrémité comme une stalactite de glace. Une mare poisseuse s'était formée sur le sol.

Une lettre avait été fixée sur le cœur à l'aide d'une épingle à nourrice. Coldmoon s'en approcha prudemment afin de la prendre en photo avec son téléphone portable, puis il recula et en déchiffra le contenu sur son écran.

Ma douce Agatha,

Tu as connu une fin particulièrement horrible qui me laisse profondément meurtri. La mort est tombée sur toi comme une gelée précoce. Mieux que des mots, l'homme d'action que je suis t'offre cette offrande en guise d'expiation.

Avec mon meilleur souvenir,

M. Cœur-Brisé

— Ce Cœur-Brisé se prend pour un véritable poète, remarqua Pendergast par-dessus son épaule.

— Vous faites allusion à la citation de Roméo et Juliette[1] ?

Au grand plaisir de Coldmoon, Pendergast haussa légèrement les sourcils en signe d'étonnement.

— Tout à fait. Je pense également au vers de T. S. Eliot que le tueur avait incorporé à sa missive précédente.

— « Enfuyons-nous donc, toi et moi, lorsque le soir s'étend contre le ciel[2] », récita Coldmoon. J'ai suivi quelques cours de littérature anglaise en première année de fac, se justifia-t-il.

— Vous m'en direz tant. Reste à savoir quel rapport il peut bien exister entre J. Alfred Prufrock et tout ceci, réagit Pendergast en embrassant d'un geste la curieuse mise en scène laissée par l'assassin, avec son épingle à nourrice vert fluo en forme de Tortue Ninja. Sinon en déduire que notre homme possède un sens de l'humour bien particulier.

Pendant que Coldmoon prenait des photos, Pendergast procéda à l'examen du sol, à quatre pattes dans la poussière, muni de sa sempiternelle pince à épiler. Coldmoon s'interrompit en entendant soudain des éclats de voix à l'extérieur où le lieutenant Sandoval s'efforçait de tempérer l'ardeur d'un homme s'exprimant avec un fort accent de Floride.

— Ah ! Il s'agit indubitablement de l'individu qui a découvert le cœur, déclara Pendergast en se relevant. Je vous propose d'avoir avec lui une petite discussion.

---

1. « La mort est sur elle, comme une gelée précoce sur la fleur des champs la plus suave » (*Roméo et Juliette*, acte IV, scène 5).

2. Il s'agit des deux premiers vers en anglais de *La Chanson d'amour de J. Alfred Prufrock*, de T. S. Eliot.

Coldmoon mis aussitôt l'enregistreur de son téléphone en route et glissa l'appareil dans sa poche de poitrine avant de rejoindre le lieutenant et son interlocuteur.

— Bonjour mon brave, le salua Pendergast. Il se trouve que nous n'avons pas encore entendu votre témoignage, si bien que nous sommes tout ouïe.

— Pas de problème. Comme je disais à ce monsieur de la police...

— Comment vous appelez-vous? l'interrompit Coldmoon.

— Joe Marty. Je suis le gardien de jour. Bref, j'arrive comme tous les jours, je fais ma tournée, et voilà que je trouve la porte en bronze grande ouverte! Alors, je me dis que c'était pas comme ça hier. Non, monsieur. Je surveille mes tombes, moi. C'est pas les huiles qui manquent dans le coin, on tient pas à ce que quelqu'un vienne les embêter, ou prenne des petits souvenirs. Bref, je vois les portes grandes ouvertes, je passe une tête. Rien. Il faisait trop noir. Alors je pousse la porte un peu plus, j'entre. Toujours rien.

Il s'exprimait d'une voix de plus en plus aiguë à mesure que progressait son récit, dans l'attente de la chute.

— Sauf qu'y avait tout de même une drôle d'odeur. Un truc pas normal. Bref, je me retourne et voilà que je me cogne contre ce truc qui se balance comme un pendule, si vous voyez ce que je veux dire. Alors, je me dis que c'est pas normal, ce truc qui se balance, il devrait rien y avoir du tout. Je l'attrape et je me retrouve avec un truc tout poisseux et mouillé dans les doigts, une feuille de papier accrochée dessus. Comme de juste, je lâche l'affaire vite fait. Et c'est là que je vois mes mains toutes dégoûtantes. Je les mets à la lumière, et voilà qu'on dirait du sang! Alors, je me mets à crier. Oui, m'sieur. J'ai crié comme vous pouvez pas imaginer. Bref, j'appelle mon chef, et pis mon chef appelle la police, et voilà où on en est! En tout cas, je peux vous dire...

Pendergast, non sans adresse, parvint à glisser une question au milieu du torrent de paroles de son interlocuteur.

— À quelle heure avez-vous pris votre travail?

— 7 heures du matin. J'embauche toujours à la même heure, mais je peux vous dire qu'un truc comme ça n'est jamais...

— Lorsque vous avez touché le cœur, le coupa Pendergast, avez-vous senti s'il était encore tiède?

— Alors ça, mon vieux, j'ai pas pensé à vérifier. Mais maintenant qu'vous m'en parlez, je dirais qu'il était *vaguement* tiède, répondit-il avec un frisson d'horreur.

— Avez-vous une idée de la façon dont l'assassin s'est introduit dans le cimetière?

— Seigneur, cette clôture est pas assez haute pour empêcher les gens de passer. On a même des gamins qui viennent la nuit boire des bières et uriner partout. Un vrai scandale pour les morts.

— Les intrusions de ce genre sont-elles fréquentes?

— Toujours trop, m'sieur. Toujours trop.

— Je vous remercie, monsieur Marty. Inspecteur Coldmoon, d'autres questions?

Le gardien posa de petits yeux chassieux sur le jeune enquêteur.

— Ce mausolée reçoit-il la visite de membres de la famille? Des proches qui viendraient y déposer des fleurs, par exemple?

— Non, c'est même une de celles qui intéressent personne.

— Qui se charge de l'entretien de cette crypte?

— On s'occupe nous-mêmes des pelouses, mais les tombes elles-mêmes appartiennent aux familles, c'est elles qui sont censées les entretenir. Même si certains le font pas, ce qui est honteux...

— Connaissez-vous la famille Flayley?

— Jamais entendu parler. Ceux-là sont pas connus comme certains autres qu'on a ici. Peut-être qu'y a plus personne dans la famille, ou alors ils vivent ailleurs. C'est des choses qu'arrivent. Mais je peux vous dire, quand j'ai vu ce cœur qui se balançait, ça m'a retourné les sangs.

— Je n'en doute pas, dit Coldmoon. Je vous remercie.

Joe Marty s'éloigna en cherchant des yeux à qui il allait pouvoir raconter sa mésaventure. D'un coup d'œil, Coldmoon vit que les représentants de la presse étaient déjà nombreux à se presser à l'entrée du cimetière, contenus par les agents en uniforme.

Un inspecteur de la Criminelle en costume gaufré les rejoignit, un dossier à la main. Il tendit celui-ci à Sandoval qui le feuilleta rapidement avant de le confier à Pendergast.

— Vous trouverez ici les premiers éléments concernant Agatha Flayley. Encore un suicide, son corps a été retrouvé pendu à un pont d'Ithaca, dans l'État de New York.

— Je vous remercie, lieutenant.

Pendergast commençait à compulser les documents lorsque Coldmoon vit du coin de l'œil un homme élancé en chemise hawaïenne et jean moulant, le crâne coiffé d'un feutre, se diriger vers eux.

— Bonjour, messieurs. J'aimerais vous poser quelques questions, s'écria-t-il de loin.

Coldmoon devina qu'il s'agissait d'un journaliste en voyant le visage de Sandoval se fermer.

— Bon Dieu, il ne manquait plus que ça. Vous n'êtes pas au courant que le périmètre est bouclé?

Le grand type agita ce qui devait être sa carte.

— Allez, lieutenant! N'oubliez pas tout ce que j'ai fait pour vous par le passé! Je vous en prie, une ou deux questions, rien de plus.

— Fichez-moi le camp tout de suite.

— Rien que…

Le journaliste se tut brusquement en voyant Pendergast.

— *Vous!* balbutia-t-il.

Le visage de l'inspecteur, habituellement impassible, trahit sa surprise, au grand étonnement de Coldmoon qui n'était pas habitué à voir son collègue manifester la moindre émotion.

— Qu'est-ce vous fabriquez par ici ? insista le journaliste.

Sandoval poussa un soupir exaspéré.

— Smithback, pour la dernière fois, je vous demande de quitter cette scène de crime si vous ne voulez pas que je demande à mes gars de vous sortir de force.

— Attendez une petite minute, le coupa le journaliste en tendant la main à Pendergast. Comment allez-vous, inspecteur ?

L'intéressé laissa s'écouler quelques instants avant de répondre.

— Fort bien, je vous remercie, dit-il en prenant à regret la main que lui tendait l'autre.

— Vous connaissez ce type ? s'étonna Sandoval en se tournant vers Pendergast.

Smithback réagit le premier.

— Bien sûr qu'il me connaît.

— Très bien, vous avez salué l'inspecteur. À présent, je vous prie de quitter le périmètre de sécurité, fit Sandoval en adressant un signe à un agent en uniforme. Sergent Morrell ? Veuillez raccompagner cet individu avec votre collègue Gomez.

— Pendergast, s'il vous plaît ! geignit le journaliste.

Pendergast avait trouvé le temps de se reprendre.

— Monsieur Smithback, je suis surpris de vous voir. J'espère que vous allez bien ?

— Super, merci, répondit le journaliste en baissant la voix, alors que les deux subordonnés de Sandoval s'apprêtaient à le rejoindre. Dites-moi juste, comment se fait-il que le FBI soit mêlé à l'enquête ?

— Deux raisons à notre présence ici. Tout d'abord, cette affaire présente des caractéristiques d'ordre psychologique qui intéressent notre Unité d'analyse du comportement. Ensuite, les sépultures choisies par l'assassin abritent les dépouilles de défuntes qui se sont suicidées en dehors de l'État de Floride, ce qui justifie une enquête fédérale.

— Des sépultures choisies comment?

— Je suis au regret de ne pouvoir vous fournir d'autres détails.

— D'accord, mais...

Il s'interrompit, embarqué de force par les policiers qui l'entraînèrent vers l'entrée du cimetière.

— S'agit-il d'un tueur en série? cria-t-il de loin.

Pendergast, au lieu de lui répondre, se tourna vers Coldmoon qui l'interrogeait du regard.

— Pour votre gouverne, lui expliqua-t-il, j'ai bien connu le frère de cet homme. Une histoire tragique dont je vous ferai part à l'occasion.

Coldmoon hocha la tête, doutant d'avoir un jour la clé du mystère. Après tout, peut-être était-ce aussi bien.

15

L'antenne du FBI à Miami était l'une des plus importantes du pays pour une raison simple : en plus des neuf comtés de Floride dont elle était responsable, elle avait également la charge du Mexique, de la Caraïbe, de l'Amérique centrale et de toute l'Amérique du Sud. Le Bureau avait élu domicile dans un immeuble ultramoderne à la façade de verre teinté bleuâtre qui dominait le quartier de Miramar, au nord-ouest de la ville. De toute sa jeune carrière, jamais Coldmoon n'avait visité un bâtiment aussi spectaculaire, plus proche de la sculpture postmoderne que de locaux affectés à un service fédéral.

Quelques minutes plus tard, il gagnait le premier étage et pénétrait à la suite de Pendergast dans une salle de réunion équipée d'une table en acajou, de sièges en cuir, d'un tableau à écran tactile et d'un écran plat HD dernier cri. Il regretta de ne pas avoir sous la main sa bonne vieille thermos de café bouilli. L'image de ce cœur pendu au bout d'une ficelle, avec sa stalactite de sang figé, refusait de le laisser en paix depuis le matin.

Si Pendergast et lui étaient les premiers, d'autres agents du Bureau, pour la plupart attachés à l'antenne de Miami, ne tardèrent pas à les rejoindre. Des signes de tête et des murmures de salutation s'échangèrent tandis que chacun prenait place autour de la table. Tout le monde attendait en silence depuis trois minutes lorsque la porte de la salle s'ouvrit, laissant passer le directeur adjoint Pickett qu'accompagnait un étrange personnage à lunettes d'écaille et costume trop large aux allures de bibliothécaire et qui avançait d'un pas traînant. Pickett gagna l'extrémité de la table et y posa sa pile de dossiers.

— Mesdames et messieurs, je vous salue, commença-t-il avant même de s'asseoir.

Tiré à quatre épingles comme à son habitude, il était l'incarnation même de l'agent modèle du FBI tant il irradiait la confiance en soi, l'assurance et le détachement.

— Je voudrais vous présenter le docteur Milton Mars, responsable de l'unité 4 du département d'analyse du comportement. Il vous dévoilera dans quelques minutes le portrait psychologique du tueur, mais avant cela, j'aurais souhaité partager avec vous les éléments liés au second meurtre dont nous disposons.

Faisant preuve d'une efficacité redoutable, Pickett résuma en quelques phrases le meurtre de Jennifer Rosen. Sur la base des analyses médico-légales, tout indiquait que l'assassin avait choisi sa victime au hasard avant de commettre son forfait avec une rapidité et une efficacité exemplaires, en ne laissant quasiment aucun indice dans son sillage. Pickett passa ensuite à la morte à qui le tueur avait offert le cœur de sa victime.

— Agatha Brodeur Flayley a été retrouvée pendue à un pont de la ville d'Ithaca, dans l'État de New York, alors qu'elle était de passage à l'université Cornell où elle postulait pour un emploi. L'entretien qu'elle a passé ne s'est pas bien déroulé et tout indique qu'elle s'est suicidée, ainsi qu'en a conclu dans son rapport le médecin légiste local. Agatha Flayley était célibataire et son corps a été inhumé dans le caveau familial du cimetière municipal de Miami, conformément aux dispositions prises de longue date par la famille. À l'heure où je vous parle, nous continuons de réunir des éléments la concernant.

Il ponctua sa phrase d'un court silence avant de reprendre :

— Vous pouvez vous en douter, la brigade criminelle de Miami s'emploie activement à établir des liens entre les victimes d'aujourd'hui et les deux suicidées. En vain jusqu'à présent. Nous pouvons donc partir du principe que le tueur choisit systématiquement des personnes qui se sont suicidées, mais qu'il procède au hasard, sans précédent ou raison historique.

L'assistance manifesta son approbation par des murmures et quelques signes de tête. Coldmoon, le premier, concevait mal que les meurtres survenus les jours précédents puissent avoir un rapport avec des suicides aussi anciens. Un coup d'œil en direction de son voisin lui confirma que Pendergast conservait son masque impénétrable.

— À présent, je passe la parole au docteur Mars.

L'homme aux lunettes d'écaille se leva et commença par adresser à son auditoire un mouvement du menton amical.

— J'imagine que vous connaissez tous le ViCAP, l'unité du FBI consacrée aux criminels les plus violents. Ce service abrite notamment la principale base de données de notre Unité d'analyse du comportement.

Mars s'adressait à la salle d'une voix nasale étrangement sonore.

— Le comportement humain peut être classé dans des catégories précises. Le comportement d'un individu n'est jamais totalement unique et la base de données du ViCAP regroupe les informations relatives à tous les tueurs en série connus. On y trouve le détail de leur mode opératoire, des informations sur les victimes, la description des scènes de crime, les rapports d'analyse, l'histoire criminelle des individus concernés, les dépositions, les analyses psychologiques… En clair, l'ensemble des éléments relatifs à chacun de ces individus. En entrant dans cette base de données les informations dont nous disposons sur un tueur en série, il est souvent possible d'obtenir des extrapolations. Nous avons procédé de cette façon avec M. Cœur-Brisé, même s'il n'appartient pas à la catégorie des tueurs en série puisqu'il a tué à deux reprises seulement, et non trois comme le veut la règle. Ce sont ces résultats que je vais vous présenter, en vous invitant à m'interrompre si vous avez des questions.

Un bruissement se fit entendre autour de la table alors que chacun sortait son bloc ou sa tablette. On entrait dans le vif du sujet.

— L'analyse psychologique nous montre que contrairement aux apparences, Cœur-Brisé est un tueur très organisé. Il choisit soigneusement le lieu du crime, à défaut de choisir ses victimes. Il attend celles-ci en ayant anticipé tous les détails. Il choisit en particulier des endroits extrêmement fréquentés afin d'empêcher toute identification par les caméras de surveillance. Lorsqu'une victime se présente, il commet son crime avec une audace remarquable en suivant une chorégraphie bien précise. Il se sent suffisamment sûr de lui pour tuer dans des secteurs très passants avant de parcourir une distance importante afin de rallier le site où il entend déposer le cœur.

«Il tue rapidement, en usant de deux instruments différents. Il commence par trancher la gorge de la victime, puis il ouvre la cage thoracique, coupe les artères du cœur, le tout avec une sûreté de mouvement qui dénote une certaine pratique.

«Les assassins de ce genre relèvent de ce que nous appelons les tueurs rituels. Ils sont généralement motivés par une obsession de type religieux, une fascination pour le diable, Satan, Dieu ou Jésus. Notre homme est très probablement schizophrène, il agit sur ordre d'une voix qu'il croit émaner d'une divinité bonne ou mauvaise. Le tueur possède une vision exacerbée de sa place dans le monde, ce qui le pousse à commettre certains actes. Les tueurs de ce genre bénéficient presque toujours d'une excellente forme physique et, dans le cas qui nous préoccupe, on peut penser que l'individu concerné a moins de vingt-cinq ans. Il est de sexe masculin et contrôle parfaitement ses actes. Il ne se sent pas obligé de tuer, il agit volontairement, et il peut décider de s'arrêter s'il n'a plus de raison d'agir.

Mars repoussa ses lunettes sur son nez.

— L'assassin se sert à chaque fois des mêmes outils qu'il conserve précieusement par-devers lui. Il choisit des victimes de sexe féminin, mais rien n'indique qu'il tue sous l'effet de pulsions libidineuses.

Un court silence accueillit cette information.

— Nous pouvons également déduire d'autres informations. Notre homme vit seul, il possède une voiture et n'a pas de petites amies ou de partenaires sexuels. Il n'a probablement pas de casier judiciaire. Ses voisins le trouvent normal. De façon significative, les tueurs de ce genre ont quasiment tous été victimes de graves traumatismes au moment de l'enfance de la part d'un proche, souvent le père, qu'il s'agisse d'abus sexuels, psychologiques, physiques, ou une combinaison de ceux-ci. L'abandon maternel est une autre caractéristique courante en pareil cas. Il arrive fréquemment que ces individus aient été élevés dans un milieu très religieux, voire dans une famille pratiquant un culte marqué par des rituels bien précis, tout manquement étant sévèrement puni. Les meurtres ne font alors que reproduire les expériences de ce genre.

— Les tueurs de cette catégorie recherchent souvent l'attention de leurs semblables, intervint Pickett. Aussi est-il essentiel de lui en donner le moins possible. Il commence à se murmurer que le tueur laisse le cœur de ses victimes sur les tombes de personnes suicidées, il est probable que le responsable de ces fuites n'est autre que le gardien du cimetière municipal, mais il est essentiel de tenir secret tous les autres détails dont nous disposons. En particulier le contenu des lettres qu'il laisse derrière lui, ou encore son nom.

— Je confirme, ajouta le docteur Mars en observant l'assistance avec ses yeux de chouette. Des questions?

Pendergast prit la parole:

— Est-il courant chez un tel tueur d'avoir recours à deux armes différentes?

— Non.

— Cela confirme ce que je pensais. Notre homme se glisse derrière sa victime et lui tranche la gorge avec une maîtrise consommée, de façon à obtenir une mort rapide par exsanguination, puis il procède au prélèvement du cœur, qui semble être l'objet de sa quête.

— Le profil correspond, approuva le docteur Mars.

— Le tueur pourrait se contenter de donner un coup de hache et de prendre le cœur. Pourquoi trancher la gorge de sa victime?

Mars fut pris d'une hésitation.

— Peut-être cherche-t-il à réduire sa victime au silence.

— Il existe d'autres moyens de parvenir au même résultat, sans effort additionnel, et sans le risque induit par l'usage de deux armes différentes. Nous nous accordons sur le fait que notre homme cherche moins à tuer qu'à prélever le cœur. Dans ce cas, n'est-il pas envisageable de croire qu'il cherche à réduire au maximum les souffrances de sa victime en lui tranchant la gorge?

— Cette hypothèse serait... elle serait incompatible avec le profil standard.

— Vous reconnaissez toutefois que c'est possible?

Le chercheur fronça les sourcils.

— Oui. Bien, si vous n'avez pas d'autre...

— Une dernière question, l'interrompit Pendergast tout en douceur. Tout à l'heure, le directeur adjoint Pickett faisait allusion au surnom que s'est lui-même donné le tueur, M. Cœur-Brisé. On peut y voir un lien avec le roman de Nathanael West, *Mademoiselle Cœur-Brisé*, voire avec les rubriques sentimentales des journaux. Vous êtes-vous intéressé à cet aspect du problème?

— Euh... j'avoue ne pas connaître ce roman.

— Je ne saurais trop vous conseiller de le lire. Il traite de l'aliénation au monde moderne... et de meurtre. Le personnage de Mademoiselle Cœur-Brisé, qui est un homme, soit dit en passant, souffre de maux dont il a pleinement conscience sans avoir la capacité d'y remédier.

— Cette œuvre ne figure pas dans notre base de données.

Cette réponse parut choquer Pendergast qui gratifia Mars d'un regard acéré.

— Il existe bien des éléments terrestres ou célestes qui ne figurent pas dans votre base de données, docteur.

— Je doute que notre homme soit un grand lecteur, s'interposa Pickett sans masquer son irritation.

— Bien au contraire, puisqu'il cite T. S. Eliot dans sa première lettre et paraphrase le barde d'Avon dans la suivante.

— Très bien, très bien. L'Unité d'analyse du comportement s'intéressera à la question. D'autres interrogations ou commentaires?

Coldmoon resta silencieux tout au long de la discussion qui suivit. Il détestait les réunions comme celle-ci, dont les participants cherchaient moins à échanger des informations qu'à s'écouter ou impressionner leurs supérieurs.

— S'il n'y a rien d'autre...? finit par dire Pickett en se levant.

— Un ultime détail, réagit Pendergast en levant un doigt d'une blancheur de marbre.

Coldmoon, qui commençait à reconnaître une certaine pugnacité derrière l'onctuosité apparente de son aîné, sentit monter en lui l'adrénaline.

— Oui?

— Je demande l'autorisation d'exhumer le corps d'Agatha Flayley.

— Nous avons déjà discuté de cette possibilité au sujet d'Élise Baxter, rétorqua Pickett. En quoi cela pourrait-il servir l'enquête? Il s'agit clairement d'un suicide qui s'est déroulé il y a onze ans... et fort loin d'ici.

— Il n'empêche que je réclame une autopsie.

— Puis-je vous rappeler que le corps a *déjà* été autopsié, comment souvent en cas de suicide?

— J'en suis bien conscient, je viens d'ailleurs de consulter le rapport établi par le médecin légiste à la mort de Mlle Flayley. Il se trouve qu'il est aussi vague et vide que le rapport d'autopsie d'Élise Baxter.

Pickett poussa un soupir.

— Qu'espérez-vous découvrir, exactement?

— Je ne sais pas exactement. C'est bien la raison de ma requête. La dépouille de Mlle Flayley est aisément accessible, il semble en outre qu'elle ne dispose pas de proches susceptibles de formuler la moindre objection.

Pickett croisa le regard de Coldmoon et celui-ci eut peur, l'espace d'un instant, que son chef sollicite son opinion. Heureusement pour lui, Pickett était trop soucieux de sa supériorité pour en appeler à un subordonné.

— Très bien, inspecteur, finit par accepter le directeur adjoint. Puisque vous insistez et que vous êtes en charge de l'enquête, je demanderai les autorisations nécessaires.

— Je vous en suis très reconnaissant. Je le serais davantage encore si vous procédiez à ces démarches dans les meilleurs délais.

16

Pickett n'avait qu'une parole et «les meilleurs délais», au grand amusement de Coldmoon, se matérialisèrent sous la forme d'une autopsie au cours de la nuit suivante. Il ne faisait guère de doute aux yeux du jeune inspecteur que son chef s'était donné du mal pour choisir délibérément l'horaire le moins agréable. Si Pendergast s'en formalisa, il ne le montra pas. Au contraire, cet horaire semblait le ravir, si l'on pouvait parler de ravissement chez cet homme impénétrable. À l'inverse, le personnel du cimetière apprécia peu la manœuvre, à en juger par l'atmosphère glaciale qui régnait à l'intérieur du mausolée ce soir-là, alors que la température était douce.

— Une bien belle nuit, commenta Pendergast. La voûte céleste est magnifique. Ce n'est pas la première fois que je constate combien le firmament semble plus proche ici qu'à New York.

Cet élan poétique laissa Coldmoon pantois. Les nuages avaient fini par se dissiper et le vaste fleuve des étoiles de minuit brillait de tous ses feux en dépit des lumières de la ville et de l'éclat de la Lune. Coldmoon levait les yeux vers ce spectacle magique lorsqu'une étoile filante traversa la nuit. Lorsqu'il était enfant, sa grand-mère lui avait expliqué qu'à la naissance, chaque être humain trouvait le souffle grâce au Wanka Tanka, et que celui-ci le rendait au monde des esprits, à l'heure de la mort, sous la forme d'un éclair de lumière. Qui sait si ce *wichahpi* qui traversait l'espace n'était pas le souffle de Jennifer Rosen, en route vers l'éternité.

Le directeur du cimetière, un petit homme grassouillet à la bouche tombante entre deux joues ornées de fossettes, s'était déplacé en personne afin de diriger les opérations. Coldmoon, qui n'avait pas bien entendu son nom, avait cru comprendre qu'il se nommait Grosseteste. Un appareil de levage des cercueils avait été amené jusqu'à l'entrée du mausolée, inutilement puisqu'il ne pouvait y pénétrer du fait des marches de granit conduisant à la porte de bronze. Pas moins de quatre fossoyeurs munis de sangles avaient été convoqués afin d'extraire le cercueil de sa niche, le sortir du mausolée, le déposer sur un chariot et le glisser dans l'ambulance garée au bord de l'allée de bitume qui devait conduire la dépouille jusqu'à la morgue. Les phares du véhicule projetaient des ombres interminables au milieu des sépultures.

— Fort bien, déclara Grosseteste. Vous pouvez y aller.

Les fossoyeurs s'avancèrent dans le mausolée et se postèrent de part et d'autre de la niche tandis que Pendergast et Coldmoon restaient dehors. Le cœur au bout de son fil avait été retiré. Les ouvriers, négligeant la poignée de cuivre du cercueil, soulevèrent celui-ci à l'aide d'une longue tige avant de placer une sangle sous la caisse en bois. D'un mouvement souple, ils firent glisser le cercueil vers eux et passèrent une seconde sangle qui leur permit de sortir la bière.

— On voit bien que ces types ne sont pas des débutants, murmura Coldmoon.

Les quatre fossoyeurs, les muscles saillants sous leurs T-shirts, ployèrent sous le poids du cercueil dont Coldmoon put constater qu'il était en piteux état. Le bois s'était gonflé d'humidité à cause des fuites du toit, au point que les charnières de laiton s'étaient en partie détachées sous l'effet de la moisissure.

D'un mouvement parfaitement coordonné, les quatre hommes firent un quart de tour, s'arrêtèrent un instant pour souffler, et franchirent le seuil du mausolée avec leur fardeau au rythme lent d'un cortège funéraire avant de descendre les marches de pierre. Un grincement résonna dans la nuit et une fissure se dessina brusquement dans le bois pourri du cercueil qui s'affaissa légèrement.

— Doucement! ordonna le directeur. Arrêtez!

Les fossoyeurs s'immobilisèrent, le visage couvert de sueur.

— Une autre sangle au milieu! s'écria Grosseteste en constatant que la fissure s'élargissait et que le cercueil menaçait de se scinder en deux.

Des employés du cimetière se précipitèrent, mais il était trop tard, le bois n'avait pas résisté et un torse apparut à travers l'ouverture.

— Vite! hurla Grosseteste.

En vain. Le cercueil ploya, coupé en deux comme une barre chocolatée, et le corps s'en échappa dans un nuage de satin moisi et de vêtements réduits en poussière avant de s'étaler sur le sol humide avec un bruit mat. Le cadavre rongé d'humidité était celui d'une femme aux longs cheveux bruns, vêtue de ce qui avait dû être une robe noire décorée de perles.

Coldmoon, qui avait été élevé dans le plus grand respect des morts, était sous le choc.

— Saloperie! éructa Grosseteste alors que toutes les personnes présentes, fascinées par le spectacle, ouvraient des yeux horrifiés.

Après un long silence, le directeur se reprit et dit d'une voix calme:

— Veuillez apporter la housse mortuaire et y déposer la dépouille de la défunte.

Les fossoyeurs s'emparèrent du sac posé sur le chariot, l'étalèrent à côté du corps et y déposèrent précautionneusement les deux moitiés du cadavre. Ils remontèrent la fermeture Éclair et hissèrent l'ensemble sur le chariot.

— Et le cercueil? s'inquiéta l'un des hommes.

— Nous nous en occuperons tout à l'heure, décida Grosseteste en se tournant vers Pendergast d'un air contrit. Je suis désolé, monsieur. C'est la première fois... des circonstances malheureuses...

Il se tordait les mains, à court de mots.

— Ne vous inquiétez pas, le rassura Pendergast en lui posant une main compatissante sur l'épaule. Je doute que les deux moitiés de Mlle Flayley vous tiennent rigueur de cet incident.

17

Le docteur Charlotte Fauchet n'aimait guère travailler sous le regard d'amateurs, qu'il s'agisse de flics ou d'agents du FBI. Les moins aguerris d'entre eux ne pouvaient réfréner certains bruits involontaires, quand ils ne vomissaient pas. Quant aux plus expérimentés, ils affichaient une nonchalance feinte en multipliant les plaisanteries douteuses et les commentaires ineptes.

Debout à côté de la civière sur laquelle reposait le cadavre dans sa housse mortuaire, les bras croisés, elle observa les hommes du FBI. Le premier était caricatural dans son costume bleu qui dépassait de la combinaison médicale de rigueur, mâchoire carrée et épaules larges, ses cheveux poivre et sel coupés courts. Il était suivi par un spécimen d'une pâleur extrême et dont la tenue funèbre ressemblait étrangement à celle des croque-morts qu'elle croisait quotidiennement. À la différence de ceux-ci, l'homme était doté d'un regard bleu argenté d'une acuité rare. Il ne faisait aucun doute qu'elle était en présence de deux huiles du Bureau, d'autant que l'affaire était sensible. Quoi qu'il en soit, elle n'entendait pas leur concéder le moindre pouce de terrain dans sa morgue. Pas question non plus de faire copain-copain avec eux ou de leur serrer la main, ce qui était de toute façon interdit dans la salle d'autopsie.

Elle découvrit dans le sillage des deux agents un jeune homme aux cheveux très noirs séparés par une raie au sommet du crâne, dont elle n'aurait pas su déterminer les origines. Ravie de voir ses visiteurs aussi mal à l'aise dans leur blouse, elle les salua d'un air revêche.

— Messieurs, déclara-t-elle une fois les présentations faites, les instructions sont simples. Règle numéro un : on évite les questions sauf en cas d'absolue nécessité. Règle numéro deux : je vous prie d'observer le silence, pas de murmures et de bruits intempestifs. Règle numéro trois : les pastilles de menthe ne sont pas autorisées. Si vous voyez que vous ne vous sentez pas bien, veuillez quitter la pièce sur-le-champ.

Les trois hommes acquiescèrent.

— Je m'exprimerai à voix haute tout au long de l'autopsie. Ce n'est pas à vous que je m'adresse, mais à la caméra qui enregistre tous mes faits et gestes.

Nouveaux signes de tête.

Fauchet fut agréablement surprise de se trouver en présence de fédéraux aussi coopératifs. Jusqu'à preuve du contraire.

— Je vous remercie, il est temps pour moi de commencer.

Elle se pencha au-dessus du corps enfermé dans sa housse, et dont la forme se présentait de façon pour le moins curieuse. Son supérieur, le chef légiste Dent Moberly, l'avait prévenue que les restes étaient en piteux état et que sa tâche ne s'en trouverait pas facilitée. Ce n'était pas pour lui déplaire. En tant que médecin légiste adjointe, cinq ans seulement après la fin de ses études de médecine, elle ambitionnait de diriger un jour son propre service dans une grande métropole, New York de préférence. Dans cette optique, les cas les plus difficiles et les plus médiatisés étaient mieux à même de servir ses intérêts. Elle se réjouissait que le docteur Moberly n'ait pas souhaité lui ravir la vedette, pour une fois.

Elle commença par lire les informations fournies par le dossier : le nom du sujet, son parcours, la date et les causes officielles de sa mort. Elle ouvrit la fermeture

Éclair de la housse et adressa un signe à son assistant qui attendait discrètement derrière elle. Celui-ci s'avança, s'empara des restes de la morte et les déposa sur la table d'autopsie.

Le moment était venu de procéder aux premières observations.

— On note d'importantes détériorations au niveau du corps, commença-t-elle. Celles-ci sont dues à une longue alternance de cycles de décomposition et de dessèchement, suite à des périodes successives de sécheresse et d'humidité.

Une faible odeur de fluide conservateur flottait autour des restes de la morte, mais le processus d'embaumement n'avait pas suffi à empêcher les ravages du temps. Le cadavre se présentait en deux morceaux et un examen rapide montra à la légiste que l'état du corps ne lui permettrait pas de s'appuyer sur l'autopsie originale, dont tout indiquait qu'elle avait été effectuée de façon sommaire. Elle allait devoir tout reprendre de zéro.

Tant mieux.

Elle procéda à une incision en Y du torse et son assistant lui tendit les pinces nécessaires à l'écartement de la cage thoracique. Les os, d'une grande fragilité, cédaient sous ses doigts comme des brindilles sèches. Les organes, prélevés onze ans plus tôt lors de l'autopsie initiale avant d'être remis en place dans la cavité abdominale, se trouvaient réduits à l'état de masses noires racornies en état de décomposition avancée. Elle ne tarda pas à entrer dans la « zone », ainsi qu'elle nommait ce moment si particulier où toute son attention était concentrée sur le corps, où le monde extérieur cessait d'exister. Elle prit son temps au moment d'atteindre les parties génitales et les disséqua avec prudence. L'autopsie intervenait dans le cadre d'une enquête criminelle et il y avait toujours la possibilité d'une agression sexuelle, même si le cadavre était trop abîmé pour qu'elle espère découvrir des lésions qui auraient échappé au premier légiste.

La pendule murale égrenait les secondes sans que les trois spectateurs se manifestent. Quant au patron de Fauchet, il avait eu le bon goût de trouver à s'occuper ailleurs.

Elle passa enfin à l'examen de la tête. Le dossier précisait que la morte s'était pendue. Fauchet fronça les sourcils en constatant que le légiste qui l'avait précédée s'était contenté d'examiner succinctement le cou. Elle fit une incision en U et procéda à une dissection minutieuse de la gorge en libérant le muscle sterno-cléido-mastoïdien de sa base afin d'exposer le canal carotidien et l'artère qu'il contenait, le nerf vague, l'omo-hyoïdien et le sterno-thyroïdien. Elle paracheva son œuvre en mettant à nu la colonne cervicale, ce qui fit apparaître le traumatisme dû à la pendaison.

— Une question, docteur Fauchet.

Elle se retourna et constata qu'il s'agissait de l'agent au visage d'albâtre, celui dont elle avait cru comprendre qu'il s'appelait Pendergast. Elle s'apprêtait à le rappeler à son obligation de silence lorsqu'une lueur à la fois douce et ferme dans son regard la fit changer d'avis.

— Oui?

— Relevez-vous des traces de strangulation *antérieures* à la pendaison?

— Non.

— Aucune? J'ai cru discerner des écorchures au niveau du cou.

— D'après le rapport initial de mon confrère légiste, il s'agit de ce que nous nommons dans notre jargon une pendaison «incomplète». À savoir lorsque le corps ne chute pas. Un cas de suicide caractéristique. Les écorchures que vous apercevez là et là, expliqua-t-elle en pointant des endroits précis à l'aide de son scalpel, ont été provoquées par les mouvements désordonnés du sujet privé d'air. On n'observe aucune spondylolisthésis de la vertèbre C2, c'est-à-dire aucune fracture au niveau des deux premières cervicales, tout simplement parce que la chute n'a pas été suffisamment importante pour briser la colonne vertébrale. De la même façon, on n'observe aucune blessure ligamentaire sérieuse. Tous ces éléments confirment un suicide par pendaison.

— Je vous remercie.

La jeune femme reprenait son travail lorsque son supérieur poussa la porte de la salle d'autopsie.

— Ah, Charlotte! Je constate que votre travail est bien entamé! s'écria le pathologiste en chef d'une voix forte en s'avançant dans la pièce d'un pas décidé, entouré d'un nuage d'Old Spice. Je vous présente Charlotte, ajouta-t-il avec condescendance à l'adresse du premier des agents fédéraux. Notre première légiste afro-américaine. Une perle.

Il se tourna vers sa subordonnée.

— Puis-je?

— Je vous en prie, docteur, répondit Fauchet en veillant soigneusement à s'exprimer sur un ton neutre.

Elle aurait dû s'en douter.

Le pathologiste s'empressa de prendre sa place, saisit un scalpel d'un geste élégant et s'activa sur le corps en multipliant les bruits de bouche désapprobateurs, sans se douter que ses critiques s'adressaient avant tout au collègue qui avait pratiqué l'autopsie initiale en 2007.

— La dissection de la carotide doit s'effectuer en diagonale, reprocha-t-il à son adjointe.

Il se trompait, cette technique était dépassée depuis vingt ans, mais Fauchet avait appris à ne jamais contredire son chef sous l'œil de la caméra.

Il continua de charcuter la partie du cou déjà ouverte. La jeune femme grimaça intérieurement en le voyant saboter son travail.

— Vous avez omis de mettre au jour la première cervicale, commenta-t-il.

Elle se retint de lui expliquer qu'elle en était précisément arrivée à ce stade lorsqu'il l'avait interrompue.

Moberly s'activa sur le corps pendant quelques minutes avant de prendre la parole.

— Je discutais tout à l'heure de cette affaire avec le directeur adjoint Pickett, et tout semble confirmer un suicide par pendaison. C'est bien votre avis, Charlotte?

— Oui, répondit-elle en toute sincérité.

Le temps de quelques derniers coups de scalpel, le légiste se redressa et retira son masque.

— Le directeur adjoint Pickett m'avait bien prévenu que cette autopsie nous ferait perdre notre temps, il n'avait pas tort. Dites-moi, Charlotte, j'imagine que vous en avez terminé?

Elle jeta un coup d'œil au cou de la morte. Son travail de dissection n'était pas terminé et Moberly s'était chargé de lui compliquer une tâche déjà difficile, mais elle n'était pas femme à renoncer.

— J'en ai pour quelques minutes, rétorqua-t-elle.

À son étonnement, l'agent aux yeux argentés se pencha vers elle.

— Docteur Fauchet, serait-ce abuser de votre patience si je vous demandais d'examiner l'os hyoïde?

— Je l'ai déjà dégagé en grande partie, dit-elle en achevant de le libérer des chairs à l'aide de forceps. Il est fracturé, si c'est ce que vous souhaitiez savoir.

— Est-ce normal en pareil cas?

— Cela dépend. La pendaison en elle-même ne suffit pas à causer une fracture de l'hyoïde, mais quand le sujet se débat violemment, ce qui a été le cas, on peut assister à ce genre de phénomène.

— En clair, vous n'avez aucune raison de remettre en cause les raisons de la mort? intervint le dénommé Pickett. À savoir un suicide par pendaison?

— Non.

Le regard venimeux que Pickett adressa à Pendergast n'échappa pas à la jeune femme. Elle en arrivait à regretter que l'autopsie ne vienne pas confirmer les soupçons de ce personnage si courtois.

— Bien, bien, fit Moberly. Merci de votre aide, Charlotte, je vous laisse terminer.

L'instant suivant, il entraînait les trois agents fédéraux vers la porte. Au moment de franchir le seuil, celui qui s'appelait Pendergast posa sur Charlotte Fauchet un regard compatissant. Pour un peu, elle aurait cru qu'il lui adressait un clin d'œil.

*

Coldmoon ne prenait aucun plaisir à assister aux autopsies et celle-là le laissait barbouillé. À peine eut-il quitté l'hôpital en compagnie de Pendergast et Pickett qu'il se remplit les poumons d'air frais dans l'espoir de chasser l'odeur de formol et de mort qui l'étouffait.

Pickett, dans l'attente de son chauffeur, se tourna vers Pendergast.

— Vous êtes satisfait?

— Il est rare que je sois satisfait.

— Eh bien, *moi* je le suis. Moberly est l'un des meilleurs pathologistes du pays et son adjointe m'a parue très affûtée, elle aussi.

Pendergast laissa s'écouler un court battement.

— Je souhaiterais me rendre à Ithaca.

Pickett écarquilla les yeux.

— Je vous demande pardon?

— Élise Baxter est morte le 7 novembre 2006, et Agatha Flayley le 12 mars 2007. À quatre mois d'écart.

— Mais encore?

— Les dates sont curieusement rapprochées. En outre, toutes deux résidaient en Floride, mais elles ont trouvé la mort ailleurs.

— Simple coïncidence. Vous savez d'expérience que les affaires de ce genre en manquent rarement. Il ne fait aucun doute que ces deux jeunes femmes se sont suicidées, inspecteur. Le lien est *là*, et nulle part ailleurs. Notre homme est *obsédé* par les suicides. Ses lettres montrent combien il plaint ces femmes. Sans compter que Baxter et Flayley ne se connaissaient pas. Un déplacement à Ithaca ne vous apprendra rien d'intéressant.

— Il n'empêche, j'aimerais m'y rendre.

Coldmoon avait assisté à cet échange sans rien laisser percer de ses sentiments. Il ne pouvait qu'être d'accord avec Pickett, se rendre à Ithaca était une perte de temps et il n'était pas prêt à se mouiller une seconde fois après l'échec de leur déplacement dans le Maine.

— Une journée me suffira à mener mon enquête, insista Pendergast. Je peux faire l'aller-retour dans la journée.

Au terme d'une longue hésitation, Pickett secoua la tête d'un air incrédule.

— Très bien. Puisque vous y tenez tant, allez-y, mais il est hors de question que vous passiez la nuit sur place. Si jamais Cœur-Brisé fait à nouveau des siennes, j'ai besoin de vous ici. Avant de partir, veuillez vérifier auprès du labo qu'ils n'ont rien découvert de neuf.

— Je vous remercie, monsieur le directeur.

— Quant à vous, inspecteur Coldmoon, il est bien entendu que vous accompagnerez l'inspecteur Pendergast.

— Bien, monsieur le directeur, dit Coldmoon en prononçant intérieurement une longue série de malédictions propres au peuple lakota.

Le chauffeur de Pickett arriva sur ces entrefaites et le directeur adjoint s'engouffra dans l'auto.

— Je retourne à New York. Il coule de source que je ne souhaite pas être contraint de revenir ici.

Il claqua sa portière en guise de point final et la voiture s'éloigna aussitôt.

18

Les trois hommes avançaient sur les trottoirs gelés d'East Avenue en direction du pont de Thurston Avenue, longeant une longue suite de bâtiments administratifs austères. Si le froid était moins prégnant que celui qu'ils avaient connu quelques jours plus tôt dans le Maine, on voyait néanmoins d'épais tas de neige à tous les carrefours et sur les parkings, suite au passage des engins. Pendergast portait de nouveau son épaisse parka Snow Mantra, tandis que Coldmoon restait fidèle à sa vieille veste en duvet, la bretelle de son sac à dos accrochée à l'épaule droite. Les rues étaient anormalement calmes du fait des vacances de printemps. Coldmoon connaissait la ville pour l'avoir traversée une ou deux fois quelques années plus tôt. À l'exception du Starbucks qui avait ouvert ses portes un peu plus loin, Ithaca restait fidèle à sa grisaille déprimante en attendant l'arrivée du printemps.

À l'intersection suivante, un ouvrier bloquait le passage tandis que ses collègues déposaient une canalisation. Coldmoon en profita pour tirer de son sac une vieille thermos à motif écossais noir et rouge. Il en dévissa le bouchon qui faisait office de gamelle et se versa une tasse de café bouilli. Son appartenance au FBI l'autorisait à franchir sans encombre la sécurité des aéroports grâce à son badge, sans se soucier des produits liquides contenus dans son bagage à main. L'odeur du café provoqua un effet instantané chez ses deux compagnons : la surprise sur le visage de Marv Solomon, l'agent de sécurité de l'université Cornell dont ils avaient fait la connaissance un peu plus tôt, et la réprobation sur les traits de Pendergast. Habitué de longue date aux réactions de ses semblables, Coldmoon avala d'un air placide une gorgée du breuvage encore tiède.

Constatant que la voie resterait bloquée une minute ou deux, Pendergast s'excusa auprès de ses compagnons et disparut à l'intérieur du Starbucks. Il en ressortit peu après, armé d'un gobelet en carton protégé par un couvercle qu'il tendit à Coldmoon.

Ce dernier saisit le gobelet de sa main libre et l'examina longuement.

— Espresso doppio. Deux doses de café français pur fraîchement moulu. Ce n'est pas aussi subtil que du Caffe Reggio, mais cela reste acceptable pour un palais civilisé, précisa Pendergast en insistant légèrement sur le mot *civilisé*.

Coldmoon, embarrassé par ses deux cafés, avala une gorgée de son breuvage personnel.

— Je vous invite à goûter l'autre, lui dit aimablement Pendergast.

Le jeune inspecteur trempa les lèvres dans le gobelet d'un air hésitant. C'était la première fois qu'il buvait un café de chez Starbucks, dont il avait toujours trouvé les tarifs exorbitants. Il reprit aussitôt une gorgée de son café bouilli, histoire de se rincer la bouche, puis il vida le gobelet d'espresso sur un tas de neige et jeta le gobelet dans une poubelle.

— Trop civilisé pour moi, laissa-t-il tomber.

Au même moment, l'ouvrier qui bloquait le passage leur fit signe de passer et ils poursuivirent leur route en direction du pont dont la silhouette se découpait un peu plus loin. L'ouvrage n'avait rien d'impressionnant, avec ses deux arches d'acier peintes en vert qui partaient en pente douce à l'assaut du ciel, son double ruban de bitume franchissant les eaux du Fall Creek avant de disparaître sur la rive opposée dans le paysage enneigé. Coldmoon tendit l'oreille en entendant un léger bruissement, évocateur d'un souffle de vent.

— Le voilà, déclara l'agent de sécurité en désignant le pont aussi fièrement que s'il en avait été l'architecte.

Le trio s'arrêta et Coldmoon en profita pour observer Solomon. Il n'était pas anodin que Pendergast ait sollicité l'aide de cet employé de l'université Cornell au lieu de s'adresser à un flic du cru. Peut-être avait-il conservé un mauvais souvenir de l'accueil que leur avait réservé la police de Katahdin. À moins qu'il n'ait choisi Solomon parce qu'il avait assisté à trois suicides depuis près de vingt-cinq ans qu'il travaillait pour le compte de l'université. Pendergast avait toutefois pris la précaution de se procurer auprès des autorités une copie du dossier que Coldmoon avait fourré dans son sac à dos avec la thermos. Les deux hommes auraient tout le temps de l'examiner pendant le vol retour.

D'un coup d'œil à sa montre, Coldmoon constata qu'il était midi et demi. Ils allaient devoir accélérer le mouvement s'ils ne voulaient pas rater l'avion en fin de journée. Même en prenant le premier vol reliant Miami à Syracuse ce matin-là, il leur avait fallu quatre heures pour arriver à Ithaca. Coldmoon avait en outre demandé à son aîné la permission de faire un détour sur le chemin de l'aéroport afin de régler des affaires personnelles, ce qui limitait d'autant le délai dont ils disposaient.

— Allons jeter un coup d'œil, décida-t-il.

Les deux inspecteurs traversèrent la rue sous la conduite de Solomon et gagnèrent le passage piéton aménagé le long du pont. Les eaux du Fall Creek s'écoulaient sous leurs pieds, parsemées d'écueils rocheux couverts de stalactites de glace menaçantes. Avec le temps, l'érosion avait sculpté des menhirs le long des gorges en contrebas. Les chutes situées en amont, partiellement gelées, étaient parcourues de cataractes sombres dont le grondement sonore expliquait le bruit entendu un peu plus tôt. Les arches du pont étaient dotées de grilles métalliques du même vert auxquelles étaient fixés de solides filets conçus pour prévenir toute chute.

— Elle s'est suicidée juste là, expliqua Solomon en remontant machinalement son pantalon. Je faisais ma ronde ce soir-là, je n'étais pas loin quand j'ai reçu un appel. Je suis arrivé sur place en quelques minutes, avant les flics. Sans rien toucher, bien sûr. De toute façon, il était trop tard. Il n'y avait plus rien à tenter pour la sauver.

Pendergast tira de sa parka une fine enveloppe extraite du dossier de police.

— J'ai cru comprendre que le corps avait été découvert par deux étudiants. Se trouvaient-ils toujours sur place à votre arrivée?

Solomon hocha la tête.

— Ouais. Je les ai trouvés assis par terre, sous le choc. On peut difficilement leur en vouloir.

Il laissa s'écouler un instant avant de poursuivre.

— Il faisait bon pour un mois de mars. Une belle soirée de nouvelle lune.

— Vous avez une bonne mémoire, constata Coldmoon.

— Je suis pas près d'oublier une nuit pareille. Une mort horrible.

Solomon ponctua sa phrase d'un regard lourd de sens.

— Ce pont a longtemps été connu pour ses suicides. Avant l'installation de ces filets, plus d'une vingtaine de personnes ont sauté du pont. Des étudiants pour la plupart. Flayley est la seule à ma connaissance qui ait choisi de se pendre au lieu de sauter.

— D'autres réminiscences? insista Pendergast.

— Elle s'est servie de corde en nylon jaune. Le même genre que celles avec lesquelles on amarre les bateaux. Du solide. Elle a accroché l'extrémité de la corde à la rambarde, ici, précisa-t-il en désignant un point précis. Le filet n'avait pas encore été installé à l'époque, il a été mis en place quelques années plus tard.

Pendergast feuilleta brièvement le contenu de l'enveloppe.

— Il s'agit d'une corde de fabrication courante, que l'on trouve facilement dans divers États.

Il releva la tête et fixa son regard sur Solomon.

— Était-elle morte à votre arrivée?

L'agent de sécurité sembla hésiter.

— En fait, c'est difficile à dire.

— Je ne comprends pas

— Elle était... eh bien, j'ai vu ses membres s'agiter pendant quelques secondes. Surtout les jambes. Je ne pense pas qu'elle vivait encore, c'était probablement...

Il observa à nouveau un court silence.

— Les jeunes qui l'ont découverte disent qu'elle se débattait quand ils l'ont vue. Ils étaient trop choqués pour tenter quoi que ce soit. Je suppose que la corde n'était pas assez longue pour qu'elle se brise la nuque.

Il s'humecta les lèvres.

— La pauvre. Drôle de façon de partir.

— Personne ne l'a vue se diriger vers le pont et sauter?

— Non, inspecteur. Comme je vous ai dit, il faisait nuit. Quasiment pas de circulation à cette heure-là.

— Quelle heure précise était-il?

— Minuit dix.

Pendergast se plongea dans la lecture du contenu de l'enveloppe. Coldmoon ne voyait pas où il voulait en venir, sachant que toutes les réponses à ses questions seraient consignées dans le dossier. On aurait dit qu'il éprouvait le besoin d'entendre directement les faits de la bouche des témoins, de préférence à l'endroit même du drame, comme si la nature était susceptible de lui confier ses secrets.

— On sait que Mlle Flayley ne connaissait personne à Ithaca, pas plus qu'elle n'avait de relation avec les étudiants de l'université, ajouta Pendergast sans lever le nez de ses feuilles.

— C'est le cas. Elle se trouvait là pour un jour seulement, elle devait dormir en ville après son entretien à Cornell.

Coldmoon savait que l'entretien en question ne s'était pas très bien déroulé. L'université avait manifesté son intérêt potentiel, sans proposer de poste à la jeune femme pour autant, ainsi que l'avait expliqué Pickett, ce qu'avait confirmé le responsable des relations humaines de Cornell. Agatha Flayley avait trente et un ans lorsqu'elle s'était suicidée. Parents disparus de longue date, ni frères ni sœurs, aucun proche. Elle vivait à Miami où elle était employée à l'hôpital Mercy, au service des consultations externes, et souhaitait intégrer le service de santé de Cornell en qualité de médiatrice des patients.

Comment peut-on avoir envie de s'installer dans le nord de l'État de New York quand on vit à Miami? Felice Montera, la première victime du tueur, travaillait elle aussi en milieu hospitalier. Pouvait-il y avoir un rapport entre les deux femmes?

Pendant que Coldmoon restait perdu dans ses pensées, Pendergast avait traversé le pont, les mains dans les poches. Parvenu sur l'autre rive, il s'immobilisa et observa les alentours. Coldmoon se demanda une fois de plus si son collègue ne communiquait pas avec la nature. Il chassa cette idée de son esprit. Après tout, la façon dont Pendergast scrutait le paysage n'était pas plus étrange que la façon dont il était resté allongé des heures durant dans cet hôtel du Maine. Pickett l'avait bien prévenu que Pendergast était un excentrique, et Coldmoon comptait bien rester imperméable à la «mystique» du personnage.

Il s'aperçut soudain que l'agent de sécurité s'adressait à lui. Rien d'important, l'autre lui expliquait que la météo annonçait de la neige. Coldmoon reporta son attention sur Pendergast qui traversait le pont en sens inverse. Il allait rejoindre ses deux compagnons lorsqu'il se retourna brusquement. L'espace d'un instant, Coldmoon crut voir qu'il avait un haut-le-corps. Sans doute se trompait-il car Pendergast le rejoignit bientôt, le visage de marbre.

— Je vous remercie, monsieur Solomon, dit-il en enfouissant l'enveloppe dans les replis de sa parka. Nous avons déjà suffisamment abusé de votre temps.

*

Ainsi qu'il en avait exprimé l'intention, Coldmoon fit un détour sur le chemin de l'aéroport de Syracuse, s'autorisant une halte au pénitencier fédéral de Jamesville. Il veilla à ce que sa visite ne dépasse pas une demi-heure, si bien que ce crochet leur prit moins d'une heure au total et qu'ils se présentèrent en avance à la salle d'embarquement du vol à destination de Miami. Pendergast, jugeant que l'aller avait été bruyant et inconfortable, paya de sa poche un surclassement en première pour eux deux. Coldmoon se sentit trop las pour protester.

Le jeune homme n'avait jamais voyagé en première classe, à l'exception d'un vol pour lequel il avait assuré la protection des passagers en qualité d'agent fédéral. Une fois passé le sentiment de gêne, il apprécia l'espace dont il disposait pour ses jambes, l'attention du personnel de bord, ainsi que le dîner offert. Il apprécia plus encore la sollicitude de l'hôtesse qui lui remplit à deux reprises son verre de Dewar's pour le prix d'un merci.

D'un coup d'œil, il vit que Pendergast feuilletait sans enthousiasme le dossier fourni par la police d'Ithaca. Il n'avait quasiment pas desserré les dents de tout le trajet en voiture jusqu'à Syracuse, sinon pour prendre un appel du lieutenant Sandoval souhaitant l'informer qu'il y avait trop de cimetières à Miami pour que ses hommes les surveillent tous efficacement. En dépit de son caractère taciturne, Pendergast se montrait toujours d'une courtoisie exemplaire. Tout en sirotant son troisième whisky, Coldmoon se sentit envahi par un sentiment de bienveillance qu'il refrénait en temps ordinaire. Après tout, Pendergast n'avait émis aucune objection lorsqu'il avait fait halte à Jamesville, allant jusqu'à s'abstenir de lui poser la moindre question. Plus tôt dans la journée, il avait fait preuve de beaucoup de gentillesse en lui offrant cet espresso. Avec le recul, Coldmoon s'en voulait d'avoir réagi de façon aussi brutale en vidant le gobelet dans la neige.

— Vous ne m'avez pas demandé pourquoi je tenais à m'arrêter dans ce pénitencier fédéral, dit-il soudain à son voisin.

Pendergast se tourna vers lui.

— Une visite conjugale, peut-être?

— Non. C'est lié à la raison qui m'a poussé à entrer au FBI.

Pendergast referma son dossier.

— J'ai grandi dans une réserve indienne du Dakota du Sud. Quand j'avais onze ans, mon père a été tué lors d'une rixe dans un bar. Ma mère et moi étions persuadés de connaître l'identité du coupable, mais le meurtrier était en très bons termes avec la police tribale. Il n'y a pas eu d'enquête et nous n'avions pas de recours, les autorités locales tout comme la police d'État n'ayant aucune juridiction dans les réserves. Ce n'est pas le cas des fédéraux, mais ils s'en fichaient, considérant qu'il s'agissait d'une simple bagarre entre deux Indiens soûls, et l'affaire a été enterrée. Un peu perdu, je venais d'entamer des études universitaires peu glorieuses quand le déclic s'est produit. J'ai travaillé comme un malade pour obtenir mon diplôme et je suis sorti major de ma promo, ce qui m'a valu d'entrer à Quantico. En sortant de l'école du FBI, j'ai veillé à être nommé à l'antenne d'Aberdeen, ce qui m'a permis d'enquêter sur la mort de mon père et d'obtenir toutes les preuves dont j'avais besoin pour obtenir la condamnation de son meurtrier. C'était ma première enquête.

Coldmoon trempa les lèvres dans son verre de Dewar's.

— De sorte que vous êtes entré au FBI par désir de vengeance.

— Non. J'y suis entré pour m'assurer qu'une telle injustice ne puisse pas se reproduire.

— Je vois, réagit Pendergast avant d'ajouter après un court silence : J'imagine que le coupable est incarcéré à Jamesville ?

— Je lui rends visite chaque fois que je me trouve dans les environs.

— Naturellement. Une sorte de retour aux sources, approuva Pendergast. À propos, puis-je m'enquérir de votre feu ?

— Je vous demande pardon ?

— Je fais allusion aux sept feux du conseil des Lakotas.

— Ah. Je fais partie des Oglalas.

— Vous avez pourtant des yeux d'un vert très clair.

— Ma mère était d'origine italienne.

— Vraiment ? J'ai passé beaucoup de temps en Italie. Quel était son patronyme ?

— Aucune importance.

Coldmoon avait beau aimer sa mère, il ne pouvait s'empêcher de penser qu'elle avait contaminé le sang sioux qui coulait dans ses veines. Et s'il usait du nom de famille maternel comme nom intermédiaire, il ne le citait jamais, au point de le réduire à sa seule initiale lorsqu'il avait rempli son formulaire de candidature au FBI.

— Je ne voulais en aucun cas me montrer indiscret. Quoi qu'il en soit, j'espère que cette… euh, visite s'est bien déroulée.

Et tandis que Pendergast reprenait sa lecture, Coldmoon se fit la réflexion que son collègue mesurait pleinement le côté ironique de la visite en question.

Pour une fois, cela les mettait sur un pied d'égalité.

19

Roger Smithback vida sa bouteille de bière brune et la posa sur la table de bois usé. La serveuse, une blonde d'une quarantaine d'années vêtue d'un short moulant sur son maillot de bain, s'approcha.

— Une autre, mon chou?

— Et comment!

Elle tira un petit carnet de la poche de son short.

— Vous êtes prêts à commander, les garçons?

— Je prendrai un sandwich au poisson avec double ration de piments doux.

Elle interrogea des yeux le compagnon du journaliste.

— Comme d'habitude, répondit-il.

La serveuse griffonna quelques mots sur son carnet et s'éloigna.

Smithback reporta son attention sur l'homme qui l'observait d'un air maussade. Un type ordinaire dans tous les sens du terme: taille moyenne, teint hâlé, cheveux bruns et barbe de deux jours, T-shirt Ron Jon et bermuda trop grand pour lui. La tenue de base de tout bon flic infiltré à Miami.

Roger Smithback n'était pas dupe, il traînait ses guêtres à travers la ville depuis six ans, dans un premier temps comme simple gratte-papier au *Miami Herald* avant de se hisser à la force du poignet au rang de journaliste d'investigation. Casey Morse, à quelques détails près, avait suivi un parcours identique. Les deux hommes s'étaient rencontrés quinze jours après l'arrivée de Smithback au *Herald*. À l'époque, Morse était jeune îlotier dans le quartier de Little Haiti dont il avait longuement arpenté les rues avant de passer deux années aux stups, en attendant de devenir sergent dans le centre-ville, au sein de la brigade des mœurs. Tout au long de ces années, Smithback lui avait offert un cheeseburger une fois par semaine : saignant, avec des oignons, et pas de laitue.

La serveuse revint avec une bouteille de Morning Wood dont Smithback téta avidement le goulot, prenant plaisir à laisser les arômes de café, de sirop d'érable et même de bacon lui caresser agréablement les papilles. La bière, produite localement par une brasserie de la côte, Funky Buddha, n'était habituellement disponible qu'en pleine saison, mais la Sunset Tavern n'en manquait jamais, ce qui suffisait à expliquer la fidélité de Smithback à ce bar de flics où Morse se sentait chez lui.

Les deux hommes commencèrent par discuter de tout et de rien, comme de juste : le mauvais début de saison des Marlins, le virus Zika qui commençait à refaire des siennes à Liberty City, le comportement tyrannique du nouveau lieutenant de Morse. Ce dernier était plutôt bon flic, mais il ne s'entendait jamais avec ses supérieurs, et Smithback en arrivait à se demander si Morse n'était pas davantage responsable de cet état de fait que ses chefs.

Smithback laissa son compagnon pérorer tranquillement en attendant l'arrivée de la commande, fidèle à une technique qu'il avait mise au point dans ses moindres détails. Il n'avait pas le sentiment de profiter abusivement de la situation avec Morse, persuadé que l'autre y trouvait également son compte.

Les flics n'aiment pas laisser fuiter des informations dans la presse, à moins d'y trouver un avantage direct, mais ils aiment les commérages comme tout le monde. Le tout est de les persuader qu'on est *déjà* au courant et que les tuyaux ne viennent pas d'eux si l'on veut éviter qu'ils changent de sujet de conversation. Et puis il y a toujours moyen de procéder à un échange de bons procédés quand on a une ou deux pépites dans son escarcelle.

Smithback donnait peut-être l'impression de se la jouer petit bras, mais il s'en fichait. Il avait connu son content de collègues qui ne vivaient que pour les scoops. Son frère aîné, Bill, lui en avait fourni un parfait exemple. Il passait son temps à fouiller dans les coins, prêt à tout, au risque d'énerver son monde et de jouer les éléphants dans un magasin de porcelaine. Ce n'était pas un mauvais bougre, Bill avait toujours été un grand frère super et Roger ne s'était jamais remis de sa mort, mais ils n'auraient pas pu être plus dissemblables tous les deux. Bill aimait le jazz, la poésie et le journaliste vedette Damon Runyon, quand Roger avait le goût des maths, de la musique classique et des Marvel Comics.

Leur père était journaliste, lui aussi. De façon curieuse, Bill et Roger avaient chacun hérité de l'une des facettes de sa personnalité. Tout en terrorisant la banlieue paisible de Boston où il avait grandi en traquant les scandales avec la détermination d'un chasseur de ragots, Smithback père avait posé sur le métier un regard plus nuancé en reprenant les rênes du *Beverly Evening Transcript*. Il en avait fait un organe de presse sérieux et fiable qui ne se contentait pas d'accumuler les scoops, et Roger avait suivi cet exemple. Le *Transcript* avait constitué le seul véritable amour de son père qui était mort à la barre de son journal, terrassé par une crise cardiaque sur la photocomposeuse.

La rumeur de la circulation sur la 8ᵉ Rue Nord-Ouest parvenait jusqu'à Smithback. Les voitures ne ralentiraient que plus tard, avec l'arrivée des tapineuses. De l'autre côté de la table, Morse savourait son hamburger, ce dont se réjouissait le journaliste. Il se fit la réflexion que les flics avaient une prédilection pour les plats rassurants lorsqu'ils terminaient leur service, de même qu'ils préféraient les bars lorsqu'ils s'appelaient *taverne*.

— Comment ça se passe avec le préfet de police ? demanda-t-il nonchalamment.

Il avait appris par une indiscrétion que le préfet de Miami s'était payé les services d'escort-girls avec l'argent des contribuables, et il s'était empressé de refiler le tuyau à Morse.

— Bien, répondit Morse en léchant ses doigts dégoulinant de ketchup. Et même très bien, même si mon putain de lieutenant a la ferme intention de tirer la couverture à lui le jour où on coincera l'autre salopard.

— Fait chier, commenta Smithback en faisant signe à la serveuse d'apporter un autre gin-tonic à son compagnon. Je connais ça.

— Ah ouais? Ton putain de rédac chef continue à t'emmerder? Comment s'appelle-t-il, déjà... Kraski!

— Plus que jamais.

C'était un peu exagéré, mais afficher sa solidarité dans la souffrance ne faisait jamais de mal en pareil cas.

— J'aimerais bien te renvoyer l'ascenseur, réagit Morse, mais c'est plutôt calme en ce moment. À part ces deux meurtres, bien sûr.

— Ouais.

Smithback but une gorgée de bière. Il hésitait, confronté à un dilemme. Il ne s'occupait jamais des affaires criminelles, et Morse le savait. D'un autre côté, les deux collègues du *Herald* qui le faisaient en temps ordinaire étaient tous les deux en vacances. Le père de Smithback avait toujours insisté sur l'importance de l'instinct. «Fie-toi à tes tripes», aimait-il à répéter. Il était évident que les deux meurtres de Miami Beach étaient liés entre eux, même si les flics se montraient particulièrement discrets à ce sujet. Les deux victimes, des femmes, avaient été ouvertes en deux à l'aide d'«un instrument lourd et tranchant». Les enquêteurs n'en disaient pas davantage, mais Smithback se trouvait par hasard à South Beach deux jours plus tôt lorsque la moitié de la brigade criminelle avait déboulé au cimetière municipal de Miami. Ce n'était un secret pour personne qu'un incident s'était déjà produit dans un autre cimetière des environs quelques jours plus tôt.

À force de laisser traîner ses oreilles, Smithback avait cru comprendre qu'un organe, apparemment un cœur, avait été retrouvé sur une tombe. Pas besoin d'être prix Nobel pour additionner deux et deux. Son instinct lui dictait qu'il serait bien inspiré de profiter de l'absence de ses collègues avant que quelqu'un d'autre le coiffe au poteau.

Il voulait s'occuper de l'affaire, sans pour autant se mettre Morse à dos. Le mieux était encore d'étonner le sergent en lui fournissant une info inédite, histoire de donner l'impression qu'il en savait long sur les meurtres. À condition de s'y prendre habilement, il pouvait lui tirer les vers du nez.

— J'imagine bien que ces meurtres doivent mettre les enquêteurs sur des charbons ardents, dit-il en vidant sa Morning Wood. Sinon, pourquoi s'adresser aux fédéraux?

Morse lui lança un regard dans lequel la méfiance se mêlait à la surprise.

— Tu es au courant?

Smithback haussa les épaules avec la désinvolture de quelqu'un qui se désintéresse des enquêtes criminelles.

— Bien sûr. Pendergast n'est pas venu jusqu'ici pour rien.

— Pendergast?

— Oui, je connais l'inspecteur Pendergast depuis toujours.

Sans être faux, ce n'était pas tout à fait vrai. Son frère lui avait parlé de Pendergast à maintes reprises, partagé entre la frustration, l'admiration et la peur. Roger avait même croisé la route de l'inspecteur à deux occasions: une première fois lors du mariage de Bill, et à nouveau lors de son enterrement, alors que Pendergast était chargé d'enquêter sur sa mort. Aussi n'avait-il pas été peu surpris de reconnaître la silhouette décharnée et le costume funèbre de l'inspecteur l'avant-veille dans le cimetière. Cette présence inattendue lui avait confirmé ce qu'il soupçonnait: ces crimes étaient l'œuvre d'un tueur en série, même si Pendergast n'avait pas répondu directement à la question.

— Ce Pendergast t'a parlé? s'enquit Morse, chez qui la méfiance commençait à s'estomper.

Smithback avait deviné juste: Morse s'intéressait autant que lui aux tenants et aux aboutissants de cette affaire. Il allait devoir marcher sur des œufs. *Fie-toi à tes tripes.*

— Pas vraiment. Il a juste évoqué cette curieuse histoire dans les cimetières.

Morse acquiesça, à son grand soulagement.

— Le mot *curieux* est faible, réagit Morse alors que la serveuse posait devant lui un nouveau gin-tonic. Ces lettres émanent forcément d'un cinglé. Qui d'autre qu'un malade aurait l'idée de se servir d'un surnom pareil?

Vacherie. Vite, improviser.

— Ouais, fit Smithback, l'air de ne pas y toucher. Quand on m'a raconté ça, j'ai cru que le meurtrier se foutait de vous. Comme Jack l'Éventreur.

Morse laissa échapper un ricanement.

— *Jack l'Éventreur*, ça sonne bien, au moins. Mais *M. Cœur-Brisé*? Tu trouves pas ça dingue?

— Complètement, approuva Smithback, qui se jeta sur son sandwich pour dissimuler sa joie.

Il avait la confirmation de ses soupçons et apprenait le surnom de l'assassin sans pour autant se mettre Morse à dos. Ce dernier serait persuadé qu'il tenait ses informations de Pendergast et n'imaginerait pas une seconde qu'il avait prêché le faux pour savoir le vrai. Son père serait doublement fier de lui, pour son sens du scoop comme pour sa subtilité.

— À propos, ton burger est bon? demanda-t-il à son compagnon entre deux bouchées de sandwich au poisson.

20

Les deux lettres, maculées de sang, étaient posées sur le plateau d'un microscope entre deux plaques de verre placées sous le feu d'un projecteur. On aurait presque pu s'imaginer qu'il s'agissait d'un manuscrit ancien. L'expert employé à temps plein par l'antenne du FBI à Miami pour analyser les documents de ce genre était un quadragénaire petit et trapu nommé Bruce Ianetti. Le crâne rasé, un corps d'haltérophile, il portait au poignet un tatouage qui dépassait de la manche de sa blouse. Malgré ses airs de gangster, il émanait de lui l'assurance tranquille d'un scientifique de haut vol possédant un savoir obscur dont la plupart de ses contemporains ne soupçonnaient même pas l'existence.

Coldmoon, les traits tirés après l'aller-retour à Ithaca effectué le jour même, était trop heureux de laisser l'initiative à Pendergast. Une fois de plus, il peinait à dissimuler son admiration en voyant la facilité avec laquelle son collègue savait s'adapter à ses interlocuteurs, quelles que soient leurs origines.

— J'ai eu un mal de chien à récupérer ces deux lettres auprès de la police de Miami, se vanta Ianetti.

Il avait fait visiter son laboratoire à ses visiteurs à la demande de Pendergast qui avait écouté avec la plus grande attention ses explications interminables sur les dernières innovations techniques.

— C'est ce que j'ai cru comprendre, dit Pendergast sur un ton compatissant. Je suis ravi que ces documents soient désormais entre les mains d'un homme aussi compétent que vous. Expliquez-nous ce que vous avez découvert, professeur Ianetti.

— Je suis sensible à cette promotion, plaisanta-t-il, mais appelez-moi monsieur, je ne suis pas prof. Pour répondre à votre question, nous n'avons pas retrouvé d'ADN, d'empreinte digitale ou autres traces humaines. Il s'agit d'un papier très fin, constitué à cent pour cent de fibre de coton, découpé à l'aide d'une lame de rasoir ou d'un scalpel X-Acto dans une feuille de grande taille. Cent vingt grammes au mètre carré, finition en lin, idéal pour écrire sans risque de bavure. L'analyse chimique du papier et du traitement de finition indique qu'il s'agit très probablement d'une feuille de marque Arches, pressée à froid, fabriquée dans les Vosges, en France.

— Très intéressant, approuva Pendergast. Il s'agit donc d'un papier rare?

— Malheureusement non. Arches est un célèbre fabricant de papier pour aquarelle, il s'en vend partout dans le monde. Il sera quasiment impossible de retracer son origine exacte, l'utilisateur ayant veillé à découper les bords et le filigrane. Il a fait preuve d'une grande prudence afin de ne pas laisser la moindre trace.

— Vous pensez toutefois qu'il s'agit d'un papier de fabrication récente?

— Je dirais qu'il a quelques années tout au plus.

— Je vois. Qu'en est-il du stylo et de l'encre?

— Notre homme s'est servi d'un ancien stylo à plume. La calligraphie indique l'utilisation d'une plume à pointe en iridium telle qu'on en fabriquait couramment dans les années 1920 et 1930. Il s'agit d'une plume large, mais pas à bout carré. L'encre utilise un colorant bleu triarylméthane, donc de fabrication beaucoup plus récente que le stylo. Il s'agit probablement d'encre de marque Quink, un produit de qualité largement disponible. C'est d'autant plus dommage qu'il existe de nos jours des encres spéciales dont on retrouve facilement l'origine.

Pendergast hocha la tête.

— Et l'écriture elle-même? s'enquit Coldmoon qui s'intéressait depuis toujours à la graphologie.

— C'est là que ça devient intéressant. Normalement, les auteurs de lettres manuscrites de ce genre cherchent à déguiser leur écriture, soit en utilisant la main avec laquelle ils n'écrivent pas habituellement, soit en rédigeant les mots en majuscules. Il est très facile de voir si quelqu'un cherche à déguiser son écriture, et ce n'est pas le cas ici. Comme vous pouvez le constater, on est en présence d'une jolie cursive parfaitement naturelle. Quant à la nature de l'écriture elle-même...

Ianetti, interrompu par la sonnerie du téléphone posé sur son bureau, leva un doigt en guise d'excuse.

— Nous avons un visiteur, annonça-t-il quelques instants plus tard en raccrochant.

Il achevait à peine sa phrase qu'un homme en costume gris entrait dans le laboratoire.

— Commandant Gordon Grove, se présenta le nouvel arrivant en offrant sa main à Pendergast.

De taille moyenne, un visage pensif traversé par deux yeux gris, il avait de longs cheveux poivre et sel tirés en arrière. Coldmoon nota que son costume de bonne coupe dissimulait habilement son embonpoint. Et s'il était armé, cela ne se voyait pas.

— Je crois deviner que vous êtes l'inspecteur Pendergast. Je n'étais pas sûr de vous trouver ici aussi tard, après une journée chargée.

Pendergast accepta la main qu'il lui tendait.

— Et vous êtes l'inspecteur Coldmoon, poursuivit Grove en se tournant vers l'intéressé qu'il gratifia d'une poignée de main agréable.

— Je connais Bruce depuis l'époque où il travaillait pour la police de Miami, enchaîna-t-il. Dans son domaine, c'est le meilleur spécialiste du pays.

Ianetti rougit jusqu'à son poignet tatoué. Coldmoon lança un coup d'œil interrogateur en direction de Pendergast.

— Je ne sais pas si vous avez gardé le souvenir du meurtre des Deux Ponts, survenu il y a six ans? Je travaillais encore à la brigade criminelle à l'époque et c'est Bruce qui nous a donné la clé de l'énigme en apportant la preuve que la page de signature d'un testament était d'un papier différent du reste du document.

— Je n'ai fait que trouver un indice parmi d'autres, se récria Ianetti.

— Ne vous sous-estimez pas, déclara Grove. Quoi qu'il en soit, je suis ici parce que la police de Miami et l'antenne locale du FBI entretiennent de longue date des rapports difficiles, et c'est un euphémisme. Il est parfois nécessaire de mettre de l'huile dans les rouages pour qu'ils acceptent de travailler main dans la main. Ces deux lettres en sont un exemple parfait.

— Merci à vous d'avoir convaincu la police de Miami de nous les transmettre aussi rapidement, commandant.

— Heureux d'avoir pu vous être utile

Grove se tourna vers Pendergast.

— Le directeur adjoint Pickett a souhaité que la police de Miami nomme un chargé de liaison, et c'est en cette qualité que je suis ici. Un malentendu regrettable étant survenu entre un inspecteur de Miami et un agent du FBI il y a quelques années, on m'a demandé depuis de veiller aux bonnes relations entre nos deux services. Vous n'imaginez pas le nombre de démarches que nous épargnons aux uns comme aux autres grâce à ce système. Je suis là pour m'assurer que vous disposiez dans les meilleurs délais de tous les éléments dont vous avez besoin.

— Mes remerciements les plus sincères, dit Pendergast.

— Mais assez parlé de moi, reprit Grove. Monsieur Ianetti, vous alliez nous révéler des détails intéressants sur l'écriture de l'auteur de ces lettres.

Le technicien se racla la gorge.

— La question en pareil cas est invariablement la même : que nous révèle l'écriture d'un tueur ? Je crains fort que la graphologie ait été largement discréditée au cours des vingt ou trente dernières années.

— Discréditée ? réagit Coldmoon, incrédule. Que voulez-vous dire ?

— Il s'agit d'une pseudoscience, au même titre que l'astrologie ou la chiromancie.

— Ce n'est pas mon avis, affirma Coldmoon. L'écriture d'un individu peut se révéler très parlante. Le manque de soin signale un individu peu soigné, une signature forte trahit un ego surdimensionné, et ainsi de suite.

— C'est une théorie séduisante, dit Ianetti, mais une étude poussée réalisée en 1982 a démontré de façon irrécusable que la graphologie était dénuée d'intérêt lorsqu'il était question de décrire des traits de personnalité. Il se trouve, par exemple, que de nombreux individus bien organisés ont une écriture illisible, ou l'inverse.

Il leva un sourcil avant de poursuivre :

— Vous ne croyez pas à l'astrologie ou aux boules de cristal, j'imagine ?

Coldmoon ne répondit pas. Ce qu'on lui avait appris pendant sa jeunesse ne regardait personne. Un coup d'œil en direction du commandant lui montra que celui-ci approuvait les propos de Ianetti.

— Les services de police scientifique ont quasiment tous abandonné l'usage de la graphologie, confirma Grove.

Pendergast, qui avait soigneusement veillé à garder un visage neutre tout au long de cet échange, un doigt posé sur la lèvre, s'interposa d'une voix douce.

— Et pourtant, ces lettres nous renseignent grandement sur la *psychologie* du tueur. Nous sommes en présence d'un individu très organisé capable de citer Shakespeare et T. S. Eliot en utilisant du papier de qualité et un stylo ancien. En clair, il s'agit d'un homme aux fortes prétentions littéraires. Monsieur Ianetti, vous nous dites qu'il serait très difficile de retracer l'origine du papier et de l'encre utilisés, en particulier en cette époque de commerce en ligne, mais peut-être serait-il intéressant d'enquêter dans les clubs de lecture, les bibliothèques et autres lieux susceptibles d'intéresser un amateur de littérature.

— Excellente idée, approuva Grove. Je demanderai à mes hommes d'explorer cette piste.

— En tout cas, je ne peux rien vous dire de plus, conclut Ianetti, en dehors du fait que le tueur est très certainement gaucher.

— Vraiment? réagit Pendergast en haussant les sourcils.

— C'est beaucoup plus difficile à déterminer qu'on le croit. Notre homme a recours à ce que l'on appelle dans notre jargon le trait de plume du sarcasme, en traçant la barre de la lettre *t* de droite à gauche, et non l'inverse.

Un silence accueillit la révélation du spécialiste.

— Vous aurez mon rapport demain matin, poursuivit Ianetti. Je vous le ferai parvenir par e-mail.

— Merci beaucoup, dit Pendergast. Vous nous avez été d'un grand secours.

Les deux hommes du FBI quittaient le laboratoire en compagnie de Grove lorsque celui-ci s'exclama, en regardant sa montre :

— Mon Dieu, il est déjà 19 h 30. Je dois filer, mais je suis ravi de vous avoir rencontrés. Je tenais à m'assurer que vous ne manquiez de rien, ajouta-t-il en distribuant sa carte à ses interlocuteurs. N'hésitez pas à me joindre si vous rencontrez le moindre problème.

— Merci infiniment, réagit Pendergast sèchement en fourrant la carte dans la poche de sa veste.

Coldmoon attendit que Grove se soit éloigné pour examiner la sienne :

Commandant Gordon Grove
Chargé de liaison avec les autres services
Police de Miami

— Chargé de liaison, murmura Coldmoon. En clair, chargé de couvrir son cul. Pas mal comme poste en attendant la retraite. Si on se plante, c'est de notre faute. Et s'ils se plantent, c'est encore de notre faute.

— Il y a bien des domaines essentiels que l'on ne vous enseigne pas dans les écoles de police. Savoir couvrir son cul, pour reprendre votre charmante expression, est de loin le plus important.

21

Il attendait sans bouger dans la pénombre moite, tous les sens en alerte. La légère brise qui lui caressait le visage commençait seulement à fraîchir avec la tombée de la nuit, asséchant les perles de transpiration sur sa nuque. Des effluves plus ou moins proches flattaient ses narines : des odeurs d'herbe foulée, de cochon rôti, de vapeur de diesel, d'iode, de cigare. Il se concentra sur les fragments sonores qui l'entouraient : le souffle rauque d'une sirène de bateau, un rire dans le lointain, des rythmes de bachata échappés d'une discothèque, le vrombissement soudain d'une moto, un crissement de freins. Avant tout, il était sensible à la lumière, tellement plus vraie, rare et précieuse la nuit. De jour, on n'y prêtait guère attention tant elle vous inondait, il suffisait d'enfiler des lunettes de soleil et de l'oublier. C'était différent la nuit. L'obscurité offrait un écrin naturel à l'infini des couleurs, dans leur intensité douce, intense, sourde, vaporeuse ou tremblante. Les lampes à vapeur de sodium des réverbères, les rangées de fenêtres des hôtels, les yachts dont les feux dansaient sur le velours sombre de l'eau. Il ne se sentait jamais mieux que dans l'obscurité qui lui permettait de disparaître aux yeux d'autrui, protégé par son invisibilité. Ce manteau d'anonymat lui échappait pendant la journée. La souffrance et le Maître le lui avaient enseigné très tôt. Seules l'obscurité et l'inexistence qu'elle lui conférait l'autorisaient à remplir son devoir sacré, à réaliser un Acte aussi essentiel pour lui que la respiration. *L'Acte*... ce moment où il n'était personne dans la nuit était le plus précieux, le seul qui lui permît d'oublier la honte et les regrets, de savourer le moment, ses sens aiguisés sans l'ombre d'une peur. Si la préparation nécessitait beaucoup de méticulosité, l'Acte restait imprévisible. Il y avait forcément des variations et des surprises, comme en poésie. On ne savait jamais où vous menait un grand poème. Un peu comme une bataille dont l'issue se perdrait dans le brouillard et la fumée. «Le poème est un champ d'action», ainsi que l'avait écrit William Carlos Williams.

Les lumières d'un bateau caressèrent les branches de l'arbre et il se colla contre le tronc, se fondant plus intimement encore dans la nuit. L'Acte à venir lui rappela la présence d'Archy et de Mehitabel au fond des poches renforcées de son pantalon cargo. Lorsqu'il était enfant, avant que surviennent la Mort et le Périple, il adorait lire les aventures en vers pleines d'humour d'Archy et Mehitabel : le premier un poète réincarné en cafard, le second un chat de gouttière. Il s'identifiait aussi bien à l'un qu'à l'autre. Ils n'étaient personne, comme lui. De simples vermines méprisées de tous. Ils ne manquaient pourtant pas de noblesse, aussi lui avait-il paru normal de baptiser ses outils de leur nom. Ses seuls amis. Des amis qui ne le décevaient jamais. En échange, il les nettoyait et les affûtait, comme le Maître le lui avait appris, jusqu'à ce qu'ils puissent couper un cheveu rien qu'à l'effleurer. Leurs lames auraient lui sous les rayons de lune s'il n'avait pas pris la précaution de les noircir. L'Acte se chargerait de les émousser, un flot de liquide tiède rincerait leur habillage noir. Mehitabel sortait la première de sa cachette, sa griffe unique tranchant vite et profondément en provoquant un endormissement salutaire sans la moindre douleur. Archy faisait alors son apparition. Son manche en bois était le prolongement de son propre bras. Archy, en dépit de son humilité, avait le pouvoir de lui faire tout oublier, y compris le Périple. Avec les années, la vérité qu'il portait en lui avait gagné en évidence, en amertume aussi, ce qui était idéal puisque l'amertume et la vérité étaient les seules réalités. *La réalité est amère.* Tout comme son propre cœur était devenu amer sous l'effet du remords.

Mais ce n'était pas le moment de revenir sur le passé. Il lui fallait se concentrer au contraire sur le présent, avec l'acuité de Mehitabel. Sentir la transpiration qui séchait sur sa nuque, l'odeur de cigare qui flottait jusqu'à lui, les étranges conversations mécaniques des voitures dans le lointain. Son attente touchait à sa fin, il était temps de passer à l'Acte. Il l'entendait et le voyait, il ne tarderait pas à le sentir et le toucher. Tout irait très vite. Tout d'abord viendrait l'Acte, avant que se déroule la Chose, la seule dont il pouvait espérer qu'elle le débarrasse un jour à jamais de la souffrance, de la culpabilité et de la honte.

Le jour du pardon.

22

L'inspecteur Coldmoon, allongé sur le grand lit de sa chambre de l'Holiday Inn à Miami Beach, regardait un vieil épisode du *Dick Van Dyke Show* en épuisant lentement le contenu des quatre paquets de cookies au chocolat achetés en passant au distributeur installé dans l'entrée de l'hôtel lorsque son téléphone sonna.

Coldmoon n'était pas un grand fan de cette série, il se sentait aussi proche de Rob Petrie et des siens dans leur pavillon de banlieue des années soixante que d'une colonie de Martiens, mais il prenait toujours plaisir à deviner si Van Dyke se prendrait ou non les pieds dans le fauteuil du salon pendant le générique de début. Il attendit quelques secondes, le temps de constater que Van Dyke ne se ramassait pas pour une fois, ainsi qu'il l'avait prévu, et décrocha.

— Oui?

— Inspecteur Coldmoon?

Il coupa le son de la télé en reconnaissant la voix de Pickett.

— Oui, monsieur le directeur.

— J'attendais votre appel.

Pickett préférait de loin être appelé, plutôt que l'inverse, mais c'était une façon pour Coldmoon de se rebeller sans en avoir l'air que de contraindre son patron à le contacter.

— Notre vol avait du retard et nous avions rendez-vous dans la foulée avec l'expert en documents.

— Comment s'est déroulé votre déplacement à Ithaca?

— Nous avons récupéré le dossier auprès de la police locale, discuté avec la femme qui avait fait passer un entretien à Flayley, et visité le lieu du drame avec l'agent de sécurité qui a découvert le corps.

— Et le motel où elle avait passé la nuit précédente?

— Il a été détruit il y a cinq ou six ans. Le personnel s'est éparpillé et les registres de clientèle ont disparu.

— Si je comprends bien, c'était une perte de temps, comme je l'avais prédit.

— Nous n'avons pas fini d'éplucher le dossier.

— Vous n'aviez pas besoin de vous éloigner de Miami pour ça, répliqua Pickett en poussant un soupir d'exaspération. Vous n'avez donc rien tiré de ce voyage? Rien du tout?

— Non, monsieur le directeur, mais j'ai...

Coldmoon eut une légère hésitation en se souvenant du comportement étrange de Pendergast sur le pont. Ce tressaillement inattendu, comme si le puzzle se mettait soudain en place.

Pickett perçut immédiatement l'embarras de son interlocuteur.

— Qu'y a-t-il? De quoi s'agit-il?

— J'ai l'impression que Pendergast ne me dit pas tout.

— Mais encore?

— Je ne sais pas. Je le soupçonne d'avoir une théorie. Ou un plan d'action. J'ai bien vu qu'il avait eu un éclair aujourd'hui, à Ithaca. C'est tout du moins mon ressenti, mais je ne peux pas vous en dire davantage.

— L'avez-vous interrogé à ce sujet?

La question était idiote, et Coldmoon ne prit pas de gants en y répondant.

— Vous connaissez suffisamment Pendergast. S'il sent que je cherche à lui tirer les vers du nez, il se fermera comme une huître.

— Très bien. Avez-vous la moindre idée de la façon dont il va se servir de cette théorie, si elle existe?

— J'ai... je sens l'arrivée d'un orage.

— Un orage? Bien. C'est même parfait.

Il marqua une pause avant de poursuivre.

— Vous avez raison au sujet de Pendergast. Tôt ou tard, il finira par commettre une folie quelconque, par prendre une décision inattendue plus ou moins discutable. Il est même capable de contrevenir à mes ordres. Je compte sur vous pour le surveiller, inspecteur. Dès que l'orage éclate, prévenez-moi.

— Puis-je vous demander pourquoi, monsieur le directeur? s'inquiéta Coldmoon, mal à l'aise.

— Je croyais m'être montré clair lorsque vous avez accepté de partir en mission avec lui. J'ai la ferme intention de lui couper les ailes le moment venu.

— Même s'il aide l'enquête?

— On n'aide pas une enquête à moins de la *résoudre*. Nous savons tous les deux que Pendergast est uniquement capable de nous entraîner sur une piste qui nous fera perdre du temps en nous ridiculisant tous les deux. Vous avez bien vu ce qui s'est passé dans le Maine.

— Oui, monsieur le directeur.

Pickett s'exprimait avec une véhémence croissante.

— Je me suis montré franc avec vous, Coldmoon. Pendergast est un serpent qui rampe dans *mon* jardin. J'ai bien vu de quelle façon il se comportait avec ses supérieurs par le passé.

Il se tut brusquement, conscient de s'emporter, avant de reprendre d'une voix plus posée :

— Au FBI, le meilleur moyen d'arrêter les coupables et d'obtenir leur condamnation est de respecter la loi. C'est la seule façon de nous protéger et de protéger nos enquêtes tout en conservant notre réputation d'intégrité. Je vous demande instamment de garder l'œil sur votre collègue et de m'avertir immédiatement s'il sort des rails.

Coldmoon fronça les sourcils.

— Je ne suis pas une balance, monsieur le directeur.

— Pour l'amour du ciel, ce n'est pas ce que je vous demande ! réagit Pickett en s'emportant à nouveau. Il s'agit de veiller au bon fonctionnement du service. Je vous signale que nous en avons discuté. Ni vous ni moi n'avons envie que cette affaire nous explose à la figure à cause de l'insubordination et du manque d'éthique professionnelle de votre équipier. Cette enquête est importante pour vous comme pour moi. Pendergast est une bombe à retardement, je compte sur vous pour prévenir l'explosion, ce qui n'a rien d'une trahison.

— Bien, monsieur le directeur.

— Parfait, dit Pickett d'une voix plus douce. Vous êtes un élément prometteur, inspecteur. Vous venez de loin, vous avez su vous jouer des obstacles accumulés sur votre route et j'admire votre ambition, mais j'attire votre attention sur un point : c'est vous qui avez le plus à perdre dans cette histoire. Je me suis bien fait comprendre ?

— Oui, monsieur le directeur.

— Dans ce cas, je ne vais pas vous déranger plus longtemps. J'attends de vos nouvelles au plus vite.

Pickett mit fin à la communication et Coldmoon réveilla la télévision à l'aide de la télécommande. Et merde, il avait déjà vu cet épisode. Celui où Rob Petrie passe la nuit dans un chalet hanté.

Il étouffa un juron et entreprit de zapper d'une chaîne à l'autre.

23

— Vous n'avez qu'à me déposer ici, dit Misty Carpenter en posant sa main sur l'appui-tête du siège avant.

Le Uber s'arrêta le long du trottoir et elle remarqua dans le rétroviseur que les narines du chauffeur se dilataient en respirant son parfum.

Elle descendit de voiture en remisant son portable dans le sac Miu Miu suspendu à son épaule et la voiture noire s'éloigna en se mêlant au flot de la circulation sur Collins Avenue. Elle leva la tête vers le ciel et huma l'air de la nuit. De l'autre côté de l'avenue s'alignaient, dans une lumière douce, les façades des hôtels de luxe et des immeubles d'appartements, tandis que s'étendaient les eaux calmes d'Indian Creek sur lesquelles se balançaient paresseusement une flottille de yachts étincelants, au-delà du ruban de pelouse. Une soirée parfaite à Miami Beach.

Misty se mit en route, accompagnée par le cliquetis de ses sandales Louboutin sur le béton, serrée dans sa robe de cocktail noire. Elle l'avait choisie en sachant que c'était la préférée de Harry.

Harry, ou plutôt J. Harold Lawrence III, président émérite de la plus importante banque privée du comté de Palm Beach, propriétaire d'un yacht de quarante mètres baptisé *Liquidité*. Tout le monde continuait de l'appeler «monsieur le président» alors qu'il n'occupait plus ce poste, ou bien «monsieur Lawrence». Tout le monde, à l'exception de Misty. Misty qui n'appelait jamais autrement ses clients que par leur prénom.

Jamais elle n'aurait parlé de «clients» en leur présence. Cela aurait sous-entendu qu'elle en avait plus d'un, et Misty veillait à ce que chacun de ses «amis» soit convaincu d'être unique à ses yeux. C'était presque la vérité, dans la mesure où elle se consacrait exclusivement à un groupe d'une dizaine d'hommes riches et raffinés, âgés pour la plupart. Tous avaient en commun un attachement particulier pour la combinaison de beauté, d'élégance, de compréhension et d'érudition qui la caractérisait.

Elle ralentit un instant en arrêtant son regard sur Indian Creek et fronça ses sourcils parfaitement épilés. Elle avait fait arrêter le Uber trop tôt, à hauteur d'une marina sans cachet où les bateaux se serraient le long des pontons comme des pavillons de banlieue. Les yachts de grande taille comme le *Liquidité* se trouvaient plus loin, amarrés directement le long de la rive.

Un coup d'œil à sa montre lui indiqua qu'il était 21 h 15. Harry devait l'attendre dans le salon, une bouteille de son champagne millésimé préféré dans un seau à glace. Ils dîneraient sans doute à bord, il n'aimait guère sortir à cette époque de l'année. Elle s'attendait à le trouver d'humeur maussade, étant donné que sa femme était morte d'un cancer dix ans plus tôt quasiment jour pour jour. Il comptait sur Misty pour l'aider à oublier, le distraire avec son esprit vif, évoquer longuement les sujets qui lui tenaient à cœur. Elle s'appliquerait à tenir en respect ses soucis et sa solitude le temps de quelques heures avant de repartir dans la nuit, sachant qu'il ferait virer cinq mille dollars sur son compte en banque le lendemain matin.

Misty, de son vrai nom Louisa May Abernathy, de Point of Rocks dans le Montana, orpheline de père et de mère, avait une vocation bien particulière. Elle ne couchait pas avec ses clients, elle n'en avait plus besoin à présent qu'elle avait constitué sa liste d'amis. Elle offrait à ses clients un service appréciable et de qualité, extrêmement bien rémunéré, qui avait en outre l'avantage de rester dans la légalité.

Elle poursuivit sa route, ses talons claquant dans les zones d'ombre entre les réverbères. Le flot des voitures allait et venait au gré des feux de signalisation, intense pendant quelques instants avant de se clairsemer. Les lumières des hôtels couvraient de reflets multicolores les palmiers et même la frondaison du Pinetree Park, de l'autre côté d'Indian Creek. Une fois dépassés les derniers pontons, elle distingua la silhouette racée du *Liquidité*.

Elle s'étonnait toujours qu'il y ait autant de yachts apparemment inhabités, dépourvus d'équipage, comme autant de tableaux extravagants exposés à l'intention du grand public. Ce spectacle, dans la pénombre adoucie par la tapisserie de lumières en provenance des grands hôtels, lui faisait toujours penser à la série de toiles de Magritte baptisée *L'Empire des lumières*.

Petite déjà, Misty était plus intelligente et plus jolie que ses camarades de classe, ce qui lui avait valu une enfance de solitude et de rancœur. Tout avait changé à son arrivée au Wellesley College où son intelligence et sa curiosité avaient pu s'épanouir pleinement. Elle y avait appris l'art de la conversation et celui de transformer sa beauté en atout, en faire une arme au besoin.

Elle était sortie diplômée d'histoire de l'art, de lettres classiques et de musique, sans avoir la moindre idée de la façon dont elle allait pouvoir utiliser ce savoir tout neuf.

Ayant occupé un poste à temps partiel à Wellesley, elle avait un peu d'argent qu'elle avait dépensé en voyages en attendant de décider de la suite. Elle s'était aperçue qu'elle aimait l'atmosphère des casinos et des fêtes privées, qu'elle adorait se mêler à l'élite européenne chaque fois qu'elle trouvait le moyen d'obtenir une invitation. Au terme de neuf mois de ce régime, elle avait atterri à Key Biscayne où une Jaguar XK avait bien failli l'écraser un jour où elle traversait Crandon Boulevard.

Au volant de la voiture se trouvait Carmen Held, une sexagénaire mal remise de la disparition de son mari quatre mois plus tôt. Affolée par le drame qu'elle avait failli provoquer, elle avait insisté pour inviter Misty au restaurant le plus proche, un établissement huppé. Les deux femmes avaient immédiatement sympathisé et Carmen s'était confiée à Misty. Seule et malheureuse, elle en voulait au destin de la priver d'une âme sœur au moment où elle avait enfin le temps et les moyens de profiter de la vie. Misty, qui préférait depuis toujours la compagnie des personnes plus âgées qu'elle, avait trouvé en Carmen une interlocutrice admirative de son intelligence et de sa culture, heureuse de se trouver une confidente. En dépit de son âge et de ses rides naissantes, Carmen était une femme belle et séduisante.

Comme Misty n'avait rien prévu ce soir-là, Carmen lui avait proposé de rentrer avec elle à Miami Beach. De fil en aiguille, les deux femmes s'étaient liées d'une amitié particulière, et Misty avait rapidement transformé en métier son aptitude à écouter et parler.

Une carrière provisoire, se rassura intérieurement Misty en quittant le trottoir afin de traverser les palmiers qui la séparaient du yacht de Harry. Cet arrangement était lucratif et gratifiant, c'est vrai, mais elle n'avait pas l'intention de mener cette vie éternellement. Elle envisageait depuis quelque temps de suivre des cours de droit grâce aux deux cent mille dollars qu'elle avait mis de côté. Encore six mois, et elle penserait à s'inscrire dans une bonne université.

Elle fronça à nouveau les sourcils. Le yacht dont elle apercevait les lumières dans la nuit ne lui disait rien. Le *Liquidité* devait être amarré juste derrière. Elle allait devoir se presser si elle ne voulait pas que Harry s'impatiente. Elle pressa le pas, agacée par la façon dont ses talons s'enfonçaient dans l'herbe humide. Six mois? Peut-être était-ce encore trop tôt. Elle ne se sentait pas le cœur d'abandonner ses amis du jour au lendemain. Ses études de droit pouvaient attendre un an de plus, elle n'était pas prête à renoncer aux grands crus de Bordeaux et...

Un bruissement s'échappa du voile d'obscurité qui entourait les palmiers. À l'instant où elle tournait la tête, elle sentit un éclair lui traverser la gorge sans ressentir la moindre douleur. Un son étrange lui échappa et elle eut le sentiment de s'endormir instantanément.

*

Installé sur le balcon de la suite présidentielle qu'il occupait à l'hôtel Fontainebleau, Pendergast avala avec précaution une gorgée du thé qu'un serveur venait de lui apporter, puis il hocha la tête en signe d'approbation. Il avait commandé un véritable thé Darjeeling de première récolte des hauts plateaux du Bengale dont les arômes d'herbe étaient reconnaissables entre tous. Il avala une nouvelle gorgée tandis que le serveur s'éloignait, posa la tasse à côté de la théière, appuya la nuque contre le coussin de sa chaise longue et ferma les yeux.

De part et d'autre de la méridienne étaient empilés des dossiers, protégés des caprices de la brise océanique par des presse-papiers improvisés : son Les Baer 1911 d'un côté, son Glock 27 Gen4 de secours de l'autre. Il avait minutieusement épluché les dossiers et leur contenu n'avait plus de secret pour lui.

Il organisa lentement dans sa tête l'ensemble des éléments relatifs aux meurtres récents et aux suicides d'autrefois, à la recherche de détails concordants, voire discordants, ce qui les rendrait plus parlants encore. À mesure qu'il se concentrait, les bruits et les sensations liés au décor nocturne s'évanouirent lentement : il perdit toute notion du léger parfum iodé de l'océan, du murmure des conversations en provenance des bars et des restaurants de l'hôtel, de la tiédeur délicieusement fraîche qui s'accordait parfaitement à la température de sa peau.

Il savait désormais ce qui lui restait à faire. Le tout était d'y parvenir en faisant le moins de dégâts possible.

— Si, une fois fait, c'était fini, murmura-t-il, il serait bon que ce fût vite fait[1].

Sa résolution prise, il rouvrit les yeux et saisit sa tasse de thé.

Son oreille exercée perçut au même instant dans le lointain un curieux gargouillis étranglé qui ne ressemblait en rien aux rires des clients en contrebas.

Il se tétanisa, la tasse figée entre ses doigts. Il attendit que le bruit se répète, en vain. La disposition des différents bâtiments de l'hôtel l'empêchait de déterminer la provenance exacte de ce son étrange. Il porta la tasse à ses lèvres et but une gorgée, à regret cette fois, sachant que le breuvage aurait tiédi lorsqu'il reviendrait, puis il reposa la tasse, se leva, prit ses deux revolvers et quitta sa suite.

---

1. Il s'agit des premiers mots du monologue de Macbeth (acte I, scène 7) dans la pièce du même nom de William Shakespeare.

24

Debout dans la vaste crypte, Coldmoon avait une curieuse impression de déjà-vu. Il ne s'agissait pas d'un mausolée familial, cette fois, mais d'un *columbarium*, un mot qui lui était inconnu jusqu'à ce que Pendergast lui en précise la signification : un bâtiment accueillant les cendres des morts incinérés. La rotonde, avec ses frises dorées et ses murs de marbre blanc percés de niches protégées par des ouvertures de verre, était infiniment plus reluisante que la crypte des Flayley. Les urnes s'étageaient tout autour du bâtiment, accompagnées de petites statues et de plaques en argent ou en porcelaine indiquant le nom des défunts, accompagné de leurs dates de naissance et de mort. En dépit de ce décorum, le procédé semblait cruel et barbare aux yeux de Coldmoon. Comment pouvait-on conserver ainsi les cendres de ses ancêtres, après avoir désacralisé leur corps en l'incinérant, au risque de les empêcher à jamais de rejoindre le monde des esprits ?

Il arrêta son regard sur la niche qui constituait la dernière scène de crime en date. L'urne de marbre qu'elle contenait n'était plus d'un blanc immaculé. Une coulée de sang s'échappant de son couvercle en avait souillé la paroi avant de se glisser sous la porte de verre et de goutter sur le sol.

— Il semble qu'une partie des cendres ait été retirée de l'urne, murmura Pendergast en désignant un tas de poussière grise par terre, identifié à l'aide d'un petit drapeau par les services de l'identité judiciaire. Il s'agissait de ménager assez de place pour y déposer le cœur. Quant à la lettre de l'assassin, elle a été déposée dans la niche, entre une figurine en porcelaine de saint François et une plaque au nom de la défunte.

Il se tourna vers Coldmoon.

— Ne remarquez-vous rien d'étrange ?

— Tout me paraît étrange.

Pendergast posa sur lui le regard d'un enseignant sur un élève attardé.

— À l'inverse de vous, je suis frappé de retrouver exactement le même *modus operandi* que précédemment. C'est précisément la *similitude* des tableaux de Cœur-Brisé qui est étrange, ou tout du moins parlante.

— Vous croyez qu'il s'agit d'une mise en scène ?

— Précisément. Pas à notre intention, mais dans un but qui lui est personnel. Cœur-Brisé n'est pas un amateur de spectacle. Il vit essentiellement dans sa tête et se soucie peu de nous ou de l'enquête. Ah ! Voici la lettre.

Sandoval était resté sur la rive d'Indian Creek où Pendergast et quelques passants avaient découvert le corps de la troisième victime la veille au soir. Les techniciens de la police scientifique n'avaient pas perdu de temps en apprenant où avait été déposé le cœur ce matin-là, et l'un d'eux, les prélèvements d'usage effectués, s'empara de la lettre qu'il apporta aux deux agents du FBI. Coldmoon photographia le document à l'aide de son portable tandis que Pendergast en lisait le contenu à voix haute :

Ma très chère Mary,

Les anges te pleurent, et je pleure avec eux. Accepte cette offrande avec mes profonds regrets, je t'en prie.

Avec toute mon affection,

M. Cœur-Brisé

P.S. : Les étoiles cheminent, le temps maintient son cours, et M. Cœur-Brisé expie sa faute une fois de plus.

D'un signe de tête, Pendergast signifia au technicien qu'il pouvait reprendre la lettre. Coldmoon vit briller une lueur d'excitation dans le regard de son compagnon.

— Qu'en pensez-vous ? se hasarda-t-il à demander.

— Cette lettre est lumineuse.

— Je vous écoute.

— Tout d'abord, nous avons une nouvelle citation littéraire, cette fois tirée de *La Tragique Histoire du docteur Faust*. Le texte original est le suivant : « Les étoiles cheminent, le temps maintient son cours, l'horloge va sonner. » J'imagine que l'œuvre de Christopher Marlowe vous est aussi familière que celle d'Eliot et de Shakespeare ?

— Désolé, je ne suis pas allé à Oxford, répondit Coldmoon sans parvenir à masquer son agacement.

— Toutes mes condoléances. Cette pièce évoque le destin d'un homme qui vend son âme au diable en échange de la connaissance. L'horloge dont il est question fait allusion à l'heure à laquelle Méphistophélès doit venir chercher Faust afin de l'entraîner en enfer.

— Quelle signification y voyez-vous ?

— L'enfer est à ses yeux la forme suprême d'expiation.

Coldmoon attendit la suite, mais son interlocuteur ne semblait pas décidé à développer. Du Pendergast tout craché : après lui avoir dit combien la lettre était révélatrice, il tournait autour du pot sans s'expliquer davantage. Coldmoon se hasarda à une observation personnelle.

— Vous aurez noté que le post-scriptum s'adressait à nous. C'est un changement.

— Absolument, même si je ne crois pas qu'il soit question pour lui de brouiller les cartes, mais plutôt de s'expliquer.

Expliquer quoi ? Coldmoon se retint de poser la question, peu désireux de donner l'occasion à Pendergast d'une nouvelle coquetterie.

Ils observèrent en silence le travail des techniciens de la police scientifique. Coldmoon reconnut au loin la rumeur provoquée par les journalistes rassemblés à l'entrée du columbarium, derrière le cordon de police. Les digues s'étaient rompues avec ce troisième meurtre. M. Cœur-Brisé faisait désormais la une de la presse nationale et tous les grands médias réclamaient des détails à cor et à cri : CNN, *Dateline NBC*, et tout le reste du métier.

— Je me demande comment ce Smithback a réussi à découvrir le nom de Cœur-Brisé, s'étonna Coldmoon. J'avais cru comprendre que l'information était tenue secrète.

Négligeant de répondre, Pendergast s'approcha de la niche.

— Mary S. Adler, lut-il sur la plaque, 14 avril 1980, 7 juillet 2006. Nous savons déjà qu'elle est morte à Rocky Mount, en Caroline du Nord, en se suicidant par strangulation. Et que la date de ce suicide précède de quatre mois celui de Baxter et de huit la mort de Flayley.

— Je vois mal comment leurs dossiers respectifs pourraient nous éclairer. Cœur-Brisé a manifestement choisi ces personnes parce qu'elles se sont donné la mort. Nous ne découvrirons rien de plus en nous intéressant à elles. La question est de savoir pourquoi le tueur choisit des suicides qui se sont déroulés au cours d'une même période.

Pendergast posa sur lui un regard qui ne manquait pas de bienveillance.

— Cette question est en effet cruciale, inspecteur. Il est normal que nous nous la posions. Je crois pourtant deviner que la logique de notre homme dépasse de beaucoup ce constat.

— C'est-à-dire ?

— Souvenez-vous de ce que je vous ai dit au sujet de la citation du *Faust* de Marlowe. Notre homme se sent personnellement responsable de la mort de ces femmes.

Donc il nous reste à établir, soit dit en passant, qu'il s'agit *réellement* de suicides.

Coldmoon faillit lever les yeux au ciel.

— Si ce ne sont pas des suicides, de quoi s'agit-il? D'après son profil, le tueur aurait eu quatorze ans tout au plus au moment où ces drames se sont produits.

— J'en suis conscient.

— Mais alors, quel peut être le lien?

— Je ne sous-entends pas nécessairement qu'il existe un lien *physique*. Mais la question que vous avez soulevée autour des dates me paraît centrale. Notre homme tue avec une régularité et une rapidité inquiétantes. Il nous faut impérativement exhumer le corps d'Élise Baxter.

Non! Il ne va pas remettre ça!

— Pickett aura une attaque si vous lui en faites à nouveau la demande.

— Au nom de ces femmes, je ne peux m'arrêter aux accès de mauvaise humeur d'un seul individu, ne trouvez-vous pas?

— Vous êtes prêt à le provoquer?

— Avons-nous le choix? La seule autre solution serait d'attendre le rapport d'autopsie de Mary Adler, dont je suis convaincu qu'il nous sera à peu près aussi utile que les deux précédents. Lorsque la police conclut au suicide, le médecin légiste ne va jamais chercher plus loin.

Pendergast attendit qu'ils aient regagné le bureau qui leur avait été provisoirement affecté dans les locaux du FBI à Miami pour passer son appel en milieu de journée. Coldmoon n'entendit qu'une moitié de la conversation, mais celle-ci fut courte et sans surprise.

— Pickett a refusé à nouveau, déclara-t-il en raccrochant.

— Voilà qui règle la question.

— Bien au contraire. En tant que chargé d'enquête, j'ai toute latitude d'exiger l'exhumation de Baxter. Contre l'avis de Pickett et contre la volonté des parents s'il le faut.

— Vous êtes sérieux ? Ce serait un cas manifeste d'insubordination.

À la grande surprise de Coldmoon, Pendergast lui adressa un sourire.

— Vous apprendrez, si ce n'est déjà fait, que l'insubordination est non seulement une nécessité dans la vie, mais qu'elle est parfois même grisante.

*

Coldmoon se trouvait dans sa chambre d'hôtel en fin de journée lorsqu'il reçut un message qu'il attendait et redoutait tout à la fois : *Appelez-moi.*

Il composa le numéro en chassant de son lit les emballages de Twinkies vides qui s'y trouvaient, et trouva Pickett dans un état d'irritation avancé.

— Coldmoon ? J'attendais votre appel depuis ma conversation avec Pendergast.

Le jeune inspecteur avait voulu contacter Pickett tout l'après-midi, conscient de devoir avertir son supérieur des intentions de Pendergast. Il avait toutes les raisons de le faire. La décision de Pendergast était une loufoquerie de plus qui tournerait inévitablement au désastre. Il n'avait pas oublié l'avertissement de Pickett : *Vous êtes un élément prometteur. Vous venez de loin, vous avez su vous jouer des obstacles accumulés sur votre route et j'admire votre ambition, mais j'attire votre attention sur un point : c'est vous qui avez le plus à perdre dans cette histoire.*

— Monsieur le directeur...

— Inutile de m'expliquer, le coupa Pickett. J'ai bien compris que vous étiez dans une position délicate. Vous êtes un garçon loyal et c'est tout à votre honneur, mais lors de notre dernière discussion, vous m'avez expliqué qu'un orage était imminent. Je crois deviner de quel orage il s'agit. Les autorités de Caroline du Nord vous ont-elles fait parvenir le rapport d'autopsie de la dernière suicidée ? Comment s'appelle-t-elle déjà... Mary Adler !

— Pas encore. Ils n'arrivent apparemment pas à remettre la main dessus. J'ai cru comprendre que certains documents avaient été égarés au moment de leur numérisation.

— Il a donc décidé d'ordonner l'exhumation de Baxter en dépit de mon interdiction. Je me trompe?

— Non, monsieur le directeur.

— Je le savais! Très bien. N'essayez pas de le dissuader. C'est compris?

Comme Coldmoon ne répondait pas, Pickett reprit:

— C'est bien simple, il en portera seul la responsabilité. Personne ne pourra rien vous reprocher puisque vous êtes sous ses ordres. Dans son cas, il s'agit d'insubordination caractérisée, ce qui me permettra de m'en débarrasser en le transférant dans un trou du Midwest. À la suite de quoi vous reprendrez l'enquête. Le mieux est donc de le laisser agir. Compris?

— Compris, répéta Coldmoon en avalant sa salive.

25

L'exhumation d'Élise Baxter, sans être aussi compliquée que celle d'Agatha Flayley, présentait néanmoins certaines difficultés. Elle avait été programmée à 6 heures du matin, de façon à ne pas contraindre la direction du cimetière à modifier les horaires d'ouverture au public. La pluie tambourinait sur les carreaux de sa chambre lorsque Coldmoon s'était réveillé ce matin-là et il avait trouvé le cimetière de Bayside transformé en champ de boue à son arrivée. Malgré les précautions prises – un engin de levage dernier cri, la présence d'une bâche imperméable et d'une tente au-dessus de la sépulture –, la tombe était gorgée d'eau. Coldmoon avait sali son costume Walmart en glissant dans la terre détrempée et, le temps que le cercueil soit chargé à l'arrière du corbillard, Pendergast n'était guère plus reluisant, son costume noir dégouttant d'eau, ses souliers et ses revers de pantalon maculés de boue, une traînée de terre sur le visage qui lui donnait l'allure d'un cadavre fraîchement déterré. Pour ne rien arranger, il avait exigé que l'autopsie soit pratiquée dans la foulée, ce qui n'avait pas laissé aux deux hommes le temps de se changer. Pour une raison qui échappait à Coldmoon, son aîné était particulièrement pressé. Le jeune inspecteur, étrangement bourrelé de remords, en arrivait à se demander si Pendergast n'avait pas été alerté par un sixième sens du piège dans lequel il tombait.

Ils arrivèrent à l'entrée de service de la morgue sous une pluie battante. Le personnel technique attaché au lieu sortit promptement le cercueil du corbillard et le posa sur un tapis électrique jusqu'à une plate-forme de chargement où il procéda à un nettoyage rapide de la bière avant de l'ouvrir et de transférer le corps sur une civière. L'opération dura moins d'une demi-heure au total, sous le regard admiratif de Coldmoon qui avait rarement été témoin d'une telle efficacité. Contrairement au corps de Flayley, celui de Baxter était en parfait état de conservation, on aurait pu croire qu'elle était morte une semaine plus tôt.

Les deux inspecteurs suivirent la dépouille jusqu'à la salle d'autopsie; Pendergast se tourna vers son collègue.

— J'ai pris la précaution d'appeler afin de m'assurer que le docteur Fauchet serait chargé de l'opération en lieu et place de son supérieur, le docteur Moberly.

Coldmoon hocha la tête en signe d'approbation. Sans être particulièrement savant en matière de pathologie, il était capable de renifler un salopard à cent mètres.

Les deux assistants présents ce matin-là entamèrent les préparatifs en alignant les instruments, allumant la caméra et réglant la lumière avant de découper les vêtements de la morte. Une forte odeur de formol, de terre et de chair pourrie remplit la pièce et Coldmoon s'obligea à ne pas y penser en étudiant le plafond et les murs. Toute cette histoire était ridicule. De toute évidence, Pendergast courait après une chimère, mais cela ne le consolait en rien du rôle de Judas que Pickett l'avait contraint à endosser. Pour se rassurer, il se dit que Pendergast était le premier responsable de ce qui lui arrivait en faisant preuve d'insubordination flagrante. Coldmoon avait consenti trop d'efforts par le passé pour se faire hara-kiri aujourd'hui.

Le corps prêt, la porte s'ouvrit et le docteur Fauchet pénétra dans la salle.

— Bonjour, messieurs, dit-elle avec un mouvement de tête à peine marqué. J'imagine que vous vous souvenez des règles?

— Absolument, docteur Fauchet, la rassura Pendergast en la gratifiant d'une courbette gracieuse.

— Dans ce cas, je vais pouvoir commencer.

Elle entama la procédure par une description détaillée du corps, de face et de dos, à mesure que ses assistants le retournaient à sa demande. Cette première étape franchie, elle était occupée à pratiquer une incision en Y lorsque le docteur Moberly poussa la porte, en tenue d'opération, entouré d'un nuage d'Old Spice comme à son habitude.

— Ah, Charlotte ! s'exclama-t-il. Je constate avec plaisir que j'arrive à temps !

Il se tourna vers Pendergast et Coldmoon.

— À cause d'un problème de communication, l'annonce de cette autopsie m'est parvenue il y a quelques minutes à peine. J'ai aussitôt contacté le directeur adjoint Pickett qui m'a affirmé n'avoir jamais autorisé cette opération. Dans ce cas, puis-je savoir qui l'a fait ?

— C'est moi qui ai cet honneur, répondit sèchement Pendergast.

— Ma foi, il semble que vous ne soyez pas sur la même longueur d'onde que votre supérieur, inspecteur Pendergast, même si cela ne me regarde en rien. En revanche, il me semble essentiel en pareil cas que le chef de l'unité de pathologie exécute lui-même la procédure. J'avoue ne pas comprendre la présence de Charlotte ici.

— La raison en est simple : j'ai personnellement demandé à ce qu'elle réalise cette autopsie, réagit Pendergast.

— Et qui vous a donné l'autorité de prendre une telle décision ? Nous ne pouvons nous permettre la moindre erreur due au manque d'expérience de mon adjointe.

Il se retourna en direction de l'un des assistants à qui il désigna la caméra.

— Je prends le relais. J'imagine que ça tourne ?

— Oui, docteur Moberly.

— Bien. Charlotte, je vous autorise à assister à la procédure, cela ne pourra que vous éclairer.

Fauchet retira son masque sans chercher à dissimuler son mécontentement. Elle ouvrit la bouche avant de se raviser, puis elle recula de quelques pas et rajusta son masque.

— Ciseaux, je vous prie, ordonna Moberly.

L'un des assistants s'empressa de lui tendre l'instrument requis.

— Excusez-moi, docteur, l'interrompit Pendergast d'une voix sourde.

Coldmoon sentit se hérisser les poils de sa nuque. Ce n'était pas la première fois qu'il entendait Pendergast s'exprimer avec froideur, mais jamais il n'avait senti chez lui une telle hostilité.

— Oui, inspecteur? répondit Moberly par-dessus son épaule.

— Je vous prie de poser ces ciseaux, de vous retourner et de me regarder.

Pendergast avait donné cet ordre d'une voix douce et melliflue, mais il n'en émanait rien de plaisant.

Moberly se redressa et fit volte-face en affichant sa stupeur.

— Je vous demande pardon?

— Le docteur Fauchet pratiquera cette autopsie. Je vous autorise à assister à la procédure, cela ne pourra que *vous* éclairer.

Moberly écarquilla les yeux, le visage cramoisi.

— De quel droit me parlez-vous de la sorte?

Pendergast le sonda de ses yeux argentés.

— J'ai demandé au docteur Fauchet de pratiquer cette autopsie dans un cadre médico-légal et j'entends bien qu'elle le fasse.

— C'est un scandale, fit Moberly en élevant la voix. Comment osez-vous donner des ordres dans un service que je dirige?

Pendergast laissa s'écouler un court silence avant de poser une question à son tour:

— Docteur Moberly, êtes-vous certain de vouloir entendre ma réponse?

— De quoi diable parlez-vous? s'écria le médecin avec fureur. Vous me menacez à présent? Pickett m'avait bien prévenu. Pour qui vous prenez-vous?

— Pour un agent du FBI doté d'excellents moyens d'investigation.

— Je m'en contrefiche. Veuillez quitter cette morgue à l'instant.

— Ces moyens m'ont permis d'enquêter sur votre parcours professionnel. Un parcours pour le moins... comment dirais-je? *Mouvementé.*

Moberly se pétrifia.

— Prenons par exemple l'autopsie pratiquée par vos soins en 2008 sur Ana Gutierrez, une jeune fille de seize ans. Alors que vous aviez attribué la cause du décès à une infection sanguine, la contre-autopsie ordonnée par un tribunal a pu établir que Gutierrez avait été victime de viol et de strangulation. Je pourrais également vous citer l'autopsie pratiquée en 2010 sur Gretchen Worley, qui vous a permis de diagnostiquer un syndrome du bébé secoué alors que...

— Assez! l'arrêta Moberly, le visage cramoisi. Il arrive à n'importe quel pathologiste de commettre des erreurs.

— Vraiment? s'étonna Pendergast avant de poursuivre d'une voix feutrée: En consultant votre dossier dans les archives de cet établissement, je constate que vous avez omis de signaler votre licenciement de l'hôpital d'Indianapolis en 1993.

La phrase fut accueillie par un silence consterné.

— Un licenciement, dois-je le préciser, suite à une condamnation pour conduite en état d'ivresse... alors que vous preniez votre service.

Le silence devint électrique.

— Ce n'est pas tout, enchaîna Pendergast sans hausser le ton. Dois-je poursuivre?

Le silence se prolongea, insoutenable. Moberly finit par secouer la tête. Coldmoon constata qu'il était livide. Le médecin leva les yeux en direction du plafond. Coldmoon suivit son regard et découvrit l'œil brillant d'un objectif.

— Ah! s'écria Pendergast. La caméra! Mon Dieu, mes propos auraient-ils été filmés? Comme c'est *ennuyeux*. J'imagine que cela va déclencher une enquête officielle. En attendant, docteur Moberly, assez discuté. Je ne doute pas que vous souhaitiez nous quitter. Je vous souhaite le bonjour.

Moberly retira son masque et sa blouse d'une main tremblante, déposa le tout dans le panier à linge et gagna la porte d'un pas traînant. Le battant se referma dans son dos avec un soupir. Les deux assistants restaient paralysés, bouche bée, et personne n'osait s'exprimer.

Coldmoon, encore secoué par ce brusque retournement de situation, prit le premier la parole :

— Vous l'avez littéralement écrabouillé. Je n'en reviens pas. Il en est resté sans voix.

— Lorsque l'on fait exploser un engin nucléaire, répondit Pendergast, les ombres qui restent collées au mur ont rarement l'occasion de protester.

Il se tourna vers le docteur Fauchet, elle aussi sous le choc.

— Je regrette d'avoir perturbé votre travail de façon aussi dramatique. Reprenez, je vous prie.

Fauchet prit une longue respiration, puis s'empara des ciseaux et se mit à l'œuvre.

26

Le corps d'Élise Baxter était infiniment mieux conservé que celui d'Agatha Flayley, rendant l'opération moins pénible pour Coldmoon qui fit preuve de son stoïcisme coutumier, heureux de s'être contenté de son café bouilli rituel ce matin-là. Fauchet s'activait avec la plus grande minutie sans cesser de commenter le détail de ses découvertes pour le bénéfice de la caméra. Pendergast, de son côté, avait choisi de rester silencieux. Il était 10 heures lorsque la légiste s'employa à retirer les organes de la cavité abdominale afin de les placer dans des récipients. Elle n'avait rien relevé d'anormal jusque-là, tout indiquait que Baxter s'était suicidée, comme Agatha Flayley.

Peu avant 11 heures, Coldmoon sentit son téléphone portable vibrer dans sa poche. Il le sortit si précipitamment qu'une pluie de pièces de monnaie s'éparpilla à ses pieds. Le nom de Pickett s'afficha à l'écran. Fauchet ayant si bien insisté sur ce point la fois précédente, il s'empressa de sortir de la pièce afin de répondre.

— Oui?

— J'ai cherché à joindre Pendergast, fit la voix de Pickett. Il ne répond pas. J'ai appris tout à l'heure de la part du légiste en chef, le docteur Moberly, qu'il avait demandé l'exhumation du corps de Baxter malgré mon refus. Je souhaite vous parler à tous les deux, tout de suite.

— Pendergast assiste à l'autopsie.

— Vous m'avez entendu, Coldmoon? *Tout de suite.*

— Je vais le chercher.

— J'y compte bien.

— Ne quittez pas.

Coldmoon regagna sans bruit la salle d'autopsie où Fauchet achevait son travail en s'attaquant aux épaules et à la tête sous le regard attentif de Pendergast. Coldmoon lui adressa un signe et il s'approcha, le front barré d'un pli.

— J'ai le directeur Pickett au bout du fil. Il veut nous parler.

Il crut un instant que Pendergast allait refuser, mais son collègue finit par hocher la tête. Au moment où les deux hommes se glissaient dans la pièce voisine, Pendergast tendit à son collègue les pièces de monnaie qu'il avait laissé tomber quelques instants plus tôt dans la salle d'autopsie.

— Vos trente deniers, lui dit-il.

Coldmoon lui adressa un regard perplexe, puis il régla le téléphone sur haut-parleur.

— Inspecteur Pendergast? résonna la voix de Pickett. Vous êtes là?

— Oui.

— Inspecteur Coldmoon?

— Je suis là aussi.

— Parfait, car j'ai besoin de vous parler. Inspecteur Pendergast, j'ai cru comprendre que vous aviez autorisé l'exhumation de la dépouille d'Élise Baxter, obtenu un mandat et procédé à l'autopsie.

— C'est exact.

— Au lieu de poursuivre votre enquête en vous intéressant au meurtre de cette call-girl, dont j'ai cru comprendre qu'il avait eu lieu sous vos fenêtres, vous avez pris la décision de procéder à cette autopsie en défiant mes ordres. Des ordres on ne peut plus clair.

— Absolument.

Pickett marqua une pause.

— Je viens de recevoir un appel de l'avocat de la famille Baxter. Vous avez ordonné cette exhumation contre leur avis. Ils ont décidé de porter plainte.

— C'est regrettable.

— C'est tout ce que vous trouvez à dire? Que c'est *regrettable*?

— Leur autorisation n'était pas nécessaire, dans la mesure où il s'agit d'une enquête fédérale.

— Vous ne m'apprenez rien, mais il n'en reste pas moins que cette plainte fait désordre. Maintenant... cette autopsie a-t-elle permis de découvrir de nouveaux éléments?

Il avait posé la question sur un ton sarcastique.

Personne ne répondit.

— Inspecteur Coldmoon?

— Non, monsieur le directeur. Aucun élément nouveau.

— L'autopsie est-elle terminée?

— Presque.

— Je vois. Inspecteur Pendergast, je vous ai dit à maintes reprises que vous perdiez votre temps, ce qui ne vous a pas empêché de désobéir à mes ordres. Votre insubordination nous a uniquement valu une plainte, avec toutes les conséquences que cela implique en termes de relations publiques.

— Vous m'en voyez désolé, dit sèchement Pendergast.

— Pas autant que moi. Vous devez bien comprendre qu'un tel comportement est inacceptable de la part d'un agent fédéral. Vous n'êtes pas sans savoir que le FBI considère tout acte d'insubordination de façon extrêmement négative. J'ai donc décidé de vous retirer cette enquête, la machine est en route. Coldmoon reprend le flambeau avec trois jeunes agents, deux de l'antenne de Miami et un autre que je lui envoie immédiatement de New York. Il se trouve, inspecteur Pendergast, qu'un poste vient de se libérer à Salt Lake City.

Un silence ponctua cette annonce.

— J'insiste sur le fait qu'il ne s'agit nullement de vous rétrograder ou de vous punir. L'antenne de Salt Lake City a la charge de l'Utah, de l'Idaho et du Montana. C'est donc un poste de première importance, équivalent à celui que vous occupiez à New York.

Pickett se tut, mais Pendergast s'entêtait dans le silence.

— En fin de compte, inspecteur Pendergast, votre éthique professionnelle ne correspond pas à la mienne. Je ne peux accomplir ma mission en présence d'un électron libre comme vous qui n'en faites qu'à votre tête, sans aucun respect pour votre hiérarchie. Vous comprenez ?

— Parfaitement.

— Qu'avez-vous à dire pour votre défense ?

— Rien.

— Inspecteur Coldmoon, si vous souhaitez donner votre avis, c'est le moment.

Coldmoon n'en revenait pas du peu de réactivité de Pendergast. Cette apathie apparente devait cacher quelque chose. Qu'avait-il voulu dire avec cette histoire de trente deniers ? D'un autre côté, Coldmoon s'apercevait que la tirade triomphale de Pickett ne le satisfaisait pas. Elle le mettait même en colère à plus d'un titre : contre lui-même pour s'être laissé manipuler, contre Pendergast et ses méthodes peu orthodoxes, mais avant tout contre Pickett qui l'avait poussé à violer l'une des règles les plus sacrées du FBI, la loyauté vis-à-vis de son partenaire. Cette histoire ne lui convenait pas. Pression ou pas, jamais il n'aurait dû marcher dans la combine de Pickett. Il se sentait seul responsable, même si son chef avait eu tort de le mettre dans cette position.

— Je souhaite donner mon avis en effet, déclara-t-il.

— Je vous écoute.

— Mon avis, c'est que je suis cent pour cent derrière mon collègue. Si vous lui retirez l'enquête, il faut aussi me la retirer.

— Comment ? Vous avez perdu la tête ?

— Cette position me paraît au contraire parfaitement claire et logique.

— Que je sois…

Pickett en resta sans voix l'espace de quelques instants, avant de reprendre d'une voix rauque :

— Vous n'étiez pas d'accord avec la ligne suivie par Pendergast depuis le début. Vous estimiez qu'il vous faisait perdre votre temps en suivant des pistes ineptes. Vous avez effectué un déplacement dans le Maine pour rien, votre périple à Ithaca a été un fiasco, et voilà qu'il vous ridiculise une troisième fois avec cette autopsie sans intérêt. Après tout ça, vous avez encore envie de le suivre en raison d'un sens mal placé de la loyauté ? Si c'est ce que vous voulez, je vous transfère tous les deux à Salt Lake City. Ces crimes en série font la une des médias, je n'aurai aucun mal à trouver des enquêteurs de première force pour prendre le relais. C'est ce que vous souhaitez ?

— Oui, monsieur le directeur. C'est bien ce que je souhaite.

— Très bien, vous l'aurez voulu. Je prends le premier avion pour officialiser la situation, conclut-il avant de raccrocher.

En relevant la tête, Coldmoon constata que Pendergast l'observait.

— Vous n'étiez pas obligé d'en arriver là.

— Si. Je l'ai bien mérité. J'ai accepté de vous espionner, mais vous l'aviez deviné.

— Je m'en suis douté dès le départ.

Coldmoon lui répondit par un rire triste.

— Bien sûr.

— Vous êtes un type bien, inspecteur Coldmoon.

— Après tout, il y a pire que Salt Lake City. J'ai toujours eu un faible pour l'Ouest. La Floride est trop plate à mon goût. Et trop verte.

Après un moment de silence, Pendergast désigna à son compagnon la porte de la salle d'autopsie.

— Autant demander au docteur Fauchet quelles sont ses conclusions, avant d'aller boucler nos valises, ainsi que le veut l'expression consacrée.

Fauchet reposait ses instruments lorsqu'ils la rejoignirent.

— Messieurs, si vous voulez bien approcher, j'aimerais vous montrer un détail.

Coldmoon et Pendergast prirent place de part et d'autre de la table d'autopsie tandis que la légiste réglait le projecteur afin d'en diriger la lumière sur le cou de la morte.

— Je m'efforcerai de vous exposer la situation en termes clairs, commença-t-elle. Mais tout d'abord, je tiens à préciser que l'autopsie initiale de Mlle Baxter, comme celle de Mlle Flayley, a été réalisée de manière sommaire, pour ne pas dire désinvolte. Ce point établi, je vous invite à observer ces marques ici, ici et ici.

Elle désigna à ses visiteurs de légères ecchymoses.

— Elles sont le résultat d'un étranglement provoqué par des draps noués entre eux, à en croire le rapport du légiste, et qu'aurait utilisés Baxter pour se pendre à un rideau de douche. Ces ecchymoses sont normales en pareil cas. Vous me suivez?

Coldmoon hocha la tête.

— À présent, poursuivit Fauchet en montrant un os en forme de fer à cheval qu'elle avait dégagé au niveau du cou, voici l'hyoïde. Vous vous souviendrez que celui de Flayley était fracturé dans sa partie centrale, comme c'est le cas ici. Une lésion caractéristique chez quelqu'un qui s'est pendu. On note en outre deux fractures au niveau de ces deux grandes cornes, là et là, qui forment les ailes de l'os.

Elle tira à elle une loupe sur roulettes.

— Vous le verrez mieux grâce à ceci.

Coldmoon se pencha au-dessus du cou de la morte, imité par Pendergast.

— Ces deux cornes présentent des fractures à peu près symétriques, expliqua-t-elle en repoussant la loupe.

Il se trouve que les doubles fractures de ce genre ne peuvent pas être provoquées par une strangulation à l'aide d'un lien. Elles résultent exclusivement de ce que l'on appelle une strangulation par étouffement. À savoir deux mains enroulées autour du pharynx dont les pouces s'enfoncent au niveau du cou. Une opération que seule peut effectuer une personne dotée de mains puissantes, presque toujours un homme. Un droitier dans le cas présent, comme l'indique l'importance de la fracture à droite du cou. En aucun cas les fractures de ce type ne peuvent être provoquées par la victime.

— Si je comprends bien, vous nous expliquez..., bredouilla Coldmoon, incapable d'achever sa phrase.

— Je vous explique que la victime n'est pas morte en se pendant. Elle a été étranglée avant que l'on noue un drap autour de son cou afin de masquer les traces de strangulation et d'accréditer la thèse d'un suicide.

Elle marqua une pause.

— Nous ne sommes *pas* en présence d'un suicide. Cette jeune femme a été assassinée.

27

Roger Smithback se moucha dans un journal d'annonces immobilières, le froissa et le jeta dans la poubelle avant de s'arrêter devant le dispensaire psychiatrique Bronner, un bâtiment trapu en brique de la 15e Avenue Nord-Ouest. Les montées de pollen n'étaient pas saisonnières en Floride, elles s'étalaient sur toute l'année et l'allergie chronique du journaliste lui jouait à nouveau des tours. Il inhala longuement en se concentrant sur le rendez-vous qui l'attendait. Smithback n'était pas un journaliste d'investigation, mais il envisageait sérieusement depuis quelques jours de recentrer ses efforts sur le reportage d'enquête, pressentant qu'il avait du nez. C'était d'ailleurs son nez, bien pris à l'heure qu'il était, qui l'avait conduit jusque-là.

Une simple paire de jumelles lui avait permis de découvrir les noms des défuntes sur les sépultures protégées par la police, à la suite des sinistres offrandes laissées par M. Cœur-Brisé : Baxter et Flayley. Il n'était pas le seul à avoir eu cette idée, si bien que les noms en question avaient été rendus publics depuis. Il en avait été de même la veille avec Mary Adler, dont les cendres avaient été profanées dans le columbarium.

À la différence de ses abrutis de collègues, Smithback avait pris l'initiative de chercher dans les archives de son journal les chroniques nécrologiques des intéressées. Il n'avait rien trouvé sur Adler, mais les articles publiés à la mort de Baxter et Flayley lui avaient appris qu'elles s'étaient suicidées toutes les deux. Grâce à leurs adresses respectives, glanées dans de vieux annuaires, il avait pu s'apercevoir qu'elles avaient vécu à Miami, à quelques kilomètres l'une de l'autre. À partir de là, il lui avait été facile d'en apprendre davantage sur leurs parcours personnels.

La police comme le FBI avaient forcément suivi les mêmes pistes, mais Smithback avait été pris d'un trait de génie. Il rougissait encore d'aise à l'idée de sa perspicacité. Ces deux jeunes femmes qui s'étaient donné la mort à l'aube d'existences prometteuses n'auraient-elles pas été susceptibles de consulter un psychiatre? Si tel était le cas, lequel, et comment lui tirer les vers du nez?

La suite était plus excitante encore. À force de fouiller sur le Net, il avait dressé une liste de seize psychiatres et psychothérapeutes dont les cabinets se trouvaient dans un rayon de quelques kilomètres des domiciles des deux jeunes femmes. Prenant son courage à deux mains, il avait multiplié les coups de téléphone en se faisant passer pour un frère éploré, soucieux de faire le deuil d'un suicide qu'il ne s'expliquait pas. Il savait d'avance que jamais ses interlocuteurs ne lui fourniraient la moindre information sensible par téléphone, mais le tout était de savoir si l'un ou l'autre des praticiens concernés avait eu Baxter ou Flayley dans sa clientèle.

La chance lui avait souri rapidement. Non seulement Baxter et Flayley avaient bel et bien consulté un psy, mais il s'était aperçu qu'il s'agissait du *même*, un certain Peterson Bronner. L'information était incroyable, et il était peu probable que la police ou même Pendergast aient pu la découvrir. Au mieux, ils la tenaient secrète. Dans un cas comme dans l'autre, Smithback tenait un scoop.

Restait à savoir qui était ce Bronner, et ce qu'il savait au sujet des deux mortes. Smithback avait la vague intuition, ou peut-être entretenait-il l'espoir, que

Bronner en personne était impliqué dans ces meurtres. À force de gamberger, son cerveau fertile avait mis au point plusieurs scénarios : Baxter et Flayley avaient découvert que Bronner escroquait la sécurité sociale, ou bien qu'il pratiquait une activité illégale quelconque, ce qui l'avait poussé à éliminer ses deux patientes. Qui mieux qu'un psy serait capable de mettre en scène un faux suicide ?

Smithback prit à nouveau sa respiration dans l'espoir de freiner son imagination. Avant d'aller plus loin, il lui fallait rencontrer ce docteur Bronner.

Il lissa de la main sa chevelure rebelle, afficha la mine de chien battu d'un individu gravement dépressif, poussa la porte en verre du dispensaire psychiatrique et se dirigea vers l'accueil d'un pas traînant. Un homme replet d'une trentaine d'années l'accueillit gaiement en cherchant à savoir s'il avait un rendez-vous.

— Euh… non, répondit Smithback d'une voix monocorde. Je… j'ai tout essayé, précisa-t-il en étouffant un sanglot, et j'ai fini par perdre espoir. J'ai besoin de voir le docteur Bronner d'urgence.

Le réceptionniste se montra confus.

— Je suis désolé, mais nous ne recevons pas sans rendez-vous. Je vous conseille les urgences psychiatriques, proposa-t-il en décrochant son téléphone. Je vais appeler une ambulance.

— Non, attendez ! l'arrêta Smithback. Je veux voir le docteur Bronner et personne d'autre. C'est lui qui a aidé ma sœur autrefois, elle m'a toujours dit qu'il faisait des miracles.

Il avait élevé la voix dans l'espoir que le bruit fasse sortir le médecin.

— J'appelle tout de suite une infirmière, réagit le réceptionniste, affolé, en appuyant sur un bouton.

— Je veux voir le docteur Bronner ! gémit Smithback.

Il en était gêné. Son frère aîné était coutumier de ce genre de psychodrame, mais Bill avait toujours été extraverti et Roger ne lui arrivait pas à la cheville de ce point de vue.

Une infirmière âgée, aussi accorte qu'une hache de guerre, se précipita.

— Je veux voir le docteur Bronner! insista Smithback. Vous avez compris? Je n'ai plus rien à perdre!

L'infirmière posa sur lui un regard grave et compatissant.

— Comment vous appelez-vous, monsieur?

— Smithback. Ro... Robert Smithback.

L'infirmière hocha la tête.

— Le docteur Bronner a pris sa retraite, je vais vous conduire auprès du docteur Shadid.

Smithback n'avait pas envisagé cette éventualité, d'autant que le dispensaire portait toujours le nom de Bronner. Il ouvrit de grands yeux, à la recherche d'une solution. Le mieux était encore de prendre ses cliques et ses claques.

— Figurez-vous que je me sens nettement mieux tout d'un coup.

Loin de paraître rassurée, l'infirmière s'adressa à lui d'une voix douce.

— Vous avez besoin de voir un médecin au plus vite.

Seigneur Dieu !

— Non, je vous assure, je vais très bien.

À peine achevait-il sa phrase qu'il tournait les talons et quittait le dispensaire au pas de course, poursuivi par la voix de l'infirmière. Quelques instants plus tard, il s'engouffrait précipitamment dans sa voiture.

Un coup d'œil dans le rétroviseur lui confirma que personne ne le suivait. Dieu merci. Il sortit son téléphone, se rendit sur la base de données du journal où il n'eut aucun mal à localiser le docteur Peterson Bronner. Ce dernier vivait désormais à Key Largo, trop loin pour qu'il puisse s'y rendre le jour même, sachant que circuler à cette heure serait un enfer. Le mieux était de prendre la route le lendemain matin et de coincer le médecin dans son antre. De toute façon, il était trop âgé pour coller au profil du tueur, mais Smithback se faisait fort d'amadouer le vieil homme, de lui soutirer les informations dont il avait besoin et d'obtenir le scoop de sa carrière.

28

Une chaleur moite accueillit le directeur adjoint Pickett lorsqu'il sortit de l'ascenseur au niveau de la terrasse du toit. Conscient d'entrer dans un établissement de grand luxe, il s'attendait à trouver le lieu rempli de touristes, ce en quoi il se trompait. Le restaurant avait déjà fermé ses portes et la plupart des tables du bar étaient inoccupées. De l'autre côté de la barrière de verre, on apercevait les lumières de Miami Beach et le ruban sombre de l'Atlantique en contrebas.

La piscine voisine du bar baignait dans une lumière bleutée, à l'instar du reste de la terrasse. Vide à cette heure, le bassin était entouré de chaises longues recouvertes de coussins splendides, disposées autour de tables protégées par des parasols. Des éclairages discrets, disposés çà et là, enrichissaient l'ensemble d'une touche jaune orangée. Les méridiennes étaient quasiment toutes vides et Pickett longea la piscine aux trois quarts avant de voir Pendergast.

L'inspecteur s'offrait un moment de détente, le dossier de sa chaise longue en position inclinée. Pickett nota qu'il avait troqué son éternel costume noir contre un ensemble de lin blanc, des sandales italiennes aux pieds en lieu et place de ses chaussures anglaises habituelles. Ses cheveux d'un blond presque blanc et les lunettes de soleil qu'il portait en dépit de l'heure tardive réfléchissaient les éclairages bleu et orange du lieu.

Pendergast posa sa petite tasse d'espresso et se redressa en le voyant venir à sa rencontre.

— Monsieur le directeur, dit-il sur un ton parfaitement neutre.

Pickett leva la main afin de lui signifier de ne pas se lever et posa une fesse sur le bord de la chaise longue voisine.

Les deux hommes n'avaient pas échangé depuis le coup de fil passé le matin même sur le téléphone de Coldmoon. Pickett était néanmoins au courant des derniers développements et il avait beaucoup réfléchi dans l'avion.

— Je n'ai pas pu prendre un vol plus tôt, s'excusa Pickett.

— C'était un plaisir de vous attendre. Puis-je vous proposer un café, ou peut-être un digestif?

Pickett secoua la tête et Pendergast fit signe de s'éloigner au serveur qui venait prendre la commande.

— J'imagine que vous m'apportez mon ordre de mutation.

Pickett tapota la poche de sa veste.

— Ainsi que celui de Coldmoon.

— Je dois vous avouer que je ne suis jamais allé à Salt Lake City. Je me demande bien comment j'ai pu commettre une erreur aussi irréparable depuis toutes ces années.

Pickett garda le silence.

Pendergast but une gorgée d'espresso.

— Puis-je les consulter? Je suppose que j'y trouverai les noms des collègues appelés à nous succéder. Vous voudrez sans doute que nous les mettions au courant de l'enquête.

Il conclut sa phrase en tendant la main en direction de son interlocuteur.

— Dans un instant, dit Pickett. J'aimerais tout d'abord vous poser une question hypothétique.

— Ce sont celles qui ont ma préférence.

— Dans l'hypothèse où je ne vous aurais pas retiré l'enquête, quelle aurait été votre prochaine étape?

Pendergast prit un air songeur.

— Je m'intéresserais à la liste des clients de Mlle Carpenter. Cette jeune femme était d'évidence une call-girl pour le moins entreprenante, je gage qu'avec son intelligence, elle aura glané bien des secrets au cours de sa carrière.

— La police de Miami suit déjà cette piste, et vous le savez.

Pendergast fronça les sourcils.

— Dans ce cas, je continuerais de chercher un lien entre les trois victimes. Toutes ont été tuées de nuit, dans des secteurs très fréquentés. Pourquoi le tueur prend-il autant de risques? La prudence avec laquelle il opère et la nature méthodique qui le gouverne lorsqu'il effectue ses offrandes dans les cimetières font de lui un individu particulièrement bien organisé. Il me semble discerner là une façon pertinente de tirer la ficelle qui nous conduira à lui.

Pickett manifesta son impatience.

— Bon Dieu, Pendergast, cessez de me prendre pour un imbécile. Vous me fournissez des pistes évidentes, ces conneries ne m'intéressent pas. Je voudrais savoir ce que *vous* rechercheriez si vous étiez aux commandes.

Cette fois, Pendergast conserva longuement le silence avant de répondre. Il retira ses lunettes noires, les glissa dans la poche de sa veste, et les reflets de la piscine s'allumèrent sur ses yeux pâles.

— Fort bien, dit-il. J'ai la conviction depuis le début que les suicides d'autrefois et les assassinats d'aujourd'hui sont étroitement liés. Le tueur, malgré son jeune âge, entretient sans doute un lien personnel avec les suicidées. On sait désormais, pour l'une d'entre elles au moins, qu'il s'agit d'un meurtre. Aussi mettrais-je toute mon énergie à enquêter sur ces décès anciens. J'y vois le plus sûr moyen d'arrêter le coupable. Ou les coupables.

Un pli barra le front de Pickett.

— Sauf que ces femmes n'étaient apparemment pas liées entre elles, en dehors du fait qu'elles vivaient toutes à Miami.

— Je le répète : Élise Baxter n'a pas mis fin à ses jours. Elle a été assassinée. Il est essentiel de s'intéresser de plus près aux deux autres suicides présumés.

Pickett laissa échapper un soupir d'exaspération.

— Encore faudrait-il que cette jeune légiste ait raison. N'oubliez pas que son chef n'a pas eu l'occasion de procéder lui-même à l'autopsie.

— J'ai toute raison de croire qu'elle ne s'est pas trompée. En outre, je ne serais pas surpris que Flayley et Adler aient également été assassinées.

— On a exhumé et autopsié le corps de Flayley à votre demande, et la même jeune légiste dont vous louez les compétences a conclu au suicide !

— J'en suis conscient. Un obstacle nous empêche pour l'heure de consulter le rapport d'autopsie de Mary Adler, peut-être nous fournira-t-il les preuves que j'espère. En tout état de cause, ne jouons pas avec les mots. Vous m'avez demandé ce que je « rechercherais », je vous ai répondu, déclara Pendergast avant de porter la tasse d'espresso à ses lèvres. De toute façon, vous me posiez une question hypothétique et tout ceci relève de la spéculation stérile, puisque je me rends en Utah. À présent, si cela ne vous contrarie pas, j'aimerais consulter mon ordre de mutation.

Pickett n'esquissa pas un geste pendant une minute entière, puis il glissa lentement la main à l'intérieur de sa veste et sortit une enveloppe.

Pendergast allait la saisir lorsque son interlocuteur la déchira avant d'en glisser les deux moitiés dans sa poche.

— Je vous donne la permission de poursuivre l'enquête dans la direction que vous venez de m'exposer.

Pendergast, pour toute réaction, haussa légèrement un sourcil, puis il retira sa main et se cala dans sa chaise longue.

— Inspecteur Pendergast, veuillez m'écouter attentivement, reprit Pickett en croisant les doigts. J'occupe ce poste de directeur adjoint parce que je crois au système comme à ses règles. Cela dit, je ne suis pas aveuglé par mon ego au point de croire que je n'ai plus rien à apprendre. Vous êtes un iconoclaste, et vous vous en gargarisez. Vos méthodes violent à peu près tous les principes auxquels je suis attaché, à l'exception d'un seul : l'arithmétique. Vous obtenez des résultats. J'en veux pour preuve votre insistance à autopsier le corps de Baxter, quand tout le monde était persuadé que cette piste était une impasse.

Pendergast, imperturbable, vida sa tasse d'espresso.

— Cela n'ôte rien au fait que vous avez recours à des méthodes inhabituelles. Le problème avec les méthodes peu orthodoxes, c'est qu'elles vous obligent à travailler sans filet. Je veux dire par là que ceux d'entre nous qui restent dans les clous n'ont rien à craindre, même en cas d'erreur. À l'inverse, ceux qui prennent des risques se trouvent pointés du doigt en cas d'échec. Voici ce qui va se passer. Coldmoon et vous allez rester ici jusqu'à la conclusion de cette enquête, et je vous laisserai la bride sur le cou, tout en vous demandant de me tenir informé des avancées de l'enquête. Si vous avez besoin d'aide, contactez-moi. Sinon, je ne veux pas savoir comment vous procédez. Je vous demande de vous montrer discret… et d'*obtenir des résultats.* Je vous laisse toute liberté de travailler à une condition : si l'enquête tourne au désastre par votre faute, vous en porterez la pleine responsabilité. Contrairement à Coldmoon, contrairement à *moi*, et surtout contrairement au bureau de New York. Ne vous méprenez pas, en cas de pépin, je ne vous épargnerai pas. Nous sommes d'accord ?

Pendergast lui répondit pas un hochement de tête brusque.

— Autre précision, enchaîna Pickett. Il n'est pas question que vous agissiez seul. Il s'agit d'une affaire majeure et vous aurez besoin d'assistance. Vous avez rencontré le commandant Grove. Il est là pour vous apporter toute l'aide dont vous pourriez avoir besoin à Miami, qui possède l'un des meilleurs services de police du pays. Grove vous fournira les dossiers et les éléments nécessaires, il mettra à votre service une centaine de flics si vous souhaitez surveiller quelqu'un, toquer aux portes, interroger au besoin les habitants de tout un quartier. Je ne vous demande pas de tenir Grove au courant de vos faits et gestes, mais de lui dire en quoi il peut vous être utile, et il se mettra en quatre pour vous.

— L'individu m'a paru compétent, approuva Pendergast.

— Il jouit d'une excellente réputation. Ne le sous-estimez pas du fait de son poste actuel. Il a arpenté les trottoirs de cette ville plus souvent qu'à son tour à ses débuts.

Il laissa s'écouler un court silence.

— Nous sommes d'accord, inspecteur?

— Complètement d'accord, monsieur le directeur.

— N'oubliez pas ce que je vous ai dit: si tout part en quenouille, vous et vous seul porterez le chapeau.

— C'est de loin la position que je préfère, rétorqua Pendergast.

Pickett tendit une main que son interlocuteur saisit brièvement, puis il se leva, tourna le dos à Pendergast, contourna la piscine et s'évanouit dans la nuit qui enveloppait la terrasse du toit.

29

Il était 4 heures du matin et Charlotte Fauchet ne parvenait pas à dormir, les yeux rivés sur la faible lueur rouge que projetait au plafond son réveil électronique. Elle avait été réveillée par un cauchemar deux heures plus tôt, elle disséquait un cadavre et son scalpel glissait à chaque tentative d'incision, au point que le cadavre s'était redressé et lui avait reproché sa maladresse. Elle n'avait pas fermé l'œil depuis, obnubilée par l'autopsie d'Agatha Flayley.

Ce cauchemar et ce malaise ne lui ressemblaient pas. Elle avait appris à s'endurcir grâce à son chef, ce salopard de Moberly. L'étrillage en règle que celui-ci avait subi de la part de l'inspecteur Pendergast, qui semblait pourtant si aimable, était presque karmique. Pendergast avait tout d'un ange vengeur, capable de s'attirer l'amitié indéfectible de ceux qu'il aidait, et le ressentiment éternel des autres.

Charlotte repensa à son rêve. Les découvertes effectuées lors de l'autopsie de Baxter avaient ébranlé sa confiance en elle-même. Pouvait-elle s'être trompée en affirmant qu'il s'agissait d'un meurtre? À l'inverse, avait-elle examiné avec suffisamment d'attention l'os hyoïde de Flayley? L'arrivée subite de Moberly et la façon dont il l'avait écartée de la table d'autopsie avant de massacrer le cou de la morte avaient suffi à la déconcentrer. L'incident l'avait troublée, un détail avait fort bien pu lui échapper lorsqu'elle avait repris son travail après l'interruption de son chef.

Comprenant qu'elle ne dormirait plus, elle finit par se lever à 4h30, prit une douche, but un mug de café, monta dans sa voiture et se rendit à la morgue. La nuit était douce, seuls les moments tels que celui-ci lui permettaient de supporter Miami avec ses paillettes, sa circulation, ses foules de touristes et sa criminalité.

La morgue, plongée dans la pénombre, était silencieuse lorsqu'elle pénétra dans le bâtiment et elle fut brièvement aveuglée en allumant les lumières. Elle s'empressa de sortir le corps de son tiroir et de l'emporter sur un lit à roulettes jusqu'à la salle d'opération en passant en revue dans sa tête la liste des points à vérifier. Enfin prête, elle alluma la caméra et expliqua à voix haute les raisons de ce complément d'autopsie.

Elle plaça le grand microscope stéréoscopique au-dessus du cou de la morte et procéda à un examen en règle de l'os hyoïde. La partie principale de l'os était fracturée, ainsi qu'elle l'avait noté quelques jours plus tôt, soit parce que Flayley s'était débattue au bout de sa corde, soit à cause de la courte chute dont elle avait été victime sur le pont. Jusque-là, rien d'anormal. Fauchet s'intéressa ensuite aux cornes de l'hyoïde. Cet os était l'un des plus curieux de tout le corps humain puisqu'il flottait littéralement au milieu des muscles et des ligaments en offrant un point d'attache à la langue, à la partie inférieure de la bouche, à l'épiglotte et au pharynx. L'hyoïde, en forme de fer à cheval, était doté d'une petite et d'une grande corne à droite comme à gauche. Dans le cas de Baxter, ces cornes avaient été brisées par strangulation manuelle, celle de droite de façon plus marquée que celle de gauche, signe que celui qui avait tenu le cou de la victime entre ses mains était probablement droitier, son pouce droit étant plus fort que le gauche. Dans le cas présent, s'il y avait eu strangulation manuelle, la pression n'avait pas été suffisamment forte pour briser les cornes.

Le meilleur moyen d'en avoir le cœur net aurait été de préconiser une IRM, mais la démarche aurait pris du temps, sans parler de la paperasse et des questions qu'on n'aurait pas manqué de lui poser.

Elle procéda à l'examen de la corne droite à l'aide du microscope, retirant jusqu'au moindre lambeau de tissu. Moberly, par sa maladresse, avait griffé l'os avec son scalpel. À force d'efforts, elle parvint à dégager entièrement la pointe de la grande corne et remonta jusqu'à la petite. L'opération était minutieuse, mais elle n'avait rien découvert lorsqu'elle atteignit enfin la base de l'aile hyoïdienne. Cette partie de l'os aurait été fracturée par le tueur si Flayley avait été assassinée, et elle se demanda si procéder à des explorations au niveau de la corne symétrique était nécessaire.

Elle poussa un soupir et poursuivit sa tâche, par souci de ne rien laisser au hasard.

Elle avait dégagé la corne gauche aux deux tiers lorsqu'elle s'arrêta soudain, intriguée. Elle poussa l'agrandissement d'un cran et découvrit une fêlure à peine visible à l'intérieur de l'os. Celui-ci avait été tordu avec assez de force pour provoquer une fêlure sur toute la longueur de l'os, au lieu d'une fracture perpendiculaire. La déformation, à peine visible, n'aurait pas été détectable sans microscope, mais une IRM la ferait clairement apparaître.

Charlotte soupira longuement. L'inspecteur Pendergast avait raison depuis le début. Il lui avait demandé d'examiner attentivement l'os hyoïde, ce qu'elle avait fait, sans rien remarquer d'anormal. Si Moberly ne l'avait pas interrompue, elle aurait sans doute vu cette fêlure, mais l'arrivée de son chef l'avait perturbée... Elle secoua la tête. Accuser Moberly de la sorte était injuste, même si c'était un sale con. Elle sentit le sang lui monter à la tête en comprenant qu'elle n'avait pas été à la hauteur.

Elle se remit aussitôt à l'ouvrage. Les émotions n'avaient pas leur place chez la scientifique qu'elle était.

Elle acheva de dégager et de nettoyer la corne gauche, puis elle détailla sa découverte à voix haute pour la caméra, protégea l'os hyoïde à l'aide de tampons d'ouate, recouvrit le cadavre, le rangea dans son tiroir et s'installa à son bureau afin de remplir une demande d'IRM.

Elle s'étonna intérieurement que Flayley n'ait pas été étranglée aussi proprement que Baxter. Le tueur avait serré moins fort, se contentant d'étourdir sa victime qui était morte seulement au moment de la pendaison, ainsi que l'avait confirmé ce témoin qui avait assisté aux derniers soubresauts du corps. Il était plus curieux encore que la fêlure apparaisse cette fois au niveau de la corne gauche. Peut-être le tueur était-il ambidextre.

D'une façon ou d'une autre, elle détenait une information de première importance. Un coup d'œil à sa montre lui indiqua qu'il était 7 heures. Nul doute que Pendergast serait réveillé à cette heure. Elle ouvrit un tiroir et fouilla la pile de cartes professionnelles qui s'y trouvaient. Elle finit par dénicher celle de l'inspecteur au milieu de la masse et sortit son portable, bien décidée à lui avouer son erreur en lui exposant ses nouvelles découvertes.

30

Smithback but les dernières gouttes de son troisième espresso avec un comprimé de Zyrtec pour ses vacheries d'allergies, prit quelques barres de céréales pour la route et descendit au garage où était garée sa Subaru. Il mit le contact, régla la climatisation à fond, sortit son téléphone, entra l'adresse du docteur Bronner et accrocha le portable à la griffe installée sur le tableau de bord. Quelques instants plus tard, il gagnait la rue et se laissait guider par Siri.

Il avait jugé préférable de ne pas prévenir Bronner de sa visite. Le psychiatre aurait eu toute latitude de l'éconduire au téléphone, et Smithback n'aurait pas pu l'en empêcher. Le mieux était encore de sonner à sa porte, de lui faire du charme et d'y aller au bagout. Il se demanda comment Bill s'y serait pris. Il avait peu de questions à poser à son interlocuteur, dix minutes lui suffiraient. Restait à espérer que Bronner ait une bonne mémoire. Il avait dû traiter des centaines de patients au cours de sa carrière, qui sait s'il se souviendrait de Flayley et de Baxter au bout de onze ans? À moins que le vieil homme n'ait lu leurs noms dans les journaux.

Il sentit soudain son courage s'évanouir et voulut se convaincre qu'il suivait une piste à laquelle personne d'autre n'avait pensé.

À cette heure, la circulation était infernale dans toute l'agglomération de Miami, mais le flot de voitures finit par s'éclaircir lorsqu'il atteignit la 826. Il savait d'expérience que le mieux était d'éviter la Route 1, prise d'assaut par les touristes, et de payer son écot au péage du Reagan Turnpike. Il ne rejoignit la 1 qu'à Florida City et moins d'une demi-heure suffit à le conduire au-delà des Southern Glades, jusqu'à la route panoramique menant à Key Largo. L'adresse du psychiatre, allée des Platanes, fleurait bon les quartiers huppés avec leurs maisons manucurées dotées d'un ponton privé, aussi fut-il surpris de découvrir une rue miteuse peuplée de pavillons tristes, de camping-cars et de bateaux vieillissants pour la plupart à vendre.

Le cadre était pour le moins curieux pour un médecin retraité, d'autant qu'il devait continuer de percevoir une partie des dividendes de son ancien cabinet.

Sa maison, au bout de l'allée des Platanes où elle donnait directement sur le chenal, était une grande bâtisse dont le crépi blanc s'en allait par plaques et dont les tuiles portaient les stigmates de la tempête précédente. Elle était à moitié étouffée par une masse de végétation tropicale à laquelle personne ne s'était attaqué depuis des années. Pouvait-il s'agir de la retraite d'un tueur en série, ou bien de celle d'un excentrique sinistre?

Une grille en fer forgé, à la peinture blanche marbrée de traces de rouille, barrait l'allée. Smithback se gara devant, descendit de voiture et chercha vainement un interphone avant de tourner la poignée de la grille. Celle-ci était fermée à clé.

Comment diable pouvait-on vivre dans une propriété fermée sans sonnette ni interphone? Il glissa un œil entre les barreaux et distingua un pick-up de couleur turquoise dans l'allée, dissimulé derrière un bosquet de bambous. Il devait donc y avoir quelqu'un.

La rue était calme. Il examina la grille, aucun problème de ce côté-là. Il s'agrippa aux barreaux, se hissa au sommet du portail, l'enjamba et sauta de l'autre côté. Il remonta l'allée avec toute l'assurance qu'il pouvait rassembler, passa à côté du pick-up et s'immobilisa devant la porte d'entrée, conscient de n'avoir pas droit à l'erreur.

Il appuya sur la sonnette. Un long silence lui répondit, jusqu'à ce qu'un bruit de savates sur un sol de pierre lui signale l'arrivée de quelqu'un. La porte s'ouvrit lentement. Smithback, qui s'attendait à trouver un vieillard chenu et frêle aux épaules voûtées, des lunettes en écaille sur le nez, découvrit avec étonnement un homme massif d'à peine soixante-cinq ans. Le psychiatre avait une mâchoire carrée de sanglier et des mains couvertes de poils. Il toisait son visiteur, le visage fermé, et Smithback eut l'intuition inquiétante qu'il avait affaire à quelqu'un d'anormal.

— Docteur Bronner? demanda-t-il.

— Comment êtes-vous entré?

— Je... euh, j'ai escaladé la grille.

Les traits de Bronner s'assombrirent, mais il garda le silence.

— Je suis le frère d'une patiente que vous avez eue il y a longtemps et qui s'est malheureusement suicidée. Sans que vous en soyez responsable, se hâta-t-il de préciser.

— Qui ça?

— Elle s'appelait Agatha Flayley.

Le psychiatre resta sans réaction, au grand désarroi de Smithback. L'intérieur de la maison, qu'il apercevait derrière lui, était en désordre.

— J'ai peut-être mal choisi mon moment, ajouta le journaliste en reculant machinalement d'un pas. Vous êtes sans doute occupé et...

— Entrez, l'invita Bronner en ouvrant grand la porte.

Smithback s'avança prudemment. Le lieu, aussi accueillant qu'une prison, disposait toutefois d'une belle vue sur l'océan au-delà d'une rangée de platanes.

— Votre maison donne sur la plage, quelle chance! remarqua le journaliste.

— Asseyez-vous.

Smithback se posa sur un canapé fatigué.

— Je me souviens d'Agatha, dit Bronner d'une voix lente en s'asseyant en face de son visiteur sans le quitter des yeux. Elle est venue me consulter... quand déjà? Il y a treize ou quatorze ans.

— Vous souvenez-vous de la date exacte, à tout hasard?

Les yeux du psychiatre se perdirent dans le lointain.

— Oui. Pas précisément, bien sûr, mais je l'ai eue comme patiente pendant deux ans. En 2005 et 2006, je crois. Je n'ai pas gardé mes dossiers, ils se trouvent au cabinet. Ces informations sont de toute façon confidentielles, à moins que vous ne disposiez d'une autorisation délivrée par l'assurance maladie.

— Ce n'est pas ce qui m'intéresse, je cherche essentiellement à comprendre son geste. Son suicide a surpris tout le monde dans la famille.

— C'est curieux, jamais elle n'avait fait allusion à la moindre famille, dit le psychiatre en posant sur son interlocuteur un regard insistant.

Zut! Ce con avait une mémoire d'éléphant.

— En parlant de famille, je faisais allusion à mon demi-frère et moi-même.

Smithback avala sa salive, dans l'espoir que l'autre se laisse embobiner.

— Son suicide m'a étonné, moi aussi. Je ne l'en aurais pas crue capable, mais on ne peut jamais savoir.

— Mon frère et moi en avons beaucoup parlé, d'autant que sa meilleure amie était également l'une de vos patientes, Élise Baxter.

Le psychiatre hocha lentement la tête.

— Qui s'est suicidée, elle aussi.

— Vous avez bonne mémoire.

— Un psychiatre n'oublie jamais les patients qui se suicident.

Il ponctua son affirmation d'un regard pesant.

Smithback s'éclaircit la gorge en toussotant.

— À quelle époque avez-vous traité Élise?

— Elle n'est pas venue souvent me consulter. Fin 2004, début 2005, probablement.

— Puis-je vous demander pour quelle raison elle souhaitait vous voir? Je cherche à comprendre ce que ma sœur et elle pouvaient avoir en commun.

— Elle avait des relations difficiles avec sa mère, l'une de ces femmes qui se montrent critiques à tout bout de champ. Cela dit, elle n'avait pas vraiment besoin de consulter pour ça. Elle avait besoin de parler, et je l'ai envoyée chez un psychothérapeute. Je ne crois pas qu'elle ait suivi mes conseils, à la vérité.

— Agatha et Élise avaient une amie commune, Mary Adler, et je me demandais si vous l'aviez vue à votre cabinet, elle aussi.

Bronner laissa s'écouler un long silence.

— Non, finit-il par laisser tomber.

— Ce nom ne vous dit rien? Mary S. Adler, de Hialeah?

Le regard du psychiatre se fit franchement hostile.

— Comment vous appelez-vous, déjà?

— Smithback. Roger Smithback.

— Smithback, et non Flayley. Agatha n'était pas mariée quand je l'ai connue.

La gorge de Smithback se noua. *Et merde!*

— À quoi jouez-vous, Smithback?

— À rien du tout. Je suis un frère qui se pose des questions et qui...

— Arrêtez vos conneries. Je lis les journaux, vous savez. Mary Adler, Agatha Flayley, Élise Baxter. Les femmes dont les tombes ont été profanées par ce Cœur-Brisé.

Smithback n'arrivait plus à respirer.

— Vous n'êtes pas du tout son frère. Vous devez être journaliste. Je me trompe?

Démasqué... Comment s'en tirer à présent?

— Vous êtes journaliste et vous venez me voir sous un *faux prétexte*! tonna Bronner en s'appuyant aux bras de son fauteuil pour se lever.

Smithback n'avait plus le choix, le mieux était encore d'avouer la vérité.

— Euh… oui, c'est vrai. Je travaille pour le *Herald* et je cherche à comprendre pourquoi deux de vos anciennes patientes, onze ans après leur mort, ont été choisies par Cœur-Brisé. La coïncidence est troublante.

Bronner s'avança, les poings serrés et Smithback recula instinctivement, terrorisé.

— Qu'insinuez-vous? Vous imaginez peut-être que je suis mêlé à cette histoire?

— Je n'insinue rien du tout. Je cherche à connaître la vérité.

— Vous avez décidé de saloper ma réputation et de ruiner mon cabinet, espèce de salopard!

— Pas du tout! Je compte uniquement livrer cette information au public parce qu'il a le droit de savoir, rétorqua Smithback en rassemblant son courage et sa dignité du mieux qu'il le pouvait, ses efforts réduits à néant par sa voix chevrotante. Je souhaite recueillir votre avis, docteur. Pensez-vous qu'il peut s'agir d'une simple coïncidence?

— Si tu veux mon avis, tu vas l'avoir, petit merdeux! s'écria Bronner, le poing en avant.

Smithback avait peut-être trente ans de moins que lui, mais le psychiatre était un adversaire redoutable pour un trouillard confirmé tel que Smithback, habitué à se tirer des situations délicates au baratin.

— Attendez une seconde, balbutia-t-il en reculant. Imaginez un instant ce qu'on va penser si…

Bronner se jeta sur lui en poussant un grognement. Smithback évita le coup et se précipita vers la porte d'entrée, poursuivi par le médecin. Il franchit le seuil d'un bond, parcourut l'allée en quelques enjambées et se lança à l'assaut de la grille. Le médecin, qui ne lui avait pas cédé un pouce de terrain, lui agrippa la cheville. Smithback tira le pied de toutes ses forces en perdant une chaussure et tomba lourdement de l'autre côté. Il courut jusqu'à sa voiture tant bien que mal et démarra en soulevant un jet de sable. Il eut tout juste le temps de voir dans son rétroviseur Bronner secouer la grille, le visage noir de rage.

Espèce de connard, pensa-t-il en prenant la fuite. *On ne menace pas la presse impunément. Tu ne t'en tireras pas comme ça.*

Il avait perdu une chaussure dans la bagarre, une Vans Classic à soixante dollars la paire, et il voyait mal Bronner la lui renvoyer par la poste.

L'horloge du tableau de bord indiquait 10h30. Il avait tout le temps de rédiger son papier.

— Salut, Siri, dit-il à voix haute. Fais une recherche sur le docteur Peterson Bronner. Je voudrais savoir s'il a un casier judiciaire.

— Voici ce que j'ai trouvé sur le Net, lui répondit presque aussitôt la voix avec son amabilité irritante.

La première image qui apparut sur l'écran du téléphone était une photo de police du médecin devant un mur de parpaing, une pancarte indiquant son identité sur sa poitrine.

31

Les locaux de la police de Miami se trouvaient dans un immeuble tout en longueur dont les fenêtres supérieures, inclinées vers le sol, lui donnaient l'apparence d'une tour de contrôle. Le bâtiment se trouvait sur la 2e Avenue Nord-Ouest, à proximité des gratte-ciel du centre-ville, à peu de distance du cimetière municipal.

Pendergast était passé prendre Coldmoon à son hôtel dans un taxi jaune tout cabossé dont l'odeur sembla familière au jeune homme dès qu'il en ouvrit la portière. Il reconnut immédiatement le chauffeur, car il n'avait pas oublié leur course épique le jour où avait été découvert le cœur accroché au cercueil d'Agatha Flayley. Pendergast avait retrouvé Axel et l'avait engagé comme chauffeur provisoire.

— Ce garçon connaît la ville comme sa poche, lui avait-il expliqué tandis que l'auto filait à toute allure sur le viaduc MacArthur. Notre homme se plaît à l'idée de circuler sans les contraintes habituelles du genre. J'ai toujours eu la plus grande admiration pour les individus qui exécutent fièrement leur tâche.

Coldmoon, qui en avait assez de véhiculer son compagnon à travers les rues embouteillées de la ville, ne songea pas à se plaindre.

Au terme d'une course terrifiante, le taxi stoppa devant l'entrée du Miami PD dans un crissement de plaquettes de frein mal lubrifiées. Les journalistes et autres cameramen qui se pressaient devant l'entrée reculèrent précipitamment au bruit et Pendergast descendit de voiture, suivi par son jeune collègue. Axel, que Coldmoon ne connaissait que par son prénom, manifesta son intention de rester garé là en posant un badge doré bien en vue sur le tableau de bord, dans son étui de cuir noir.

— C'est quoi ce truc? s'étonna Coldmoon auprès de son compagnon.

— Une simple babiole, répondit évasivement Pendergast.

La meute des journalistes, attirée par l'odeur de chair fraîche, se jeta sur les deux hommes qui durent se frayer un passage à grands coups de coude en ignorant les questions qu'on leur posait. Une élégante jeune blonde aux cheveux courts et aux pommettes saillantes se planta devant Coldmoon. Il la reconnut pour avoir remarqué son visage en zappant d'une chaîne à l'autre dans sa chambre d'hôtel. Quelque chose Fleming, le prénom de la journaliste ne lui revenait pas à l'esprit. Une femme séduisante, au regard aussi vif que celui d'un serpent.

— Excusez-moi, inspecteur, l'apostropha-t-elle en brandissant sous son nez un micro orné d'un chiffre 6 de couleur criarde.

Pendergast se retourna afin d'observer la scène.

— Inspecteur! Que pouvez-vous nous dire au sujet de la nouvelle victime? Avons-nous affaire à un tueur en série?

Coldmoon retira sa casquette.

— *H'aȟíya wóglaka ye*, répondit-il en contournant la jeune femme sans la bousculer. *Owákahnige šni.*

— Que lui avez-vous dit? s'enquit Pendergast alors qu'ils pénétraient dans le bâtiment.

— Je lui ai demandé de parler plus lentement parce que je ne comprenais pas l'anglais.

Pendergast émit un bruit de langue réprobateur.

— Un mensonge est un mensonge, même dans la langue des Lakotas.

— Dans la réserve, les anciens avaient un dicton. Ils disaient volontiers que l'hypocrisie était pire que le mensonge.

— Ma grand-mère d'origine cajun, à La Nouvelle-Orléans, usait volontiers du même aphorisme.

Pendergast s'approcha de l'immense bureau d'accueil et s'adressa d'une voix feutrée à l'agent de service. Les deux hommes présentèrent leurs papiers, signèrent le registre d'entrée, contournèrent le portique de sécurité et se dirigèrent vers les ascenseurs.

— Nous avons rendez-vous dans ce qu'ils baptisent la salle des opérations, expliqua Pendergast à son compagnon. C'est là que le Miami PD entrepose ses jouets électroniques. Ceux-ci, reliés aux bases de données criminelles et médicales du pays, leur donnent accès en temps réel à toutes les informations disponibles. Je prépare de mon côté un petit QG à notre intention, dans un lieu plus discret. En attendant, celui-ci fournira un cadre idéal à nos premières conversations avec ces gens. Leur chargé de liaison, ce charmant commandant Grove, m'a promis de nous retrouver dans cette fameuse salle des opérations en compagnie du lieutenant Sandoval.

— Vous pensez vraiment que Pickett tiendra parole et nous laissera tranquilles ?

— Jusqu'à preuve du contraire, il ne nous a pas expédiés à Salt Lake City.

Ils sortirent de l'ascenseur et découvrirent un dédale de couloirs. Coldmoon regarda sa montre : il était 15 heures précises.

La salle des opérations était digne de sa réputation, avec sa multitude d'ordinateurs et son immense tableau noir à roulettes. Coldmoon embrassa la pièce du regard. Plusieurs des néons fixés au plafond ne fonctionnaient plus, un autre émettait une lueur tremblotante. Une vieille machine à café sommeillait dans un coin, entourée de piles de gobelets en carton et de boîtes de lait en poudre. Un seul coup d'œil suffit à lui confirmer que la cafetière à moitié pleine chauffait depuis des heures.

En dépit de cette profusion d'équipements, le lieu lui correspondait infiniment mieux que la salle de réunion impersonnelle du FBI où le docteur Mars leur avait présenté son exposé. L'endroit, avec ses murs aveugles copieusement éraflés et son vieux climatiseur époumoné, était vivant.

Au centre de la pièce trônait une grande table rectangulaire à l'extrémité de laquelle avaient pris place Sandoval et Grove. À l'inverse du premier, qui affichait une mine scrupuleusement neutre, le second dissimulait mal son impatience.

— Bonjour, messieurs, fit Pendergast en saluant les deux hommes d'un mouvement de tête. Grâce au travail du docteur Fauchet, nous savons à présent qu'Agatha Flayley a été étranglée à mains nues comme Élise Baxter. En clair, cela signifie que nous sommes en présence de deux meurtres camouflés en suicide.

Il se tourna vers Sandoval.

— Lieutenant, rien de neuf à porter à notre attention?

Sandoval caressa la moustache qu'il n'avait pas en affichant son amertume.

— Ce satané scribouillard de Smithback commence à énerver tout le monde. Après avoir réussi à se procurer le surnom du tueur, Dieu sait comment, voilà qu'il découvre ce matin même que Baxter et Flayley consultaient le même psychiatre.

Il s'empara de son téléphone et fit apparaître à l'écran un article dont il entama la lecture :

Alors que la police refuse de dévoiler le contenu des lettres découvertes sur les tombes, les sinistres « offrandes » du tueur trahissent un individu dérangé dont le profil cadre mal avec celui des psychopathes classiques, dont on sait qu'ils n'éprouvent ni remords, ni compassion à l'endroit de leurs victimes. La question se pose alors:

Quelle signification ces offrandes prennent-elles aux yeux du tueur? S'agit-il pour lui de porter le deuil, d'exprimer son remords ou son repentir? Si les enquêteurs s'intéressaient davantage à la psychologie de M. Cœur-Brisé, s'ils s'interrogeaient sur les traumatismes subis par ce dernier pour en arriver à de telles extrémités, ils découvriraient sans doute son identité sans mettre en danger de nouvelles vies humaines.

Il reposa son téléphone d'un air dégoûté.

— Nous aurions dû découvrir l'existence de ce psychiatre nous-mêmes, au lieu d'apprendre son existence à la lecture de cette maudite feuille de chou. Tout comme nous aurions dû établir plus tôt un lien entre les suicides d'autrefois et les assassinats d'aujourd'hui.

— En tout cas, ce Smithback n'est pas au courant que ces suicides n'en sont pas, nota Coldmoon.

Sandoval hocha la tête en signe d'approbation, puis il appuya sur une petite télécommande et le grand tableau noir s'alluma. Les visages des trois victimes d'autrefois, Baxter, Flayley et Adler, s'étalèrent l'un à côté de l'autre.

— Je trouve étrange que ces femmes aient été tuées à des centaines de kilomètres d'ici alors qu'elles vivaient toutes dans la région de Miami, où sévit Cœur-Brisé, nota Pendergast.

— Vous pensez qu'il faut y voir un indice? s'enquit Sandoval.

— Je n'en ai aucune idée.

Le lieutenant se tourna vers Grove.

— Auriez-vous des nouvelles du rapport d'autopsie d'Adler, commandant?

— Nos équipes ont fini par localiser ce document, ainsi que les photos prises à la morgue. Adler s'intéressait apparemment à un groupe de musique country, les Fat Palmettos, et s'est rendue en Caroline du Nord pour un concert qui n'a jamais eu lieu, le guitariste s'étant foulé le pouce.

— Les Fat Palmettos, répéta Coldmoon.
— Le groupe s'est séparé depuis, précisa Grove.
— Nous ferons une recherche à leur sujet, décida Sandoval. En attendant, mes hommes interrogent les membres de sa famille, ses anciens collègues et tout le tralala. Rien à signaler pour l'heure.
— L'enquête consacrée à Misty Carpenter n'a rien donné? demanda Coldmoon. Elle avait pourtant un métier bien particulier.
— Nous avons passé au peigne fin la liste de ses clients. Mes équipes ont commencé à rencontrer ceux-ci. Cette fois encore, tout indique qu'elle a été choisie au hasard.
— Hmmm, murmura Pendergast en plissant les paupières. Je vous remercie, lieutenant. Ces informations nous sont très utiles.
— Pas de souci, le remercia Sandoval en ramassant ses papiers.
Décidément, Pickett n'avait pas menti en parlant de coopération pleine et entière, se dit Coldmoon intérieurement.
— Commandant, reprit Pendergast à l'adresse de Grove. À présent que nous avons une notion à peu près claire de ce que nous recherchons, j'entretenais l'espoir que vos services puissent procéder à une opération de large envergure. Il s'agirait de dresser la liste des suicides présentant des caractéristiques comparables à celles de Baxter, Flayley et Adler. Il est vrai que nous n'avons aucune confirmation au sujet de cette dernière, mais il me semble intéressant de nous mettre en quête de meurtres camouflés en suicide. Sans doute serez-vous de mon avis.
— Excellente idée, approuva Grove en prenant des notes dans un petit carnet en cuir.
— Je le disais, vos gens auront du pain sur la planche. Vous allez devoir chercher des personnes de sexe féminin entre vingt-cinq et quarante ans, vivant dans l'agglomération de Miami et ayant été retrouvées pendues dans

un autre État. Il serait bon d'inclure les personnes dont les autopsies auraient permis de conclure à un soupçon de meurtre. Pour simplifier le problème, nous pourrions cantonner les recherches aux personnes mortes dans les États situés à l'est du Mississippi.

— Compris, déclara Grove en noircissant sa page. À quelle période faut-il s'intéresser?

— Celle qui court de janvier 2006 à janvier 2008.

Coldmoon lança un coup d'œil en direction de Pendergast. Avec des critères aussi vagues, ils risquaient d'obtenir une liste longue comme un annuaire. Heureusement qu'ils bénéficiaient du soutien de Grove, et de sa capacité à mobiliser les ressources de la police locale.

— Si vous n'avez rien d'autre, messieurs, conclut Grove en se levant, je m'en occupe dès à présent.

— Nous vous sommes très reconnaissants de votre aide, commandant, le remercia Pendergast.

— De rien. Vous n'aurez qu'à m'inviter à visiter le 26 Federal Plaza lors de mon prochain séjour à New York.

— Ce sera un plaisir.

L'instant suivant, le commandant Grove quittait la salle des opérations.

32

Smithback venait d'arriver au journal et s'installait dans son box au cœur de la rédaction lorsque Maurice, le factotum du service, s'arrêta devant son bureau avec un panier rempli de courrier.

— Tu as tout un tas de lettres, dit-il.

— Tu ne peux pas demander à quelqu'un d'autre de les ouvrir et de trier les trucs les plus urgents ? Je dois faire des recherches.

— C'est déjà fait. Figure-toi que six d'entre elles sont signées de M. Cœur-Brisé. Kraski les a gardées dans son bureau, il veut te voir tout de suite.

Smithback se leva en poussant un grognement et zigzagua entre les box jusqu'au bureau de son rédacteur en chef. Kraski était un homme imposant qui suait abondamment dans ses chemises. Il portait invariablement une cravate sans veste, sa coupe en brosse avait cessé d'être à la mode en 1955 et il donnait invariablement l'impression d'avoir potassé le manuel en dix leçons du rédac' chef coriace au langage fleuri. Sous cette écorce rude, c'était le type le plus gentil de la terre, conformément à un cliché tout droit sorti du film *Spéciale première*.

— Où étais-tu ? l'accueillit Kraski sur un ton peu amène.

— Holà, patron ! Je vous signale qu'il est 9 h 30. En plus, je vous ai sorti un beau scoop hier en retrouvant ce psy. Une recherche sur le Net m'a appris qu'il avait agressé sa femme au moment de leur divorce il y a cinq ans. Ce type devrait apprendre à gérer ses pulsions. C'est même pour ça qu'il a été viré de son cabinet. Si vous voulez mon avis, il a *tout* d'un tueur en série.

— Peut-être, fit Kraski en balayant l'argument d'un geste, mais comment expliques-tu qu'on ait reçu six lettres de M. Cœur-Brisé ce matin? Toutes adressées à toi?

— Elles sont bidons, bien évidemment.

— Tu crois vraiment? Je te conseille d'y jeter un œil.

Il poussa vers Smithback le paquet de lettres. Cinq d'entre elles étaient rédigées sur du papier bon marché d'une main malhabile. L'une d'elles était même écrite au crayon de couleur. À l'inverse, la sixième avait été expédiée dans une belle enveloppe de couleur crème.

Le journaliste prit l'un des courriers au hasard.

Hé, Smithback, je suis M. Cœur-Brisé et je compte bien t'arracher les couilles avant...

Le reste du texte était à l'avenant, avec des fautes d'orthographe et de grammaire à s'arracher les cheveux. Il déplia la suivante.

Cher Roger Smithback, je suis M. Cœur-Brisé et j'ai deux femmes en hautage 333 Ocean Way à Allmeda je vous conseye de venir toudsuite ou je les tue...

Il reposa la lettre et s'empara de l'enveloppe crème dont il tira une feuille pliée en deux. Son contenu était écrit d'une élégante écriture cursive, chaque lettre comme calligraphiée. Smithback fut parcouru d'un frisson au moment d'en découvrir la teneur.

Cher Roger,

Vous, au moins, me comprenez peut-être. Leurs morts ne demandent qu'à être vengées. Surtout la sienne. Tant qu'elle ne reposera pas en paix, je ne connaîtrai pas le repos. Elle était ma raison de vivre, aussi dois-je lui survivre. Me comprenez-vous? Il me faut expier ma faute. Si vous n'êtes pas en mesure de m'aider, je vais devoir poursuivre seul... et cela se terminera mal.

Bien à vous,

M. Cœur-Brisé

— Seigneur! s'exclama-t-il en relevant la tête. Cette lettre... elle est probablement de lui.

— Je le pense aussi.

— Il faut la transmettre à la police... non?

— Bien sûr, bien sûr. À ceci près qu'on ne *sait* pas s'il s'agit de Cœur-Brisé. Il suffit de regarder les cinq autres, et ce n'est que le début. Sans parler de ton histoire de psy.

Il frappa l'enveloppe de l'index.

— Je te rappelle que c'est *ton* reportage. Allez, au boulot. On transmettra ces lettres à la police une fois qu'on aura balancé ton papier sur le site du journal. Disons, dans deux heures?

— OK, acquiesça Smithback en récupérant la lettre et l'enveloppe.

— Arrange-toi pour dégoter un spécimen de l'écriture de ton psy, histoire de savoir si c'est notre homme. Méfie-toi quand même, les informations fournies dans ton papier doivent toutes être vérifiées. Tu ne publies que des trucs sûrs. J'ai remarqué que tu avais tendance à laisser transparaître ton opinion.

— Bien, patron.

— Allez, au taf!

Smithback regagna son box, repoussa du pied la caisse de courrier laissée par Maurice et se mit au travail. Il commença par relire l'étrange courrier et fut frappé cette fois par une phrase qui tranchait avec le style du reste. *Elle était ma raison de vivre, aussi dois-je lui survivre.* Une simple recherche sur Google lui signala qu'il s'agissait d'une citation du roman *Expiation* de l'écrivain anglais

Ian McEwan. Une pépite pour son article. Une vraie pépite.

Une lettre de Cœur-Brisé qui lui était adressée personnellement, et un psy en déroute ayant traité deux des personnages centraux de l'affaire. Les scientifiques affirmaient que l'évolution d'une espèce était directement liée à la réussite des étapes intermédiaires. Si c'était vrai, il ne tarderait pas à devenir une vedette du journalisme criminel.

Électrisé par cette pensée, il s'installa devant son clavier et ses doigts se mirent à voler sur les touches.

33

Coldmoon, les mains sur les hanches et une moue aux lèvres, parcourut la pièce des yeux. Il avait le sentiment d'avoir remonté le temps, ou bien de se trouver plongé dans le décor du film *Key Largo*, avec ses ventilateurs au plafond, le palmier en pot posé dans un coin, les fauteuils en osier à dos arrondi, les murs lambrissés, les tapis en jute, sans oublier la chaleur moite. Une table victorienne sculptée entourée de chaises occupait le centre de l'immense pièce couverte de documents, de dossiers et de photos. Et pas un ordinateur en vue. Sur les murs recouverts de papier peint aux couleurs passées s'étalaient plusieurs plans, ainsi que des tableaux de liège. Coldmoon avait du mal à croire qu'un endroit aussi désuet puisse avoir survécu dans le Miami du XXIe siècle. La rumeur de la circulation sur le Dolphin Expressway pénétrait dans la pièce par les fenêtres ouvertes. Au plafond, les pales des ventilateurs tournaient paresseusement en remuant un air épais, traversé par les rayons de soleil de cette fin d'après-midi, qui filtraient à travers les persiennes.

Pendergast, rayonnant dans sa tenue blanche en lin, avait pris place dans l'un des fauteuils de rotin, les mains en pointe, un carton posé près de lui sur une table basse. À l'autre bout de la pièce, Axel, le chauffeur de taxi, paressait sur un canapé en se curant les ongles avec un couteau à cran d'arrêt.

— Je vous en prie, inspecteur Coldmoon, entrez et mettez-vous à l'aise.

Le jeune homme obtempéra.

— J'ai eu beaucoup de chance de dénicher cet endroit à mi-chemin entre les locaux du FBI à Miramar et le QG de la police locale, poursuivit Pendergast. Son excellente situation géographique devrait nous permettre de gagner du temps dans nos déplacements éventuels. Le lieu est à la fois très central par rapport aux scènes de crime, et éloigné des sites touristiques qui nous ont tant empoisonné l'existence.

Coldmoon s'approcha d'une fenêtre et releva les stores dans l'espoir de respirer un peu d'air frais, au lieu de quoi il eut droit à de puissantes effluves de *pollo a la plancha.*

— Croyez-vous qu'il soit possible de mettre le climatiseur en route? s'enquit-il.

— Il ne fonctionne pas, répondit Pendergast. Je suis désolé, mais l'air conditionné me congestionne les sinus. J'ai eu la bonne fortune qu'un vieil ami accepte de me prêter ce lieu historique, auquel il manque toutefois certains éléments de confort.

Coldmoon releva les manches de sa chemise en jean.

— Un lieu historique? répéta-t-il.

— C'est ici que John Huston a écrit le scénario du *Trésor de la Sierra Madre.* Sur cette table, pour être plus précis.

Une sonnette fixée tout en haut de l'un des murs de la pièce tinta une première fois, puis une seconde, son timbre étouffé par une épaisse couche de poussière.

— Axel, accepteriez-vous d'aller ouvrir?

Le chauffeur de taxi replia son couteau d'un air maussade, se leva et se dirigea d'une démarche lourde vers la porte donnant sur le palier. Coldmoon trouvait curieux que Pendergast l'ait engagé comme chauffeur. En dépit de sa maîtrise du volant, il semblait peu se soucier de la sécurité de ses passagers ou même de la sienne, sans compter qu'il était doté d'un mauvais caractère. Il parlait en revanche le langage de la rue et possédait la loyauté indéfectible de tous ceux dont la motivation première est l'argent. Enfin, Axel se défiait ouvertement de la police et jamais Pickett, ou un autre, ne parviendrait à suivre leurs mouvements par son intermédiaire.

Coldmoon entendit un murmure, puis des pas dans l'escalier, et le docteur Fauchet franchit le seuil de la pièce, suivie du commandant Grove. Les nouveaux arrivants découvrirent la pièce avec étonnement. Axel ne les accompagnait pas, sans doute avait-il profité de cette interruption pour vaquer à ses occupations mystérieuses.

— Bien le bonjour, docteur. Mes salutations, commandant. Installez-vous, je vous en prie, les invita Pendergast en désignant des sièges. Que puis-je vous proposer à boire? De l'eau d'Évian? De la San Pellegrino?

— Quel curieux endroit, fit Grove.

— Mon petit refuge, concéda Pendergast. Disons que je m'y retire pour méditer.

Les deux visiteurs s'assirent en secouant la tête. Fauchet posa une brassée de dossiers sur l'antique table aussi nonchalamment que s'il s'était agi d'un meuble Ikea tandis que Grove dégageait un espace au milieu du capharnaüm afin de poser son attaché-case.

— Commandant, j'ai cru comprendre que vous aviez des éléments intéressants à partager avec nous, commença Pendergast.

Grove sortit son éternel petit carnet. Coldmoon en arrivait à se demander comment le commandant pouvait entrer autant d'informations dans un objet aussi modeste.

— J'avoue avoir beaucoup demandé à mes gens au cours des dernières vingt-quatre heures. Les équipes d'analyse et de recherche ont ainsi croisé les éléments fournis par le ViCAP avec ceux des organismes de santé publique et de police sur l'ensemble de la Côte Est. Nous avons été freinés par les différences entre les systèmes d'indexation de ces diverses bases de données, sans même parler des erreurs d'archivage.

Il balaya symboliquement ces obstacles d'un geste de la main.

— Toujours est-il qu'en écumant plusieurs milliers de suicides, nous en avons découvert dix-huit répondant à nos critères de recherche. Je me suis empressé de transmettre les rapports d'autopsie correspondants au docteur Fauchet qui va vous détailler ses conclusions.

La médecin légiste prit le relais de Grove.

— Je commencerai par vous préciser que les photographies fournies par le service médico-légal de Rocky Mount, en Caroline du Nord, ont permis de déterminer que Mary Adler avait été tuée de façon comparable à Élise Baxter et Agatha Flayley. Dans son cas, la strangulation manuelle a provoqué une fracture de l'aile droite de l'os hyoïde. Le meurtre est indiscutable, bien qu'habilement camouflé en suicide par pendaison.

«Sur les dix-huit cas concernés par les recherches, j'ai pu en éliminer quinze pour diverses raisons. Il s'agissait de toute évidence de véritables suicides, les traumatismes tels qu'ils apparaissaient sur les photos comme dans les rapports d'autopsie ne correspondaient en rien à ceux de nos trois victimes. J'ai pu éliminer un seizième cas en découvrant que s'il y avait bien fracture d'une aile hyoïdienne, celle-ci était due au fait que le garde-fou auquel s'était pendue la victime avait cédé, provoquant des lésions importantes au niveau du maxillaire et du cou.

La légiste marqua une pause avant de continuer:

— Il n'en était pas de même des deux derniers cas. Les femmes concernées présentaient une fracture au niveau de l'aile hyoïdienne droite, intervenue avant une pendaison post-mortem à l'aide de draps.

— Êtes-vous convaincue qu'il s'agit bien de meurtres mis en scène par le tueur afin d'accréditer la thèse du suicide? demanda Pendergast.

— Je suis convaincue qu'il s'agit de meurtres travestis en suicide, répondit Fauchet avec un sourire, mais je ne suis pas en mesure d'identifier l'assassin.

Elle tira de son attaché-case deux enveloppes kraft qu'elle tendit à Pendergast et Coldmoon.

— Les victimes concernées se nomment Laurie Winters et Jasmine Oriol, enchaîna-t-elle. La première a été retrouvée morte à Bethesda, dans le Maryland, alors que la seconde est morte à Savannah, en Géorgie. Les deux décès sont intervenus à quatre mois d'intervalle. Toutes deux étaient célibataires, avaient moins de quarante ans, vivaient à Miami, et n'ont laissé aucune lettre d'explication. L'une se trouvait en déplacement professionnel et l'autre, photographe de métier, était en reportage. Vous noterez que seule l'aile droite hyoïdienne a été fracturée chez Winters, alors que les deux cornes présentent des lésions dans le cas d'Oriol. J'en fais état sur les radiographies annexées. À la décharge des médecins légistes ayant pratiqué les premières autopsies, je tiens à préciser que les cous des victimes étaient largement écorchés, pas autant toutefois que celui de Flayley, et que le larynx d'Oriol avait été écrasé.

Tout en écoutant les explications de Fauchet, Coldmoon feuilletait les photographies. Certains clichés en couleurs représentaient la scène de suicide, d'autres proposaient des gros plans des cous des victimes, avant et après dissection, auxquels s'ajoutaient les radios évoquées par la légiste. Les points de fracture étaient entourés d'un cercle, mais il était nécessaire d'y regarder de près pour les distinguer. Ainsi que l'avait souligné la jeune femme, il aurait fallu que les autopsies soient pratiquées par un pathologiste particulièrement méfiant pour que ces lésions soient détectées.

— Il semble donc que ces deux nouvelles victimes aient été tuées par un droitier, remarqua Pendergast. Au même titre que Mary Adler et Élise Baxter.

— En effet. Dans ces quatre cas, l'une des deux ailes hyoïdiennes au moins a été fracturée, la droite étant systématiquement plus abîmée que la gauche.

— Ce n'est toutefois pas le cas d'Agatha Flayley. Vous affirmez qu'à l'occasion de votre second examen du corps, l'aile gauche était cassée, et non la droite.

— En effet, acquiesça Fauchet.

— N'oublions pas non plus ce que nous a révélé mon ami Ianetti lors de son examen des lettres, ajouta Grove. Il affirme qu'elles sont toutes deux l'œuvre d'un gaucher, ce qui correspond à la façon dont ont été égorgées les nouvelles victimes.

Un silence accueillit sa remarque. Pendergast s'agita dans son fauteuil.

— À quoi nous servirait un tueur en série s'il n'était pas porteur d'énigmes ? En tous les cas, vous avez fait un excellent travail, docteur Fauchet. Grâce à vous et au commandant Grove, nous sommes désormais en mesure d'enquêter sur cinq victimes anciennes. J'aurais toutefois une dernière question : vous affirmez qu'il était très difficile de voir qu'il s'agissait de meurtres, et non de suicides, sans examen radiographique ou chirurgical poussé. Qu'en serait-il d'une approche *tactile* ?

Fauchet fronça les sourcils.

— Je ne suis pas certaine de comprendre votre question.

— Ces femmes ont été victimes d'un tueur doté de mains puissantes. Si vous aviez *palpé* le cou des victimes sans vous soucier des traces de pendaison, les fractures de l'os hyoïdien auraient-elles été différentes au toucher de lésions provoquées par une pendaison ?

— Je ne me suis jamais interrogée à ce sujet. Je... sans doute la sensation serait-elle différente. J'imagine que la fracture de l'os se sentirait, la palpation provoquerait une sorte de craquement. Pourquoi cette question ?

— Je me demandais si le tueur laissait inconsciemment de tels indices derrière lui, ou bien au contraire s'il agissait en toute conscience.

Grove reprit la parole.

— J'ai contacté le lieutenant Sandoval afin qu'il effectue des recherches sur Winters et Oriol. Docteur Fauchet, vous nous seriez d'un grand secours si vous acceptiez de rassembler l'ensemble des éléments dont vous disposez sur les cinq autopsies : les deux que vous avez pratiquées vous-même, et celles dont vous avez analysé les résultats.

— J'ai déjà commencé.

— Un dernier détail, commandant, reprit Pendergast. Il me semble qu'il serait utile de placer sous surveillance les tombes d'Oriol et de Winters.

Cette suggestion fit naître un silence gêné. Grove se racla la gorge.

— Je comprends la logique d'une telle mesure. Dieu nous en préserve, mais s'il venait à tuer à nouveau, cela signifie que nous le prendrions sur le fait seulement au moment où il... euh... où il *décorerait* l'une de ces sépultures. J'espère que nous n'en arriverons pas là.

— Attendez une seconde, intervint Coldmoon. Ne serait-il pas préférable d'annoncer publiquement que nous avons découvert deux autres victimes de faux suicides? Qui sait si ça ne dissuaderait pas ce type de sacrifier une nouvelle victime, sachant qu'on surveille les tombes?

— Malheureusement, réagit Pendergast, nous avons épluché une telle quantité de données, il est fort possible que d'autres faux suicides aient échappé aux équipes du commandant Grove. Dans ce cas, il se contentera de déposer ses offrandes sur les sépultures des victimes oubliées.

Il laissa le temps à son auditoire de digérer l'information.

— Néanmoins, dans l'espoir de l'empêcher de commettre un nouveau forfait funeste, je crois l'heure venue de communiquer directement avec M. Cœur-Brisé.

— Quoi? s'exclama Coldmoon. Mais comment vous y prendre?

— Nous savons qu'il dispose désormais d'un correspondant.

— Vous ne voulez tout de même pas parler de ce journaliste, Smithback? se récria Grove. Ce type n'est pas fiable. Nous sommes en train d'enquêter sur le psychiatre dont il parle dans ses articles. Inutile de lui accorder la publicité qu'il recherche, la moitié de la ville cède déjà à la panique à cause de lui.

— Votre hostilité à l'endroit de ce garçon vous fait oublier l'essentiel, lui rétorqua Pendergast. Grâce à Smithback, nous sommes en capacité d'entrer en contact avec Cœur-Brisé.

Il souleva le couvercle du carton posé à côté de lui. Il en sortit une paire de gants en latex qu'il enfila, puis il s'empara d'un paquet de cinq lettres de tailles diverses, leurs enveloppes décachetées, et les aligna sur la table. Enfin, il récupéra dans le carton une feuille de papier enserrée entre deux plaques de verre.

— Voici les six courriers reçus ce matin par Smithback, expliqua-t-il. Les cinq premiers sont de vulgaires canulars, mais le sixième, dont il cite un extrait dans l'article qu'il vient de publier sur le site de son journal, est bien de la main du tueur. Notre ami Ianetti m'a confirmé que le papier, l'encre et l'écriture étaient en tout point semblables aux précédentes missives, sans même parler du style de son auteur qui y glisse cette fois encore une citation. M. Cœur-Brisé s'adresse directement à Smithback, et je ne crois pas que ce soit la lettre d'un malade en manque d'attention. Je suis persuadé que l'article a involontairement fait vibrer une corde sensible chez notre homme. Il faut dire que Smithback, à l'inverse de ses collègues, ne l'a pas traité de psychopathe. Voici la réaction de M. Cœur-Brisé : « Il me faut expier ma faute. Si vous n'êtes pas en mesure de m'aider, je vais devoir poursuivre seul. »

Pendergast balaya son auditoire du regard.

— Vous remarquerez que s'il était resté fidèle à ses habitudes, Cœur-Brisé aurait fait une nouvelle victime hier soir. En lui donnant à réfléchir, Smithback nous a accordé un répit. Mais que l'on ne s'y trompe pas, Cœur-Brisé ne se contente pas d'appeler à l'aide. Il fait également une promesse : à moins de le découvrir ou de l'aider, il tuera à nouveau. Bientôt.

Un silence lourd de sens s'abattit sur la pièce. Pendergast dévisagea tour à tour Grove et Fauchet.

— Je vous sais infiniment gré de votre aide. Il est tard et vous êtes tous deux très occupés, je ne vous retiendrai pas davantage.

Les visiteurs repartis, Coldmoon se tourna vers Pendergast.

— Vous n'allez tout de même pas utiliser ce Smithback pour communiquer avec Cœur-Brisé ? Je n'ai pas voulu le dire devant les autres, mais je trouve que c'est une très mauvaise idée.

Pendergast lui adressa un sourire.

— C'est vrai, j'ai dit tout à l'heure que M. Smithback avait un correspondant, mais je n'ai jamais envisagé de passer par lui pour m'adresser à Cœur-Brisé. Enfant, peut-être avez-vous entendu cet aphorisme : « Il faut mille voix pour raconter une histoire. » Eh bien, je compte raconter cette histoire avec des voix différentes.

Il sortit son téléphone et composa un numéro.

— Allô ? Je suis bien à WSUN 6, la chaîne d'information du sud de la Floride ? Excellent. Je souhaiterais parler à Mme Fleming, je vous prie... C'est cela, Mme Carey Fleming... Je vous remercie.

34

Les studios de WSUN-TV ne se trouvaient pas dans le centre de Miami, contrairement à ce qu'imaginait Coldmoon, mais dans la banlieue lointaine de Kendale Lakes, coincés entre un golf de trente-six trous et un aéroport privé. Même avec Axel au volant, le trajet avait pris quarante minutes.

En descendant du taxi sur le parking de la chaîne, Coldmoon découvrit un bâtiment tout en longueur surmonté d'une forêt de paraboles et d'antennes. Des camionnettes de reportage, aux toits couverts des mêmes joujoux électroniques en version miniature, étaient garées un peu plus loin pour la nuit. Le jeune inspecteur s'étira en bâillant et en se massant les reins. Au-delà d'une rangée de pavillons de plain-pied tous identiques, avec leurs piscines et leurs toits en tuiles, des marais d'un vert brunâtre s'étendaient à l'infini. Depuis son arrivée dans le sud de la Floride quelques jours plus tôt, Coldmoon avait remarqué quatre types de quartiers : des boulevards en bord de mer pour les très riches, des lotissements fermés à l'intention des retraités aisés, des ghettos sinistres tout droit sortis du jeu vidéo *Grand Theft Auto*, et des marécages.

Le commandant Grove, installé dans l'un des fauteuils réservés aux visiteurs, se leva en voyant les deux inspecteurs du FBI pénétrer dans un hall d'entrée maintenu à une température glaciale.

— Vous arrivez juste à temps, dit-il en leur serrant la main. J'avais peur que vous vous soyez perdus en chemin.

Il se tourna vers Pendergast.

— Vous passez à l'antenne dans la séquence suivante. Je vais chercher la chargée de production, ajouta-t-il avant de s'éloigner d'un pas rapide.

— Le commandant a manifestement ses entrées ici, remarqua Coldmoon tout en signant le registre des visiteurs à l'accueil.

— Dans la mesure où il est appelé à gérer les relations publiques de la police locale, j'imagine que cet endroit est sa seconde maison, lui répondit Pendergast.

Grove ne tarda pas à revenir en compagnie d'une jeune femme affairée, un bloc à pince à la main.

— Bonjour, je m'appelle Natalie, se présenta-t-elle en les saluant. Merci de nous avoir contactés hier soir. Lequel de vous deux est l'inspecteur Pendergast?

L'intéressé lui adressa une légère courbette.

— Super. Avez-vous déjà participé à une émission de télévision, en direct et en studio?

— Je crains fort que non, reconnut Pendergast d'une voix neutre.

Coldmoon savait que son collègue s'était entretenu avec Pickett plus tôt ce jour-là, mais Pendergast n'avait rien laissé transpirer de leur conversation.

— Ne vous inquiétez pas, le rassura la jeune femme en les entraînant dans un long couloir. Contentez-vous de répondre aux questions de Mme Fleming. C'est une personne adorable et une grande professionnelle, nous avons de la chance de bénéficier de l'expérience qu'elle a acquise à Philadelphie et Hartford. La séquence dans laquelle vous intervenez commence dans dix minutes.

En passant devant une baie vitrée, Coldmoon eut le temps d'apercevoir deux silhouettes fantomatiques dans une pièce plongée dans la pénombre, au milieu d'une multitude d'écrans, de tables de mixage et d'équipements électroniques.

Arrivée au coin du couloir, Natalie examina Pendergast de la tête aux pieds.

— Humm. Nous allons devoir nous contenter de ce costume noir. Pour le reste, tout semble aller. Je vous demanderai simplement de passer au maquillage, avant de vous équiper d'un micro-cravate et de procéder aux essais de son.

Natalie invita Coldmoon et Grove à pénétrer dans une loge, puis elle s'éloigna avec Pendergast en le bombardant de propos rassurants, comme s'il allait subir une opération.

Coldmoon observa le décor qui l'entourait. La pièce était meublée de plusieurs canapés, d'épais fauteuils, d'une table sur laquelle était disposées des assiettes de fruits et de fromage, ainsi que d'un réfrigérateur, muni d'une porte en verre, contenant des bouteilles d'eau et des sodas light. Le seul studio qu'il avait connu, celui d'une station de radio de Rapid City, se composait de deux pièces séparées par des toilettes. Cet endroit, avec son système de ventilation discret, ses équipements sophistiqués et son buffet gratuit, était d'une tout autre classe. Il prit une bouteille d'eau dans le frigo et se posa dans un canapé où Grove s'empressa de le rejoindre. Le commandant, si flegmatique d'habitude, était tout excité. Coldmoon s'attendait presque à le voir se frotter les mains de satisfaction.

— C'est formidable, se confia-t-il à son compagnon. J'avoue que j'ai été soulagé lorsque Pendergast m'a téléphoné ce matin pour m'annoncer qu'il acceptait cette interview sur WSUN. Le verbe *accepter* est d'ailleurs mal choisi puisque c'est lui qui a lancé l'idée de cet entretien. Cette émission est la plus suivie de toute la région de Miami, la composition de l'auditoire est idéale pour ce que nous recherchons.

— C'est une chance que les responsables de l'émission aient accepté aussi vite, dit Coldmoon en débouchant sa bouteille d'eau. J'ai cru comprendre que vous n'y étiez pas étranger.

— Carey est une amie de longue date, reconnut Grove en se servant une tranche de gouda. C'est le plus sûr moyen de rassurer le grand public, même si je n'ai pas très bien compris ce que Pendergast comptait annoncer à l'antenne. Il m'a laissé entendre qu'il ferait allusion aux articles de ce journaliste, Smithback.

— Désolé, s'excusa Coldmoon, mais je n'en sais pas plus.

— Je ne doute pas que votre équipier ait les meilleures intentions du monde, mais il devrait savoir que ces journalistes sont prêts à tout pour vendre du papier.

Grove se jeta sur un autre morceau de fromage.

— Cela dit, vous pouvez être sûr que Carey ne tirera pas du côté du sensationnel. C'est une vrai pro, elle veillera à calmer les esprits en attendant que nous arrêtions ce type.

Des pas résonnèrent dans le couloir et Natalie réapparut en compagnie de Pendergast. Ce dernier affichait une mine maussade. On lui avait appliqué du fond de teint orange sur le visage, sans doute pour qu'il n'ait pas trop l'air d'un cadavre sous les projecteurs, mais son maquillage lui donnait des airs de poupée de cire sous un éclairage ordinaire.

— Très bien, annonça la jeune femme en consultant sa montre. C'est à vous dans trois minutes, nous avons tout juste le temps de vous équiper d'un micro au studio B.

Elle entraîna ses invités vers un autre couloir sans âme.

— Vous sentez-vous nerveux ? s'enquit Grove en voyant que Pendergast ne disait rien. J'imagine qu'en travaillant à New York, vous avez dû animer pas mal de conférences de presse. De toute façon, Carey n'est pas là pour vous déstabiliser, elle est consciente comme nous que les téléspectateurs ont besoin d'être rassurés.

Grove continua de prodiguer ses conseils tandis qu'ils franchissaient un sas entre deux doubles portes et découvraient soudain le studio B, un immense hangar au sol de béton parcouru de câbles, occupé sur sa périphérie par une horde de techniciens. Trois caméras disposées en arc de cercle faisaient face à un salon reconstitué derrière lequel s'étalait le paysage de Miami Beach. Coldmoon posa sur l'ensemble un regard surpris. Ces cloisons amovibles, l'absence de plafond, les immenses tentures noires dissimulant les murs de parpaing et le plancher flottant qui couvrait le sol du pseudo-salon... tout paraissait si faux qu'il peinait à croire à la duplicité des téléspectateurs. Deux fauteuils de réalisateur se faisaient face de part et d'autre d'une table basse en verre, séparés par des palmiers en pot et un bureau sur lequel reposait un vase contenant des fleurs en tissu. Coldmoon reconnut, assise sur l'un des fauteuils, la femme qui avait tenté de lui bloquer le passage devant les locaux de la police de Miami. Une armée de maquilleuses et de techniciens s'affairait autour d'elle. Un individu muni d'une radio surveillait les mouvements près des caméras et Coldmoon se fit la réflexion qu'il devait s'agir du producteur ou du réalisateur, allez savoir.

L'animatrice n'avait pas l'air commode, à en juger par la façon dont elle donnait des ordres à son entourage, allant jusqu'à donner une tape sur la main d'une assistante qui retouchait son maquillage. Pendergast avait gagné le fauteuil opposé et un technicien accrochait un micro au revers de sa veste en dissimulant le fil sous ses vêtements.

— Une minute, s'éleva une voix dans le noir derrière les caméras.

La lueur des projecteurs, déjà vive, monta d'un cran tandis que les cameramen se mettaient en place.

— Messieurs, veuillez vous mettre là-bas, chuchota Natalie en désignant à Coldmoon et Grove un petit coin abrité d'où ils pouvaient suivre l'émission. Nous sommes en direct dans une minute.

— Trente secondes, fit la voix dans l'obscurité.

Le plateau se vida et la journaliste, un sourire étincelant aux lèvres, se tourna vers Pendergast avec qui elle échangea quelques mots sans que Coldmoon puisse les déchiffrer. Soudain, le producteur adressa un grand geste à Fleming, les publicités s'effacèrent des moniteurs et le studio se matérialisa à l'écran, accompagné par un air de calypso en guise de générique.

— Bienvenue si vous nous rejoignez sur le plateau de *News 6 à Sept*, gazouilla la journaliste, l'émission qui vous dit *tout* sur Miami. Carey Fleming avec vous ce soir et, comme je vous l'annonçais en début d'émission, nous avons la chance de recevoir sur ce plateau un éminent représentant du FBI, l'inspecteur Aloy... Pendergast, commença-t-elle en butant sur le prénom de son invité, à l'amusement de Coldmoon. L'inspecteur Pendergast travaille actuellement sur les meurtres de M. Cœur-Brisé, il est avec nous ce soir pour faire le point sur l'enquête, en exclusivité, et tout nous dire sur ce monstre.

Fleming quitta des yeux la caméra surmontée d'un voyant rouge et se tourna vers son invité, le visage grave. Deux des caméras pivotèrent en direction de Pendergast.

— Inspecteur, merci d'être venu sur ce plateau.

Pendergast la gratifia d'un mouvement de tête.

— J'ai cru comprendre que vous étiez basé à New York. J'espère que vous profitez pleinement de notre belle ville, en dépit des raisons qui ont conduit vos pas jusqu'ici.

— Miami est un endroit tout à fait délicieux.

Elle lui sourit de toutes ses dents.

— Mais peut-être n'est-ce pas votre première visite ici. Je crois deviner à votre accent que vous n'êtes pas originaire du nord.

— C'est exact, j'ai grandi à La Nouvelle Orléans.

— Formidable, s'exclama Fleming en jetant un coup d'œil au prompteur posé à ses pieds, et sur lequel défilaient ses notes. À ce stade, que pouvez-vous nous dire des progrès de l'enquête, alors que le tueur vient de frapper une troisième fois?

— Rien, répondit Pendergast.

Grove, debout dans son recoin d'ombre, manifesta sa gêne en s'agitant à côté de Coldmoon.

Fleming parvint à dissimuler sa surprise avec brio.

— L'enquête n'a donc pas progressé depuis la publication dans la presse de la lettre du tueur?

— Je vous demande pardon, madame Fleming, mais vous me demandiez ce que je *pouvais* vous dire.

— Ah, réagit la femme d'un air entendu en adressant un clin d'œil à la caméra. En clair, vous nous dites que l'enquête progresse sans que vous puissiez en dire davantage à nos téléspectateurs.

— C'est exact.

— Dans ce cas, laissez-moi vous demander si vous êtes satisfait de ces progrès.

— Il est rare en pareil cas que je sois satisfait. Cela dit, nous avons découvert des pistes prometteuses.

Il fallait bien le reconnaître, Fleming ne se laissait pas démonter face à un client aussi récalcitrant.

— Je ne doute pas que cette nouvelle contribue à apaiser les inquiétudes de nos téléspectateurs. Je comprends fort bien qu'il vous soit difficile de nous en révéler davantage, poursuivit-elle sur un ton de conspiratrice en se penchant vers son interlocuteur, mais peut-on savoir si vous êtes sur le point d'arrêter ce monstre?

— Las, je ne suis pas devin. J'aurais toutefois un service à vous demander.

— Avec plaisir.

— Je vous serais reconnaissant de ne plus le traiter de monstre.

Grove eut un haut-le-corps à côté de Coldmoon.

Les traits de la journaliste se figèrent.

— Vous me voyez confuse que nous ne soyons pas d'accord sur les termes, mais cet individu n'a-t-il pas assassiné sauvagement trois femmes innocentes?

— C'est le cas, en effet.

— Et comme si cela ne suffisait pas, n'a-t-il pas extrait le cœur de ses victimes pour décorer les sépultures de femmes qui s'étaient suicidées, à la consternation et au chagrin de leurs proches?

— Absolument.

— Dans ce cas, inspecteur, il faudra m'expliquer en quoi cette *créature* n'est pas un monstre.

— Le vocable *monstre* est porteur de connotations malignes. Cela sous-entend que le tueur prend plaisir à se montrer cruel avec ses victimes, qu'il s'agit d'un psychopathe incapable de remords, dénué de toute culpabilité.

— Je vous le concède, mais...

— Je ne crois pas que cette description puisse caractériser M. Cœur-Brisé. Il tue, c'est indéniable, mais pas pour le plaisir de tuer.

— Que voulez-vous dire?

— Il n'y trouve aucune joie. À la vérité, tout indique au contraire qu'il tranche la gorge de ses victimes afin de leur épargner toute souffrance. Cette affaire est marquée par le remords, et non par le *manque* de remords.

— Je ne suis pas certaine que nos téléspectateurs puissent comprendre la nuance. Vous est-il possible de vous expliquer sur ce point?

Pendergast, qui regardait la journaliste jusque-là, se leva et se tourna vers la caméra la plus proche.

— À vrai dire, je suis venu ici dans le seul but de parler à M. Cœur-Brisé. Les yeux dans les yeux.

— Inspecteur..., tenta de l'arrêter Fleming sans y parvenir.

— Monsieur Cœur-Brisé. Je sais que vous me regardez et que vous m'écoutez, poursuivit-il en s'avançant lentement vers la caméra, contraignant son opérateur à reculer légèrement. Je sais que vous êtes là, tout près.

— Mais qu'est-ce qu'il fout, ce con? marmonna Grove, tandis que Pendergast parlait d'une voix douce et melliflue qui emplissait tout le studio.

— Vous n'êtes pas un monstre. C'est vous au contraire qui avez souffert. Peut-être même vous a-t-on brutalisé.

Coldmoon vit le buste de Pendergast s'encadrer sur l'écran du moniteur le plus proche.

— Je sais que vous avez connu une existence de souffrance et de douleur, que vous n'avez pas bénéficié des conseils dont nous avons tous besoin pour différencier le bien du mal.

Du coin de l'œil, Coldmoon vit que Fleming adressait des signes désespérés au producteur alors que l'image montrait le visage de Pendergast en gros plan. *Coupez*, articula-t-elle muettement en soulignant son ordre d'un geste tranchant. Le producteur, sourd à ses injonctions, fit signe aux cameramen de continuer à filmer. Contrairement à la journaliste, il avait compris qu'il tenait un scoop.

— Je n'en reviens pas, balbutia Grove. Pourquoi n'ont-ils pas rendu l'antenne ?

Pendergast concentra toute son attention sur l'objectif et l'opérateur afficha ses traits en gros plan.

— C'est bien parce que vous n'avez jamais bénéficié de ces conseils que je m'adresse à vous aujourd'hui. J'ai le devoir de vous arrêter, mais vous devez comprendre que je ne suis pas votre ennemi. Je souhaite vous aider. Je vous crois suffisamment intelligent pour m'écouter si je vous dis que vous faites le mal. Je comprends votre désir d'expier, mais vous devez trouver un autre moyen d'y parvenir. Faites-moi confiance. Écoutez-moi. Il existe d'autres moyens.

Pendergast laissa s'écouler un silence. Le producteur donna des ordres dans sa radio et fit signe aux cameramen de rester centrés sur l'inspecteur. Fleming, tétanisée par la scène, avait enfin compris que son invité lui avait ravi la vedette. Coldmoon était stupéfait du pouvoir hypnotique de son aîné. Il imaginait la ville tout entière scotchée devant le petit écran.

— Vous avez la *capacité* d'agir ou de ne pas agir. Utilisez cette capacité. Réfléchissez à ce que je viens de vous dire. Écrivez-moi, parlez-moi, dites-moi comment je puis vous aider, mais souvenez-vous de ce que je vous ai dit : vous devez trouver un autre moyen d'expier vos fautes.

Pendergast adressa un dernier regard à la caméra, puis il lui tourna le dos. Les opérateurs en profitèrent pour recentrer leurs objectifs sur Fleming.

Celle-ci, reprenant son sang-froid instantanément, s'exprima d'une voix grave, laissant croire que cette séquence n'avait pas été improvisée.

— Chers téléspectateurs, vous venez d'entendre l'inspecteur Pendergast s'adresser directement au tueur en série qui se fait appeler M. Cœur-Brisé. Il nous reste à espérer que l'intéressé se trouvait devant son poste.

Le producteur donna l'ordre de procéder à une coupure publicitaire, incapable de dissimuler sa joie. Cet enthousiasme était loin d'être partagé par Carey Fleming qui adressa un regard mauvais à Pendergast en le voyant quitter le plateau.

Au même moment, Coldmoon sentit son portable vibrer au fond de sa poche. Il ne fut pas étonné de voir s'afficher à l'écran le nom du directeur adjoint Pickett.

35

Assis à même le sol dans la maison plongée dans la pénombre, il avait trouvé la force de couper le son à l'aide de la télécommande au moment de la publicité. Imperméable aux images saccadées que l'écran muet du Trinitron trente-deux pouces projetait sur les murs de la pièce, il restait comme paralysé. Il était tombé sur l'émission par le plus grand des hasards à l'instant où cet homme du FBI tout en noir, pâle comme la mort, s'était avancé vers la caméra et lui avait parlé. À *lui.*

Je sais que vous me regardez et que vous m'écoutez.

Il fixait l'écran, encore ébahi par ce qui venait de se passer, incapable de se concentrer sur les images. Personne ne s'était jamais adressé à lui de la sorte. Même lorsqu'il était très jeune, à l'époque des jours heureux, avant le Périple. Personne n'avait jamais fait preuve avec lui d'une telle bienveillance, d'une telle compréhension.

Je sais que vous avez connu une existence de souffrance et de douleur, que vous n'avez pas bénéficié des conseils dont nous avons tous besoin pour différencier le bien du mal.

Il savait pourtant ce qui était bien et ce qui était mal. *Vraiment.* C'était même la raison qui le poussait à Expier. Tel était son but chaque fois qu'il se préparait, avant de passer à l'Acte. Comment cet homme pouvait-il le comprendre aussi bien… et ne pas comprendre ça?

J'ai le devoir de vous arrêter, mais vous devez comprendre que je ne suis pas votre ennemi.

Retrouvant brusquement le contrôle de ses membres, il lança la télécommande de toutes ses forces sur l'écran. Le boîtier explosa sous le choc et ses débris s'éparpillèrent sur le sol. Il regarda autour de lui, malheureux comme les pierres au cœur de cette maison délabrée avec son papier peint en lambeaux, sa porte d'entrée aux carreaux cassés, sa lumière extérieure à l'ampoule brisée… Alors il fondit en sanglots. Cela faisait plus de dix ans qu'il n'avait pas pleuré, et il n'arrivait plus à étancher ses larmes, il se tordait de douleur par terre en grinçant des dents, en tapant du poing sur le vieux plancher en bois, en poussant des hurlements aigus comme si c'était l'unique moyen d'exorciser ses démons, de remonter l'horloge du temps, de ne jamais avoir connu ce Périple terrifiant.

Mais ses démons étaient toujours là, et il finit par se calmer. Les hurlements cédèrent la place aux larmes, aux sanglots, jusqu'à ce qu'il n'y ait plus rien.

Il resta longtemps prostré par terre, le corps douloureux, au bord de l'épuisement.

J'ai le devoir de vous arrêter, mais vous devez comprendre que je ne suis pas votre ennemi.

Il se vida de ses émotions en respirant par à-coups, en laissant son humilité reprendre possession de son âme, graduellement, dans la pénombre. Il testa ses sens l'un après l'autre, en finissant par l'ouïe. Tout était silencieux, à l'exception de la rumeur sourde qui ne le quittait jamais.

L'accès de faiblesse dont il venait de subir les effets était compréhensible. Cette faiblesse ne l'empêchait pas de savoir où se trouvait son devoir et il conservait la capacité de tout arranger.

Il avait une nouvelle mission à présent.

J'ai le devoir de vous arrêter.

J'ai le devoir de vous arrêter.

Il se releva lentement, très lentement. Le sol ne tremblait pas sous ses pieds, sa résolution ne fléchissait pas. Il balaya des yeux la pièce que seul éclairait l'écran muet de la télévision.

Cet homme, vêtu de noir comme un juge, qui lui tendait la main, qui était-il ? Était-ce uniquement un agent du FBI ? N'était-ce pas plutôt un ange vengeur... ou le Grand Inquisiteur ?

Il n'en savait rien. Il savait en revanche qu'il lui restait une mission cruciale à mener et que tout reposait sur ses épaules.

Il se dirigea d'un pas décidé vers les seuls meubles de la pièce, une table de jeu usée et un unique siège pliant. Il y prit place, face aux trois sacs de feutre alignés sur le plateau de vinyle noir de la table.

Il fixa son attention sur les trois sacs en attendant que son cœur reprenne un rythme normal, puis il ouvrit le premier et en tira une vieille pierre à aiguiser en carbure de silicium, une boîte de maquillage de théâtre couleur noir mat, ainsi qu'un bidon tout cabossé d'huile minérale. La pierre, d'une qualité oubliée depuis longtemps, possédait deux grains différents : fin d'un côté, et ultrafin de l'autre. Il ne laissait jamais ses amis s'émousser, aussi n'avait-il pas besoin de meule à grain plus gros.

Le moment était venu d'ouvrir les deux autres sacs, ce qu'il fit avec mille précautions. Archy reposait dans le premier, Mehitabel dans le second, et il n'avait pas envie de les réveiller trop brutalement.

Les voir soudain à la lueur tremblante de la télévision le rappela à ses obligations funestes. *Tant de choses dépendent de...*

Il prit la pierre à aiguiser et déposa quelques gouttes de lubrifiant sur le côté fin. Les gens utilisaient le plus souvent de l'eau, mais il préférait procéder à l'ancienne avec ses vieux amis. Il étala l'huile avec deux doigts jusqu'à ce que la pierre brille légèrement, puis il s'essuya soigneusement sur son jean noir pendant une bonne minute. Enfin prêt, il saisit Mehitabel dont il posa la lame sur la pierre à un angle de quinze degrés et procéda à son affûtage sans joie, presque à regret.

36

Le courrier adressé à Smithback remplissait désormais trois caisses empilées au pied de son bureau. Cette marée épistolaire était une bénédiction inattendue. C'est vrai, à l'exception de celle que lui avait envoyée M. Cœur-Brisé, toutes ces lettres étaient des canulars, lorsqu'elles n'émanaient pas de cinglés, de voisins jaloux, de voyants extralucides, de maris ou de femmes séparés et autres détraqués, mais elles constituaient pour lui une mine d'histoires. Smithback n'avait pas quitté son clavier depuis son retour de Key Largo, quelques jours plus tôt.

Pour ne prendre que quelques exemples, il avait reçu un courrier d'un radiesthésiste qui s'était introduit par effraction dans le mausolée Flayley muni d'un pendule et d'un Ouija grâce auxquels il communiquait avec les morts. Il y avait aussi cette féministe radicale qui avait «fait une descente», selon ses termes, dans une réunion de défenseurs du masculinisme, ou encore ce chirurgien cardiaque, victime d'une dénonciation, qui avait échappé de peu au lynchage en arrivant un matin à l'hôpital où il travaillait.

La prestation surprise de Pendergast la veille à la télévision, loin de calmer les esprits, avait eu sur le grand public un effet explosif. La moitié des habitants de Miami s'étaient offusqués du ton bienveillant sur lequel il s'était adressé au tueur, tandis que l'autre moitié ne cachait pas sa colère en constatant que M. Cœur-Brisé courait toujours. En ville, on ne parlait que de l'affaire.

Le seul qui restait étrangement silencieux au milieu de toute cette cacophonie était M. Cœur-Brisé lui-même. Il n'avait plus commis de meurtre, plus envoyé de lettre. Rien de rien.

Smithback était sur un nuage, à condition d'oublier cette satanée piste Bronner qui avait tourné court. À la suite de son article, la police avait mené sa propre enquête et Smithback avait appris par son contact chez les flics que Bronner avait des alibis en béton les soirs des crimes. Il s'agissait d'une simple coïncidence, Bronner était un alcoolique primaire qui battait sa femme, mais pas un tueur en série. À condition d'oublier cet accroc, tout allait comme sur des roulettes pour Smithback qui passait son temps à ouvrir des lettres renfermant des confessions ou des révélations plus bizarres les unes que les autres. Tant qu'il continuait de pondre des articles, Kraski le laisserait exploiter tranquillement une mine d'or qui ne montrait aucun signe de tarissement.

37

Coldmoon observa la rue d'un air morose à travers les persiennes de ce qu'il appelait la « planque » de Pendergast aux confins du quartier de Little Havana. Les voitures avançaient au ralenti dans la moiteur ambiante lorsqu'il vit le taxi d'Axel s'éloigner pour une course mystérieuse et se fondre dans la circulation. Il n'était pas encore 11 heures et un soleil aveuglant se reflétait déjà sur les pare-brise des voitures et les vitrines des boutiques.

Ayant grandi dans le Dakota du Sud, Coldmoon aimait les étés chauds et secs, mais la canicule était d'une tout autre nature à Miami. On était à peine en avril et chaque jour se révélait plus torride que le précédent, avec une humidité telle que le corps, en voulant se défendre de façon parfaitement futile, était trempé de sueur à longueur de temps. Contrairement à celui des contrées du nord, le soleil de Floride vous tapait sur la tête sans pitié.

Il s'éloigna de la fenêtre et vit que Pendergast, assis à la table, n'avait pas bougé, triturant entre ses doigts une chaîne en or à l'extrémité de laquelle pendait une médaille religieuse, la même que Coldmoon avait remarquée lors de leur bref séjour dans le Maine. Pendergast ne lui en avait jamais expliqué la provenance, pas plus qu'il ne lui avait dit pourquoi elle ne le quittait jamais, mais il la contemplait aux moments les plus étranges.

Il entendit la porte d'entrée s'ouvrir au rez-de-chaussée et le docteur Fauchet entra dans la pièce quelques instants plus tard, vêtue d'une robe jaune pimpante, une pile de dossiers dans les bras. Elle adressa un signe de tête à Coldmoon avant de gratifier Pendergast d'un sourire radieux. Comment diable les habitants de Floride faisaient-ils pour tenir une matinée sans se faner avec une chaleur pareille, sans parler d'une journée tout entière?

Le commandant Grove marchait dans les pas de la légiste.

— Bonjour, lança-t-il à l'adresse de Coldmoon en posant son attaché-case sur la table.

Coldmoon crut remarquer que le commandant était plus guindé qu'à son habitude. Peut-être ruminait-il toujours la façon dont Pendergast avait pris le pouvoir à la télévision la veille, bien que l'inspecteur ait pris le temps de s'expliquer à sa sortie du studio, pendant que Pickett écoutait sur le portable de Coldmoon, réglé sur haut-parleur. Personnellement, le jeune inspecteur était sensible aux arguments de son aîné, connaissant le profil psychologique de M. Cœur-Brisé. Pendergast était convaincu que s'adresser à lui directement pouvait l'inciter à réfléchir, et peut-être la manœuvre avait-elle fonctionné puisque le tueur n'avait pas récidivé depuis le meurtre de Misty Carpenter. À vrai dire, Coldmoon croyait pouvoir attribuer la mauvaise humeur de Grove au fait que Pendergast ne l'informait de rien. Comme le commandant jouait le jeu depuis le début en fournissant à Pendergast tout ce dont il avait besoin, ne pas l'avertir la veille de son intention de s'adresser directement au tueur n'était pas très fair-play.

— J'ai bien reçu votre message, dit Grove à l'adresse de Pendergast en s'asseyant. J'ai cru comprendre que vous aviez une nouvelle tâche à nous confier.

— J'en ai bien peur, mais j'aimerais tout d'abord recueillir votre avis.

Bien joué, pensa Coldmoon.

Pendergast se tourna vers la légiste.

— Docteur Fauchet, je ne m'attendais pas à cette visite, mais c'est un plaisir.

— J'espère que vous ne m'en voudrez pas de m'être jointe au commandant Grove.

— Pas le moins du monde, votre décision est même heureuse, mais je ne voudrais pas vous distraire indûment de votre travail.

— Je suis en congé.

Pendergast haussa les sourcils.

— Vraiment?

— Oui. Rassurez-vous, je n'avais pas prévu de partir, se hâta-t-elle de préciser.

Coldmoon sourit intérieurement. Fauchet, la jeune légiste au caractère affirmé, participer à une enquête pendant ses vacances? Pour un peu, il se serait demandé si elle n'était pas amoureuse. De lui-même, peut-être? Un coup d'œil à la façon dont elle regardait Pendergast lui indiqua qu'il n'avait aucune chance.

— J'en suis comblé car votre avis m'intéresse également, reprit Pendergast en s'adressant à la jeune femme qui ne put s'empêcher de manifester sa gêne et son plaisir.

Il se leva et s'approcha du mur sur lequel étaient fixés deux grands tableaux en liège. Sur celui de gauche étaient punaisées des fiches cartonnées correspondant aux trois meurtres, présentées en colonnes par ordre chronologique. Le tableau de droite était dédié aux victimes des faux suicides dont Cœur-Brisé avait visité les sépultures. Des fiches accompagnées de photos, de biographies succinctes et de photocopies des lettres déposées par le tueur évoquaient les trois jeunes femmes mortes une décennie plus tôt. Des longueurs de ficelle bleue reliaient les victimes d'aujourd'hui à celles d'autrefois. Enfin, deux fiches punaisées sur le tableau des suicidées, sous les précédentes, évoquaient Laurie Winters et Jasmine Oriol.

— Chaque enquête est marquée par un tournant, commença Pendergast. Grâce à vos efforts, nous avons franchi ce cap.

La tension monta d'un cran autour de la table et Pendergast sortit de sa poche un stylo en or.

— Commençons par les trois meurtres actuels : Felice Montera, Jenny Rosen et Louisa May Abernathy, *alias* Misty Carpenter, dit-il en touchant les fiches concernées de la pointe de son stylo. Ceux-ci sont liés à trois décès vieux de onze ans : ceux d'Élise Baxter, d'Agatha Flayley et de Mary Adler.

Le stylo en or poursuivit son ballet.

— J'ai toujours pensé que ces assassinats déguisés en suicides étaient essentiels pour la compréhension des meurtres actuels.

Assassinat	Date	Suicide / Assassinat	Date	Lieu
Felice MONTERA	19 mars 2018	Élise BAXTER	Novembre 2006	Katahdin, Maine
Jenny ROSEN	22 mars 2018	Agatha FLAYLEY	Mars 2007	Ithaca, NY
L. M. ABERNATHY	25 mars 2018	Mary ADLER	Juillet 2006	Rocky Mount, Caroline du Nord
		Laurie WINTERS	Septembre 2006	Bethesda Maryland
		Jasmine ORIOL	Mai 2006	Savannah, Géorgie

— Oui, mais en quoi ? l'interrompit Grove. Ils ont eu lieu aux quatre coins du pays.

— Est-ce vraiment le cas ? répliqua Pendergast. L'enquête s'est concentrée tout naturellement sur les meurtres de Miami Beach, puisqu'il s'agissait de démasquer et d'arrêter le tueur. Les meurtres anciens ont été considérés comme de simples indices, et s'est alors posée une question simple : pourquoi placer *tel* cœur sur *telle* tombe ? Par exemple, quel est le rapport entre Felice Montera et Élise Baxter, ou bien entre Jenny Rosen et Agatha Flayley ? L'erreur se situe à ce stade. L'enquête s'est intéressée aux liens entre les nouveaux meurtres et les crimes d'hier, alors que ce lien n'existait pas. Nous devrions en revanche nous intéresser à ce qui relie entre eux *les crimes survenus il y a onze ans.*

Il s'éloigna des tableaux de liège et se planta devant la carte de l'agglomération de Miami sur laquelle étaient plantées de nombreuses épingles. Il se retourna en direction de Fauchet.

— À quoi ressemble ce plan, docteur ?

Elle hésita avant de répondre.

— Eh bien… à une sorte de coussin à épingles.

— Précisément ! On y trouve une multitude d'épingles de couleurs diverses : rouges pour les scènes de crime, vertes pour le domicile des victimes, bleues pour les cimetières concernés, jaunes pour les adresses des fausses suicidées d'autrefois. Sans oublier les épingles orange correspondant à Winters et Oriol, qui n'ont fort heureusement pas débouché sur des meurtres.

Il désigna le plan.

— Lequel d'entre vous est-il capable d'identifier une logique dans ce fouillis d'épingles ? Un indice sur les intentions de M. Cœur-Brisé, dont nous savons combien il est intelligent et organisé ?

Personne ne broncha.

— Et vous avez raison car il n'y a pas de logique. Celle-ci réside ailleurs, dans les meurtres perpétrés il y a onze ans. Elle se trouve chez Baxter, Flayley, Adler, Winters et Oriol.

Fauchet fronça les sourcils.

— Ces crimes semblent pourtant avoir été commis au hasard. Le commandant Grove le faisait remarquer fort justement, il y en a partout.

— Ce hasard apparent est lié au fait que nous sommes partis d'une fausse hypothèse. Nous cherchions à savoir s'il s'agissait de suicides, ou bien de meurtres, mais personne ne s'est intéressé aux dates de mort de ces femmes.

Pendergast se déplaça cette fois jusqu'à une carte de la façade est des États-Unis, ramassant au passage une poignée d'épingles à tête bleue.

— Essayons de nous y intéresser, non pas dans la chronologie des cœurs donnés en offrande, mais dans leur *chronologie réelle.*

Il poursuivit sa démonstration en plantant une première épingle.

— Jasmine Oriol, morte il y a onze ans et dix mois au sud de Savannah, en Géorgie. Mary Adler, morte il y a onze ans et huit mois à Rocky Mount, en Caroline du Nord. Laurie Winters, morte il y a onze ans et six mois à Bethesda dans l'État du Maryland, au nord de Washington. Et Élise Baxter, morte il y a très précisément onze ans et quatre mois à Katahdin, dans le Maine.

Il s'écarta.

— Mon Dieu, s'écria Grove en écarquillant les yeux. Une ligne verticale ! On peut suivre la piste du tueur !

— Jusqu'à la frontière avec le Canada, ajouta Coldmoon en se demandant depuis quand Pendergast avait deviné. Et les meurtres ont tous lieu à deux mois d'intervalle.

— Un autre détail nous intéresse, reprit Pendergast en posant un doigt sur l'épingle la plus au sud, correspondant au meurtre d'Oriol, et sur celle de Baxter, située dans le nord de la carte.

— Toutes les scènes de crime se trouve sur l'I-95, nota Coldmoon.

Pendergast hocha la tête.

— Vous remarquerez également que tous ces points sont à peu près équidistants.

Il laissa s'écouler un court silence avant de reprendre :

— En résumé, que savons-nous? Les meurtres ont été exécutés de la même façon, par strangulation, avant d'être camouflés en suicides. Ils sont séparés entre eux par une distance équivalente et le même espace-temps, le long de l'I-95, qui se trouve être l'autoroute la plus fréquentée du pays.

Il observa son auditoire.

— Présentée ainsi, cette succession de crimes survient avec une régularité terrifiante. Le tueur, s'il était seul, a agi conformément à un plan soigneusement établi. Un plan délibéré, comme si le coupable *souhaitait* alerter les autorités.

— Mais vous oubliez un meurtre, remarqua soudain Coldmoon.

L'ombre d'un sourire éclaira fugitivement les traits de Pendergast.

— Ce n'est pas un oubli, inspecteur, mais un simple report.

Il prit une dernière épingle et la planta sur la carte.

— Agatha Flayley, ultime victime d'un faux suicide. Tuée à Ithaca, dans l'État de New York, il y a onze ans, à trois cents kilomètres de l'I-95 et avec une technique différente.

Il retourna s'asseoir à la table dans un silence pesant.

— Je ne comprends pas, finit par remarquer Grove. Vous nous exposez la logique de ces meurtres de façon limpide, avant de la mettre à mal avec l'assassinat de Flayley.

— Je présenterai la situation de façon légèrement différente, commandant. Je ne serais pas surpris que l'inspecteur Coldmoon dispose d'un aphorisme lakota adapté à ce genre de cas de figure, j'espère qu'il ne m'en voudra pas d'en citer un en latin : *Exceptio probat regulam in casibus non exceptis*. L'exception confirme la règle. Ce dernier meurtre est effectivement différent des précédents, mais cette différence est pour le moins parlante.

Il croisa les mains sur la table et se pencha en avant.

— Réfléchissons un instant : ce meurtre intervient de façon décalée, quatre mois après les autres au lieu des deux mois rituels. Le mode opératoire est différent, lui aussi. Flayley est bien morte étranglée, mais avec moins de force, au point qu'elle était encore en vie lorsqu'elle a été jetée de ce pont, une corde au cou. Les détails mêmes de cette pendaison diffèrent, toutes les autres victimes ayant été retrouvées pendues dans leur chambre ou leur salle de bains, et pas dans un lieu public comme Flayley.

Il laissa son auditoire s'imprégner de ces éléments.

— Lors des autres meurtres, la corne droite de l'os hyoïdien a systématiquement cédé, ce qui traduit une force importante tout en signalant un criminel droitier. Dans le cas de Flayley, la corne *gauche* de l'os hyoïdien se trouve légèrement altérée. Cela tendrait à indiquer que le meurtrier dispose d'une force moindre, et qu'il est gaucher.

Pendergast, son exposé terminé, posa le menton sur ses mains en pointe tout en dévisageant ses interlocuteurs avec espièglerie l'un après l'autre. Son regard se posa sur Fauchet, à qui il adressa un clin d'œil.

— Un complice ! s'écrièrent Fauchet et Coldmoon d'un même élan.

— En effet, approuva Pendergast, même si je crois préférable le mot *apprenti*.

— Ianetti, le spécialiste qui a analysé les lettres, nous a parlé d'un gaucher, ajouta Coldmoon.

— Oui, absolument, acquiesça Grove en se redressant soudain, après avoir paru abattu. Et l'individu qui tranche la gorge des victimes est gaucher, lui aussi. Tout concorde.

— Cette hypothèse aurait le mérite d'expliquer non seulement pourquoi le meurtre est différent, mais également la raison pour laquelle il n'y en a pas eu par la suite.

— Comment l'expliquez-vous ? s'enquit Coldmoon.

La façon cryptique dont procédait Pendergast, en accumulant des questions dignes de maître Yoda, commençait à l'agacer. Pourquoi diable son collègue n'avait-il pas partagé avec lui ses découvertes?

— Jusqu'à Ithaca, les meurtres gagnent chaque fois en efficacité. Le tueur améliore sa technique, alors que le meurtre de Flayley est bâclé. Une sorte d'*homicidus interruptus.* Jeter d'un pont la victime, au risque d'attirer l'attention de témoins, traduit une forme de désespoir, mais aussi une impulsion toute juvénile. Un désir d'impressionner autrui.

— Vous pensez donc que l'apprenti s'est contenté d'assister aux autres meurtres, suggéra Grove, avant de «faire ses preuves». Par manque d'expérience ou de courage, il rate en partie son coup.

Pendergast releva la tête.

— C'est probable, mais ce dernier meurtre nous apporte d'autres enseignements précieux.

— Il n'a pas eu lieu près de l'I-95, suggéra Fauchet.

— C'est exact. En d'autres termes, nous sommes en présence d'un second tueur, un apprenti impressionnable qui rate son coup de peu en voulant s'écarter du modèle. Il reste toutefois fidèle à ce dernier en opérant près d'un axe routier majeur.

— L'I-81, précisa Coldmoon qu'un coup d'œil à la carte venait de renseigner.

Pendergast opina.

— Cela signifie-t-il qu'ils retournaient dans le sud? s'enquit Fauchet.

— Tout l'indique. À présent que nous connaissons le trajet des tueurs, effectuons le même périple, mais *à l'envers.*

Coldmoon comprit brusquement où voulait en venir Pendergast. Tout était brusquement limpide.

— La Floride, prononça-t-il à mi-voix. Ils ont dû commencer *en Floride.*

— Je ne comprends pas, intervint Fauchet. Nous n'avons trouvé aucun meurtre correspondant au mode opératoire du tueur en Floride.

— La raison en est simple, docteur Fauchet : nous n'avons pas *cherché* en Floride. J'avais en effet demandé au commandant Grove de procéder à ses explorations *hors* de la Floride. Il est fort possible que le tout premier meurtre, la victime zéro en quelque sorte, se soit déroulé ici même, à Miami, deux mois avant celui de Savannah. La distance correspond, et si le calendrier a été respecté, ce crime aurait été commis il y a tout juste douze ans.

Les rouages tournaient à toute vitesse dans la tête de Coldmoon.

— Le tueur, ou plutôt les tueurs ont quitté la Floride en direction du nord conformément à un calendrier établi. Leur périple achevé dans le Maine, ils ont fait demi-tour avant de tuer à nouveau à Ithaca, et puis les meurtres se sont arrêtés. Pourquoi ?

— Excellente question. Pour quelle raison à votre avis ? demanda Pendergast.

— J'imagine plusieurs possibilités. Un : ils ont été arrêtés et mis en prison pour une autre raison. Deux : l'un d'eux est mort ou bien il s'est retrouvé dans l'incapacité d'agir. Trois : l'apprenti a refusé de continuer.

— Il a refusé de continuer, murmura Pendergast. Peut-il avoir été horrifié par l'acte qu'il avait commis, ou qu'on l'avait contraint à commettre ? A-t-il tenté d'échapper à sa culpabilité, avant de grandir et de devenir…

— Cœur-Brisé ! s'exclama Coldmoon en claquant des doigts. Cœur-Brisé n'est autre que l'apprenti.

Cette hypothèse fit naître chez lui une réalisation terrifiante.

— Si le docteur Mars ne s'est pas trompé dans sa description et que le tueur a vingt-cinq ans tout au plus aujourd'hui, c'était un gamin lorsqu'il a entrepris ce périple meurtrier. Qui nous dit que la série ne s'est pas arrêtée lorsque… *lorsque l'apprenti a tué son maître*?

Un grand silence ponctua sa question.

— Cela ne nous éclaire pas sur son mobile, reprit Pendergast. Quel événement a bien pu déclencher une telle frénésie meurtrière? Je suis convaincu que la réponse se trouve ici, à Miami, et qu'elle nous apparaîtra lorsque nous aurons découvert l'identité de la victime zéro.

Il se tourna vers Grove.

— Je compte sur vous, commandant, pour déployer vos équipes et identifier ce meurtre initial. Il nous apportera les réponses que nous cherchons, tant sur les raisons de ce périple meurtrier que sur l'identité des deux tueurs. Et donc de Cœur-Brisé.

— Je m'en occupe, réagit Grove. Je lance tous mes hommes sur cette piste. Je vous promets une réponse dans les vingt-quatre heures tout au plus. Docteur Fauchet? J'aurai sans doute besoin de vos services le moment venu.

— Vous pouvez me joindre à tout moment.

Grove n'avait pas attendu sa réponse pour se lever et gagner la porte. Pour un homme de son âge, il faisait preuve d'une souplesse peu commune. L'instant suivant, la légiste disparaissait à son tour en adressant un bref salut à Pendergast.

Alors que le silence reprenait ses droits dans la pièce, Coldmoon leva la tête en direction de son équipier.

— Vous avez découvert tout ça... sans même m'en parler?

— Je n'étais certain de rien. Je ne le suis toujours pas. Cette théorie est séduisante, je l'avoue, mais elle reste une simple théorie. Il nous faut impérativement découvrir le meurtre initial.

— Je ne serais pas surpris d'apprendre que vous soupçonniez la vérité depuis longtemps. Peut-être même depuis Ithaca.

— Inspecteur, je n'ai pas d'éclair soudain. Laissez ce genre d'élucubration aux auteurs de romans policiers. Les idées germent de façon subreptice, à la façon d'un abcès sous-cutané.

— Jolie métaphore, soupira Coldmoon en secouant la tête d'un air amusé.

Il tira sa précieuse thermos de la poche arrière de son jean.

— *Atanikiili*, dit-il.

— *Philámayaye*, répondit Pendergast en inclinant légèrement le buste.

Coldmoon marqua son étonnement en haussant les sourcils.

— Vous avez appris votre leçon.

— J'ai pensé que ce ne serait pas une mauvaise idée, au vu des circonstances.

— On ne perd jamais rien à enrichir ses connaissances.

— Je vous suis sur ce point.

— On ne perd rien non plus à enrichir son expérience.

Pendergast observa la thermos d'un air perplexe.

— Sans doute.

Coldmoon dévissa la tasse rouge qui fermait la thermos et y versa une mesure généreuse de liquide goudronné. Une odeur de caoutchouc brûlé qu'il aimait par-dessus tout remplit la pièce. Il tendit le breuvage à Pendergast.

— Un café, mon cher équipier?

Pendergast, longtemps immobile, finit par accepter la tasse et y trempa timidement les lèvres.

— Ce curieux breuvage développe au niveau du palais un bouquet de fleurs de sumac vénéneux, suivi par des notes de diesel avant de se conclure par un fort goût d'acide de batterie, détailla-t-il en rendant la tasse à son propriétaire.

— Exactement comme je l'aime, réagit Coldmoon en fermant les yeux de plaisir au moment d'avaler son café tiède d'une seule lampée.

38

La chanson de son téléphone réveilla Coldmoon à 6 h 30 le lendemain matin. Il récupéra l'appareil sur la table de nuit en bougonnant.

— Inspecteur Coldmoon? Grove à l'appareil. Je n'arrive pas à joindre Pendergast.

— Vous m'en direz tant.

— Mes hommes travaillent d'arrache-pied depuis la réunion d'hier. Ils y ont passé la nuit. Nous concentrons nos efforts sur Miami et le comté de Dade, sans négliger pour autant les comtés voisins.

— C'est bien, approuva Coldmoon en espérant ne pas donner l'impression qu'il dormait encore à moitié. Rien pour l'instant?

— Ils ont épluché les deux tiers des dossiers et nous avons trois possibilités jusqu'à présent. J'insiste sur le mot *possibilités*. Je n'ai pas souhaité déranger le docteur Fauchet à une heure aussi matinale pendant ses congés, mais le temps nous est compté et je comptais demander à un planton de déposer le dossier à votre bureau afin de vous soumettre ce dont nous disposons déjà. Mon gars sera là-bas d'ici une demi-heure, je lui recommanderai d'attendre votre arrivée.

— Je vous remercie, commandant.

— Pas de souci, dit Grove en riant. Ce n'est pas désagréable de me trouver à nouveau en position de donner des ordres. Nous devrions avoir terminé le peignage en fin d'après-midi, je vous apporterai moi-même les dossiers que mes hommes auront pu trouver. En attendant, j'en profite pour me lancer sur quelques pistes annexes, mon titre de commandant est bien pratique lorsqu'il s'agit de secouer le cocotier.

Coldmoon, qui s'était initialement méfié de Grove qu'il prenait pour un bureaucrate, devait bien reconnaître que le bonhomme était diantrement efficace et n'hésitait pas à se retrousser les manches.

À peine avait-il raccroché qu'il appelait Pendergast. Ce dernier décrocha à la première sonnerie et Coldmoon lui relaya les informations fournies par Grove. Il ne lui restait plus qu'à se préparer un café pour relancer la machine. Il rajouta du café moulu dans le pot qui mijotait depuis deux jours, prit sa douche, s'habilla, avala une première tasse, remplit sa thermos avec le reste de la cafetière, monta dans la Mustang et se rendit au « bureau ». Il arriva en même temps que le flic en uniforme envoyé par Grove. Il le délesta de l'épaisse enveloppe dont il était porteur et monta à l'étage où il trouva Pendergast face aux cartes punaisées au mur, son visage spectral formant une tache livide dans la pénombre.

L'inspecteur pivota sur lui-même en entendant Coldmoon.

— Ah, dit-il en voyant l'enveloppe aux armes de la police de Miami dans la main de son jeune collègue. Voyons un peu ce que les équipes de cet excellent commandant ont bien pu dénicher.

Coldmoon déchira le rabat de l'enveloppe dont il sortit trois dossiers fatigués, remplis de feuilles abondamment cornées, dont s'échappait une odeur de poussière et de papier jauni. Il les posa sur la table.

— Faut-il que je demande à Fauchet de nous rejoindre ? proposa-t-il.

— Nous aurons indéniablement besoin d'elle, mais je vous propose de feuilleter ces documents dans un premier temps et de ne la contacter qu'en cas de besoin. Elle est techniquement en congé, ne l'oublions pas. Dans la mesure où Grove vous a promis de nouveaux dossiers en fin de journée, peut-être sera-t-il préférable de procéder avec elle à un examen global.

Coldmoon s'installa, imité par Pendergast. Ce dernier s'empara d'un dossier, en glissa un autre à son collègue et réserva le troisième pour plus tard.

— Je vous souhaite bonne chasse, dit-il. Ou, ainsi que l'exprimerait de façon fleurie l'un de mes amis au NYPD : Faites-vous plaisir.

Coldmoon se versa une tasse de café bouilli et remarqua du coin de l'œil que Pendergast s'écartait machinalement. Il ouvrit le dossier, en passa en revue le contenu, lut la triste histoire de Carmen Rosario, découverte pendue dans un placard de son appartement d'El Portal. Les photos de l'identité judiciaire dévoilaient une scène qui lui était devenue familière : une victime encore jeune, un joli visage déformé, des yeux exorbités, une langue pendante de la taille d'un gros cigare.

Rosario, âgée de trente-deux ans et divorcée sans enfant, avait travaillé comme serveuse jusque dans les dernières semaines précédant sa mort. Elle avait un passé de toxico alcoolique et sa mère était morte d'un cancer deux mois auparavant.

Il feuilletait le rapport d'autopsie lorsqu'il vit que Pendergast l'observait.

— Rien d'intéressant ?

— Drogue, alcool, une famille dysfonctionnelle.

— Que disent les analyses toxicologiques ?

— On a retrouvé des traces d'alcool et d'opioïdes dans le sang, mais pas assez pour provoquer la mort.

— Suffisamment pour surmonter ses inhibitions et commettre l'irréparable.

— Les marques au niveau du cou correspondent à une pendaison à l'aide de draps. Le légiste note une fracture de l'os hyoïde au niveau de la partie centrale et conclut à la pendaison. Aucune trace de strangulation manuelle.

— Des radiographies?

Coldmoon les leva à la lumière.

— Je vois uniquement la fracture principale, mais pour tout vous dire, ce truc-là pourrait représenter une couverture de selle que je ne verrais pas la différence.

Il tendit les radios à Pendergast qui les examina longuement avant de les reposer.

— Je doute que ce soit une candidate probante.

Coldmoon referma son dossier.

— Et vous?

— Je ne suis pas certain de comprendre pourquoi les hommes de Grove ont sélectionné cette Samantha Kazunov, une jeune femme de vingt-trois ans originaire de South Miami Heights. Retrouvée dans son lit, un drap noué autour du cou, accroché à l'une des colonnes de lit. Les enquêteurs ont initialement pensé à un meurtre en découvrant qu'une autre femme se trouvait dans la pièce. La personne en question s'est présentée à la police le lendemain en affirmant qu'elle était la maîtresse de la victime et que celle-ci était morte d'asphyxie auto-érotique. Une thèse confirmée par la position du corps et plusieurs autres détails. La maîtresse surveillait l'opération afin de s'assurer que Kazunov ne se laissait pas emporter par son enthousiasme, ce qui a malheureusement été le cas.

— La baise par étouffement, commenta Coldmoon.

Pendergast serra les paupières.

— Inspecteur, certaines expressions sont d'une telle vulgarité que l'on préférerait ne jamais les avoir entendues.

— Désolé.

Pendergast rouvrit les yeux.

— Quoi qu'il en soit, il ne s'agit ni d'un suicide, ni d'un meurtre. L'asphyxie érotique est plus courante chez les hommes que chez les femmes, bien qu'elle se pratique dans les deux sexes. Comme M. Cœur-Brisé est un homme, nous pouvons éliminer la partenaire de Kazunov de la liste des suspects. Nous demanderons au docteur

Fauchet d'étudier de plus près ces dossiers, mais je doute que l'une ou l'autre soit la victime zéro.

Pendergast referma le dossier qu'il compulsait et le posa au-dessus de celui de Carmen Rosario.

La troisième et dernière enveloppe, posée entre eux sur la table, les narguait.

— Alors? demanda Pendergast.

Coldmoon écarta le rabat brunâtre.

— Lydia Vance, lut Pendergast en s'emparant du résumé de l'enquête. Résidant à Westchester. Trente et un ans, mariée à John Vance, sergent-chef dans les Marines. C'est lui qui a découvert le corps. Retrouvée pendue à un pommeau de douche, un drap noué autour du cou, il y a douze ans quasiment jour pour jour. Pas de lettre d'explication.

— D'autres proches? s'enquit Coldmoon.

Pendergast feuilleta rapidement les documents.

— Nulle part il n'est fait référence à des parents, des frères et sœurs ou des enfants.

Coldmoon entra le nom du mari de la victime sur l'ordinateur le plus proche.

— John Vance... Ce ne sont pas les John Vance qui manquent en Floride, mais aucun à l'adresse indiquée. Un rapport d'autopsie a-t-il été ajouté au dossier?

Pendergast tira de la masse un document officiel auquel étaient agrafées plusieurs pages.

— Le médecin légiste a diagnostiqué un suicide par asphyxie.

Il porta à la lumière l'unique radiographie annexée au dossier.

Coldmoon se pencha afin de regarder avec Pendergast.

— Une simple fracture au niveau de la partie centrale de l'hyoïde. Pas de lésion des cornes ou de traces de strangulation manuelle.

Il reposa la radio et s'intéressa aux documents suivants.

— Que sait-on du mari, le Marine? demanda Coldmoon.

Pendergast lut les éléments du dossier en diagonale.

— Il rentrait de sa deuxième mission à l'étranger. La première en Irak, qui s'est terminée brutalement lorsqu'il a été blessé par un engin explosif, après quoi il a été affecté à Okinawa où il assurait le maintien de l'ordre au sein d'une unité de police militaire. De retour à Miami en avion de transport de troupe, il est rentré directement chez lui où il a découvert le cadavre de sa femme. Elle s'est pendue pendant qu'il survolait le Pacifique.

Coldmoon poussa un profond soupir.

— Vous imaginez un peu? Il rentre au pays après avoir effectué non pas une, mais deux missions, et voilà ce qui l'attend. Quoi d'autre?

— Il semble que le mari, John Vance, n'ait pas cru au suicide de sa femme. Comme il avait œuvré un temps au sein de la division criminelle de la police militaire, il était convaincu qu'il s'agissait d'un meurtre camouflé en suicide.

— Tiens, tiens. Le dossier nous explique pourquoi il croyait ça?

— Il s'est montré très insistant, répondit Pendergast tout en continuant de déchiffrer le rapport. Il a contacté plusieurs fois la police et demandé à voir les enquêteurs à de nombreuses reprises. Il affirme que sa femme n'était pas dépressive et n'avait jamais affiché de tendances suicidaires, qu'elle ne buvait jamais et ne se droguait pas, qu'elle attendait impatiemment son retour. Le dossier n'a pas été classé tout de suite, probablement par égard pour cet ancien combattant, mais la Criminelle n'a pas changé d'avis, estimant que l'autopsie et les éléments dont elle disposait confirmaient l'hypothèse du suicide.

Par-dessus l'épaule de Pendergast, Coldmoon constata que les conclusions du rapport, rédigées sur du papier à en-tête de la police de Miami, étaient couvertes de notes manuscrites. Pourquoi cette femme se serait-elle donné la mort au moment précis où rentrait son mari? Soit elle ne supportait pas l'idée de reprendre la vie commune, soit… soit on l'avait assassinée.

— Vance ne disposait d'aucun élément concluant pour étayer la thèse du meurtre, je suppose.

— Non, je ne vois rien, mais n'oublions pas que ce garçon avait appartenu à la police militaire.

— Ce qui le rend crédible.

— Normalement oui.

— Que lui est-il arrivé par la suite? s'enquit Coldmoon.

— Il a continué de harceler les autorités locales, à en croire ces documents. Il semble en avoir acquis une profonde amertume. Un rapport d'un psychologue de police précise que Vance refusait d'accepter la vérité. Il a fini par quitter la ville et s'est installé dans un cabanon de chasse qui appartenait à sa famille depuis plusieurs décennies.

— C'est tout?

— Pas exactement, répondit Pendergast en s'intéressant à un document d'aspect plus récent, agrafé au dernier rapport d'enquête. Il s'est entêté à importuner la brigade criminelle en affirmant détenir des informations inédites relatives au «meurtre» de sa femme. Il y a deux ans, la police de Miami a fini par envoyer quelqu'un l'interroger dans son cabanon.

Il retourna la feuille.

— Voici le détail de cet entretien.

— Que dit-il?

— Rien de bien neuf. Vance a insisté sur le fait qu'il s'agissait d'un meurtre sans apporter d'éléments nouveaux. L'enquêteur dépêché sur place précise que sa santé s'était dégradée et qu'il était à peine capable de marcher.

Il tendit la feuille à Coldmoon.

— Tout indique que cette ultime démarche visait à museler le mari. La manœuvre aura fonctionné puisqu'il n'y a rien de plus au dossier.

— Il y a deux ans, répéta Coldmoon, songeur. Il croyait donc toujours à l'hypothèse du meurtre.

Pendergast acquiesça.

— Sa femme retrouvée pendue avec un drap autour du cou, sans un mot d'explication. Un mari ayant appartenu à la police militaire qui croit à un meurtre. Les circonstances collent, tout comme la date. J'en arrive à me demander s'il ne pourrait pas s'agir de notre victime zéro.

— Puis-je souligner le fait que ce Marine n'est pas le premier à refuser de croire que l'être aimé s'est suicidé?

— Vous faites référence aux Baxter? Nous leur avons apporté la preuve qu'ils avaient raison.

— C'est exact, mais sauf erreur de ma part, rien n'indique sur la radiographie que la victime a été étranglée manuellement.

Coldmoon feuilleta à son tour le rapport.

— S'il y a la moindre chance que cette femme soit la victime zéro, nous devrions tenter d'en savoir davantage. Demander à ce Vance pour quelles raisons il croit à un meurtre.

— Que nous apprendra-t-il qu'il n'a pas déjà révélé à la police? s'enquit Pendergast.

— Jetez donc un œil à ce compte rendu d'interrogatoire, insista Coldmoon en montrant la feuille à son collègue. Les flics se sont contentés de lui poser des questions banales. On ferait bien d'aller interroger ce type, d'autant que nous avons du temps devant nous en attendant que Grove nous apporte éventuellement d'autres dossiers en fin d'après-midi.

Pendergast le dévisagea longuement.

— Vous n'êtes pas d'accord?

— Il ne s'agit pas de cela. Je ne tiens pas davantage que vous à me tourner les pouces en attendant que Cœur-Brisé fasse une nouvelle victime. Je me posais la question de façon purement rhétorique, sachant qu'en l'absence de notre ami Axel, la charge de prendre le volant vous échoit.

— Et merde, gronda Coldmoon à qui ce détail avait échappé. Où se trouve ce cabanon, déjà?

— Dans une petite localité répondant au doux nom de Canepatch, à une centaine de kilomètres de Miami.

Coldmoon se leva.

— On peut faire l'aller-retour en trois heures. Inutile de rester ici à se morfondre. Après tout, la chaleur ne sera pas pire là-bas qu'ici.

— Rien n'est moins sûr, dit Pendergast en rassemblant les feuilles avant de se lever, le dossier sous le bras.

39

Dans son bureau aveugle voisin de la morgue, un pincement de culpabilité à l'idée de la transgression qu'elle s'apprêtait à commettre, Charlotte Fauchet ouvrit une nouvelle fois le dossier établi au nom de Laurie Winters. Elle l'avait déjà longuement étudié, au même titre que celui de Jasmine Oriol, mais la nuit précédente avait été marquée par une nouvelle insomnie et certains détails la tracassaient. Elle avait alors pris la décision de se rendre à son bureau le jour même, alors qu'elle était en vacances, afin d'examiner de plus près certains documents.

Elle commença par étaler devant elle les clichés de l'autopsie. Winters avait été retrouvée pendue à la tringle du placard de sa chambre d'un motel des environs de Bethesda. L'autopsie avait été réalisée par le médecin légiste local qui était, une fois n'est pas coutume, un praticien expérimenté. En étudiant soigneusement chacune des photos, elle fut frappée par la maîtrise technique et le professionnalisme de son confrère.

En dépit de ses références, le légiste avait procédé à l'autopsie sans jamais remettre en cause le rapport de la police, qui avait conclu au suicide. De ce fait, il ne s'était pas demandé pourquoi l'aile de l'hyoïde était cassée. Cet exemple rappela à Fauchet d'autres cas où les certitudes de la police avaient influencé le légiste.

Elle s'intéressa ensuite au rapport de police rédigé à la suite du suicide supposé. Winters, une photographe de vingt-quatre ans, avait emprunté l'I-95 afin de se rendre dans le Massachusetts où sa cousine l'avait engagée pour prendre les photos de son mariage. À 20 heures, elle avait loué une chambre au Wildwood Manor, un motel situé près d'une des sorties de l'autoroute. Son corps sans vie avait été retrouvé par une femme de ménage le lendemain, alors qu'elle aurait dû avoir quitté sa chambre depuis longtemps.

Le policier chargé de l'enquête, un certain sergent Sweetser, était un pro qui n'avait rien laissé au hasard. Il avait notamment consigné dans son rapport les noms et numéros d'immatriculation de tous les occupants du motel cette nuit-là, avec une description succincte fournie par le gérant de l'établissement.

En feuilletant le dossier, Fauchet n'y trouva rien d'intéressant. Personne n'avait rien vu ou entendu de particulier, aucun des clients n'avait attiré les soupçons de la police. Winters ne semblait pas avoir reçu de visiteur, ce dont se serait aperçu l'employé de nuit puisque la réception donnait sur l'entrée du parking.

Grâce à Google, Fauchet put regarder la façade du motel, qui existait toujours. Il était situé en périphérie de Bethesda, le long d'une bretelle d'accès à l'autoroute, et peu accessible à pied. En clair, cela signifiait que les meurtriers avaient eux-mêmes passé la nuit à l'hôtel.

Ce cher sergent Sweetser avait interrogé six des clients, les autres ayant déjà quitté le motel à l'arrivée de la police. En toute logique, les assassins seraient partis tôt ce matin-là, peu désireux de croiser les enquêteurs une fois la morte découverte, si bien qu'il était possible d'éliminer les personnes interrogées.

En consultant la liste des plaques minéralogiques, Fauchet nota la présence d'une autre voiture de Floride, en plus de celle de la victime : un break Mercury Tracer de 1997 immatriculé JW24-99X. Si les coupables étaient originaires de Floride, comme l'avait sous-entendu

Pendergast la veille en réunion, l'information pouvait se révéler cruciale.

Le rapport de Sweetser précisait que le propriétaire du Tracer était un certain George Lehigh. Il était accompagné de son fils Travis.

Un père et son fils... Pouvait-il s'agir du Maître et de son Apprenti ?

Elle fut parcourue d'un frisson. Lehigh et son fils ne faisaient pas partie des personnes interrogées, mais le gérant les avait décrits à Sweetser, de façon trop lapidaire au goût de Fauchet : cheveux bruns tous les deux, taille moyenne, corpulence moyenne, aucun signe particulier sinon des casquettes aux armes de l'équipe de baseball des Marlins. Il était précisé que le fils, Travis, « avait environ quatorze ans ».

Fauchet reposa le rapport afin de réfléchir à ce qu'elle venait de lire. Lehigh était-il leur vrai nom, ou bien un pseudonyme ? Il était peu probable que le duo voyage sous sa véritable identité, mais Sweetser n'avait pas pris la précaution de s'assurer que les plaques d'immatriculation des clients concordaient avec les noms figurant sur le registre. Rien de surprenant à cela, puisqu'il croyait à la thèse du suicide. En revanche, il devait être possible, aujourd'hui encore, de savoir à qui appartenait à l'époque le break Mercury.

Elle s'apprêtait à composer le numéro de portable de Pendergast lorsque son doigt se figea sur le clavier. Elle mettait peut-être la charrue avant les bœufs. Les éléments qu'elle venait de découvrir semblaient prometteurs, mais elle n'avait aucune certitude. Quitte à jouer les détectives, autant aller jusqu'au bout, avec la même conscience professionnelle que Pendergast. Ce serait vraiment formidable si elle arrivait à lui livrer l'identité du tueur sur un plateau.

Elle repoussa le dossier consacré à Winters et s'empara de celui de Jasmine Oriol.

40

— Je ne serais pas surpris qu'on se fasse tirer dessus, plaisanta Coldmoon avec un rire grave en passant devant un mobil-home en piteux état le long duquel stationnaient cinq carcasses de voitures sous des palmiers rabougris. Ces péquenots ne voudront jamais laisser passer une aussi belle occasion de nous piquer notre Mustang.

— Sans doute, approuva distraitement Pendergast en refermant le dossier de Lydia Vance. Si cela peut vous rassurer, je suis prêt à parier que vous courez plus vite qu'eux.

Coldmoon rétrograda à l'approche d'un virage serré. De l'autre côté des vitres teintées de la Mustang défilaient des marécages parsemés d'arbres et d'épaisses touffes de végétation. Des alligators paressaient au soleil sur les îlots de boue cernés d'eau brunâtre. Les deux hommes avaient subi les embouteillages habituels de Miami pendant une demi-heure en quittant la ville. Une fois passés les champs de courses, les golfs et les lotissements de caravanes, Coldmoon s'était souvenu que l'idée de ce périple ennuyeux émanait de lui et que le mieux était encore de savourer l'instant. La première partie du trajet lui était familière, car il l'avait parcourue lors de sa petite virée à Cape Coral, mais la géographie humaine de la Floride ne laissait de l'étonner : alors qu'ils étaient des millions à se serrer comme des sardines le long des côtes, l'intérieur n'était qu'une longue succession de lacs, d'orangeraies et de terres à bétail, sans oublier les sempiternels marais.

Ils avaient quitté la route principale au niveau d'Okeechobee Road, et celle-ci filait tout droit à travers un paysage sans relief. Le ruban d'asphalte brillait sous un soleil de plomb qui faisait naître une profusion de mirages éphémères. Ils pénétrèrent dans une zone marécageuse peuplée d'arbres de grande taille dont les racines torturées sillonnaient l'eau comme des nœuds de serpents. Ils aperçurent de l'autre côté du pare-brise une famille d'alligators allongés dans la boue, entassés les uns sur les autres, leur peau huileuse et noire brillant au soleil, des fentes à la place des yeux. *Ces salopards ne dorment donc jamais?* pensa Coldmoon en frissonnant. Putain, ce qu'il détestait ces bestioles. Il y en avait brusquement partout alors que s'effaçait toute trace de présence humaine. Ces sales reptiles avaient tout de serpents géants sur pattes. Comment expliquer que le cuir d'alligator coûte si cher puisqu'il suffisait de se baisser pour faire son marché dans les bayous de Floride?

— L'embranchement qui nous intéresse se trouve à moins de dix kilomètres, lui signala Pendergast.

Coldmoon vérifia son iPhone. Dieu merci, il restait quelques barres; lors de sa virée précédente, il avait perdu le signal dès la sortie de la ville.

— Sept kilomètres, très exactement, poursuivit Pendergast. Il nous faudra ensuite rouler sur seize kilomètres jusqu'à Paradise Landing, puis cinq de plus avant d'atteindre Canepatch.

— Super, répondit Coldmoon qui voulait en terminer au plus vite avec cette corvée.

Il enfonça la pédale d'accélérateur et la Mustang franchit la barre des cent cinquante à l'heure en rugissant de satisfaction, son châssis collé à la route. Une pluie d'insectes s'écrasa sur le pare-brise, les plus gros laissant sur le verre feuilleté de larges taches jaunes.

L'embranchement se présenta plus vite qu'il ne s'y attendait, sans aucune indication. Il n'aurait pas pu se tromper car il n'y avait pas d'autre carrefour à des kilomètres à la ronde. Il donna un long coup de frein et la Mustang vira sur une petite route semée de nids-de-poule qui laissa la place, quelques minutes plus tard, à un simple chemin recouvert de coquilles d'huîtres écrasées. Les mobil-homes et autres moteurs rouillés avaient définitivement disparu, la voiture s'enfonçait à présent au milieu des eaux saumâtres d'un marigot envahi d'herbes géantes et de plantes étranges.

— Nous sommes dans les Everglades? s'enquit Coldmoon.

— Sans doute avons-nous pénétré dans le parc naturel en quittant la grand-route.

— Vous imaginez tout le chemin que ce type doit se taper pour aller s'acheter une bière?

— Ce doit être encore plus fastidieux lorsqu'il entend se procurer un bon bordeaux.

Coldmoon avait l'habitude des grands espaces, mais ceux-ci n'avaient rien de commun avec les immenses prairies que l'on trouvait dans le Dakota du Sud. Il ne fallait pas être claustrophobe pour vivre dans un décor tropical aussi désolé, toujours plus touffu à mesure que défilaient les kilomètres.

— Comment peut-on avoir envie de vivre dans un endroit pareil? marmonna-t-il.

— Nous avons affaire à un individu persuadé que sa femme est morte assassinée, suggéra Pendergast. À tort ou à raison, il s'est convaincu qu'il ne s'agissait pas d'un suicide, mais tout le monde refuse de le croire, à commencer par la police. On l'a ignoré, snobé, traité avec condescendance comme s'il était fou. Une telle expérience suffit à briser un homme. On ne s'étonnera pas, dans ces circonstances, qu'il choisisse de se retirer du monde.

— D'accord, concéda Coldmoon, mais c'était il y a douze ans. Vous croyez vraiment que ce Vance est encore là… s'il est en vie?

— C'était le cas il y a deux ans. En tout état de cause, nous ne tarderons pas à le savoir.

— Ouais. Vous avez déjà vu le film *Délivrance*?

— Non.

— Tout ce que je peux vous dire, c'est que je fais demi-tour à la première note de banjo.

La voiture laissait derrière elle un tourbillon de poussière blanche et Coldmoon fut contraint de ralentir tant le chemin se détériorait. Les herbes sauvages étaient si hautes qu'il avait l'impression de traverser une mer verte. À cette végétation délirante succéda moins de deux kilomètres plus loin un bois de cyprès interminable qui finit par déboucher sur un marais sinistre. La Mustang roulait à présent sur une butte de terre bordée de troncs énormes et de taillis impénétrables. Le cuir gras des alligators dessinait des taches sombres dans les rares trouées de soleil.

— Encore deux kilomètres avant d'arriver à Paradise Landing, dit Coldmoon en regardant l'écran de son téléphone.

Il ne restait plus qu'une barre sur l'indicateur du niveau de réception de son téléphone.

Quelques minutes plus tard, le soleil perça enfin la frondaison. La route dessina un coude et longea un large canal en laissant la forêt derrière elle au milieu d'un paysage brûlé par la chaleur. Des pontons dressèrent leurs silhouettes branlantes au pied d'une épicerie fermée. Deux pompes à essence rouillées montaient la garde sous un auvent métallique. Un peu plus loin s'alignaient les sillons parallèles de rues abandonnées, bordées de réverbères aveugles et de maisons inachevées. Sur une pancarte partiellement effacée s'étalaient les mots BIENVENUE À PARADISE LANDING à hauteur d'une poignée de kayaks aux couleurs passées.

Coldmoon coupa le moteur et les deux hommes descendirent de la Mustang en s'assurant qu'aucun alligator ne traînait dans les parages. S'il y en avait, ils avaient sans doute plongé dans le canal en entendant le bruit du moteur. Deux aigrettes posées sur les pieux d'un ponton s'envolèrent.

— Ça m'a tout l'air d'être un de ces projets immobiliers foireux dont la presse se fait l'écho, remarqua Coldmoon. Il reste cinq kilomètres avant Canepatch, mais la route ne va pas plus loin.

Pendergast garda le silence, les yeux perdus du côté des eaux stagnantes.

— Après vous, *kemosabe*[1], insista Coldmoon.

Pendergast, toujours silencieux, se dirigea vers le ponton. Coldmoon lui emboîta le pas. Un petit hydroglisseur en aluminium, en meilleur état que le décor ambiant, était amarré à un anneau.

— De toute évidence, ce lieu sert encore, nota Pendergast en se penchant pour examiner le bateau. Les clés se trouvent sur le démarreur, ce qui est fort commode.

— Vous comptez le voler? s'inquiéta Coldmoon

— Nous aurions le droit de le *réquisitionner*, le corrigea Pendergast, mais ce ne sera pas nécessaire.

Du menton, il montra à son compagnon une vieille pancarte en bois dont l'inscription avait été tracée à la peinture :

HYDROGLISSEUR À LOUER
10 $ DE L'HEURE / 50 $ LA JOURNÉE
LE PLEIN 20 $

— Ils font confiance à leur prochain dans le coin, remarqua Coldmoon.

— Je doute que quelqu'un s'amuse à venir jusqu'ici à seule fin de s'approprier un engin aussi particulier.

---

1. Il s'agit d'un terme affectueux, couramment employé par le faire-valoir amérindien du héros masqué de la série télévisée d'après-guerre *The Lone Ranger*.

Coldmoon appela à la cantonade à deux reprises, sans obtenir d'autre réponse que le bourdonnement des insectes.

Pendergast glissa une main à l'intérieur de sa veste noire. Coldmoon avait cessé depuis longtemps de se demander comment il pouvait endosser une tenue pareille avec cette chaleur humide. Pendergast sortit une pince à billets et préleva dans la liasse une coupure de cent dollars qu'il embrocha sur l'un des clous rouillés de la pancarte.

— Après vous, se contenta-t-il de dire à son compagnon en lui montrant l'hydroglisseur d'un geste courtois.

41

Ayant déjà consulté le dossier de Jasmine Oriol, Charlotte Fauchet le savait moins fourni que celui de Laurie Winters. Le corps d'Oriol avait été retrouvé dans un motel de la banlieue de Savannah, en Géorgie. Au lieu d'être confié à un médecin légiste, il avait été examiné par le coroner du comté, un élu dépourvu de tout diplôme médical, avant d'être envoyé aux fins d'autopsie à un interne de l'hôpital local. Tout indiquait qu'il pratiquait ce genre d'opération pour la première fois, et le résultat n'était pas piqué des vers. Les clichés pris par les techniciens de l'identité judiciaire étaient sous-exposés et mal cadrés, et le rapport qui les accompagnait ne présentait aucun intérêt. Les photos de l'os hyoïde étaient trop floues pour distinguer quoi que ce soit. Quant aux analyses toxicologiques, elles se contentaient de préciser qu'Oriol, comme Winters, n'avait ni drogue ni alcool dans le sang.

Fauchet rassembla les clichés en secouant la tête et les rangea dans le dossier avec le rapport du coroner. À moins d'une exhumation, elle n'avait aucun moyen de savoir dans quel état était vraiment l'hyoïde. Cette fois encore, ce n'était pas l'aspect médical de l'affaire qui la concernait le plus, elle souhaitait surtout savoir si le flic chargé de l'enquête avait enregistré les numéros d'immatriculation des véhicules garés sur le parking du motel la nuit du faux suicide.

Elle entama la lecture du rapport de police. Jasmine Oriol avait quitté Miami en voiture avec l'intention de rejoindre son fiancé à New York où le jeune homme étudiait la médecine. La Floride est longue comme un jour sans pain, et peut-être était-elle partie tard, toujours est-il que Jasmine avait décidé de faite étape au niveau de Savannah.

Déçue, Fauchet constata que le flic chargé de l'enquête n'avait pas pris la peine de recopier les noms des occupants du motel ou de noter les numéros de leurs véhicules. Il s'était contenté d'interroger le gérant de l'établissement, un certain Wheaton, qui s'était montré particulièrement volubile puisque le compte rendu de l'entretien se poursuivait sur quatre pages.

À en croire le gérant, Oriol était arrivée aux alentours de 18 heures, avait demandé qu'on lui recommande un restaurant et s'était rabattue sur un snack de l'autre côté de la rue. Wheaton l'avait vue regagner le motel vers 19h30. Elle était repassée à la réception une demi-heure plus tard afin d'emprunter un sèche-cheveux pour le lendemain matin. Le gérant n'avait rien remarqué de particulier, elle paraissait joyeuse et avait même fait allusion à son fiancé.

Wheaton, persuadé qu'elle voulait reprendre la route très tôt, avait été surpris de voir qu'elle restait enfermée dans sa chambre le lendemain. À midi, constatant qu'elle ne pointait toujours pas le bout du nez, il avait envoyé la femme de ménage aux nouvelles. Il avait accouru en entendant des cris et découvert la jeune femme pendue au ventilateur du plafond, une chaise renversée sous ses pieds. Le gérant se lançait alors dans une longue digression, affirmant que ce drame aurait un impact négatif sur ses affaires, que rien de semblable ne lui était jamais arrivé, qu'il dirigeait un établissement respectable, et pourquoi lui réclamer un sèche-cheveux si elle avait décidé de mettre fin à ses jours, jusqu'à ce que l'agent chargé de l'enquête mette adroitement un terme à l'entretien.

La question de Wheaton ne manquait pas de pertinence : à quoi bon demander un sèche-cheveux juste avant de se pendre ? Fauchet savait depuis ses études que les suicides improvisés étaient presque toujours liés à la consommation de drogue ou d'alcool. Le rapport toxicologique précisait pourtant que Jasmine n'en avait pas consommé.

L'interrogatoire de la femme de ménage, très court, n'occupait qu'une demi-page de commentaires ineptes et hystériques.

Fauchet recula sur sa chaise, une moue aux lèvres. Si seulement le flic avait eu la présence d'esprit de relever les plaques d'immatriculation, elle aurait pu vérifier si la Mercury Tracer se trouvait là le soir du drame. Elle se demanda si le motel était encore en activité, mais une courte recherche sur Google lui indiqua qu'il avait été rasé.

Elle reprit les dossiers des trois autres faux suicides, empilés sur un coin de son bureau. À son grand désespoir, aucun des enquêteurs concernés ne s'était montré aussi minutieux que le sergent de Bethesda. D'un autre côté, pourquoi perdre du temps puisqu'il s'agissait de simples suicides ?

Elle avait soigneusement noté la plaque minéralogique de Floride relevée dans le motel où Winters avait trouvé la mort, il était grand temps d'appeler Pendergast qui aurait accès aux bases de données appropriées en quelques secondes.

Elle composa son numéro et tomba sur sa messagerie. Elle tenta sa chance avec Coldmoon, sans plus de succès. En désespoir de cause, elle appela l'antenne du FBI à Miami où le standard l'envoya de service en service avant de lui dire que les inspecteurs Pendergast et Coldmoon étaient en mission.

Elle posa son portable. Son frère Morris travaillait à Jacksonville au sein de la brigade routière. Peut-être pourrait-il retrouver le propriétaire de la plaque. Elle reprit son téléphone afin de l'appeler.

— Salut, ma sœur, lui répondit une voix grave.

Fauchet, soulagée, lui exposa l'objet de son appel. Morris laissa s'écouler un long silence avant de répondre :

— Ma sœur, tu devrais laisser ces types du FBI s'occuper de ça.

— Écoute-moi, Morris...

— Je sais que tu étais fan d'*Harriet la petite espionne* quand on était gamins, mais tu es médecin légiste, pas enquêtrice.

Elle en fut déconfite.

— Je n'arrive pas à joindre « ces types du FBI », comme tu dis.

— Alors appelle la Criminelle à Miami.

Mais Fauchet ne voulait pas que la police locale procède à l'arrestation du tueur. C'était Pendergast qui avait réussi à reconstituer le puzzle.

— Tu ne veux vraiment pas me donner le nom de quelqu'un? Je te rappelle que le tueur en série court toujours et qu'il est capable de récidiver à tout moment.

— Raison de plus pour laisser agir les professionnels.

Morris poussa un grand soupir.

— Je t'aime, ma sœur, mais je ne peux vraiment pas. De nos jours, il leur est facile de surveiller tous nos faits et gestes au sein du service. Tu ne veux quand même pas que je perde mon boulot?

Elle ne répondit pas, persuadée de l'avoir à l'usure.

— Écoute, finit-il par dire à regret. Conformément aux lois sur la transparence, les archives du service des immatriculations sont partiellement accessibles au public. À défaut d'obtenir l'identité de son propriétaire, tu as la possibilité de savoir si un véhicule a fait l'objet d'un PV, s'il a été impliqué dans un accident, si son conducteur a été condamné pour conduite en état d'ivresse et, plus généralement, tout ce qui concerne les infractions au code de la route.

Fauchet remercia son frère et raccrocha, puis elle posa le portable devant elle et se gratta la tête.

Les meurtres s'étaient arrêtés après celui d'Ithaca et Pendergast avait émis l'hypothèse que le ou les tueurs soient morts. Coldmoon avait été plus loin en se demandant si l'apprenti n'avait pas fini par tuer le maître. Ce n'était pas impossible, bien sûr, mais il était également possible qu'un accident ait mis fin aux activités des tueurs. Un accident de la route, par exemple.

OK. Les chances de réussite étaient faibles, mais cela valait le coup de se renseigner afin de savoir si la Mercury de Bethesda avait été victime d'un accident au cours des semaines qui avaient suivi le meurtre d'Ithaca.

Elle alluma l'ordinateur de la morgue, se fraya un chemin à coups de souris dans le dédale des sites gouvernementaux avant d'atteindre le service des immatriculations. Une minute plus tard, elle accédait à une page de recherche. Elle entra le numéro du break dans la case, suivi de la période concernée.

Bingo !

Un break Mercury Tracer de 1997, immatriculé en Floride sous le numéro JW24-99X, avait été impliqué dans un accident mortel sur l'I-81, au sud de Scranton en Pennsylvanie, au mois de mars 2007... Tout juste une semaine après le meurtre d'Ithaca.

Fauchet s'empressa d'effectuer une recherche sur Internet et trouva rapidement un article de journal relatant l'accident. Le compte rendu était bref : le conducteur du break avait perdu le contrôle de son véhicule et le Tracer avait heurté la glissière de sécurité avant de faire plusieurs tonneaux. Le propriétaire du véhicule, un certain John Bluth Vance, avait été tué sur le coup. Son fils Ronald, âgé de quatorze ans, avait été conduit à l'hôpital avec de multiples blessures. Les causes de l'accident faisaient l'objet d'une enquête.

Et c'était tout. Aucun autre article n'évoquait la mort de Vance, l'accident, ou le sort de son fils. On aurait pu croire que Ronald Vance s'était évaporé, s'il n'était pas mort des suites de l'accident.

Le cœur de Fauchet battait à tout rompre. Elle tenait peut-être la clé de l'énigme. Les éléments étaient ténus, la présence du break n'était avérée que sur l'une des scènes de crime, mais le lieu et la date de l'accident coïncidaient avec la fin des meurtres.

Pendergast ne s'était pas trompé. Les meurtres avaient cessé après Ithaca parce que l'accident avait mis un terme à ce périple meurtrier. Et ce n'était pas tout. Le père et le fils voyageaient sous des noms d'emprunt, à bord d'une voiture immatriculée en Floride, et ils avaient dormi dans le même motel que Laurie Winters le jour de sa mort.

Ronald Vance, *alias* Travis Lehigh, aurait vingt-quatre ou vingt-cinq ans s'il était encore en vie. Si Fauchet ne s'était pas trompée, ce gamin de quatorze ans avait été forcé par son père à participer à une série de crimes horribles avant de passer à l'acte lui-même à Ithaca, conformément à l'hypothèse de Pendergast, peu avant que son père se tue au volant du break.

Prise d'une intuition, elle effectua une recherche dans les bases de données médicales auxquelles elle avait accès. Elle ne trouva rien à Miami, ni même en Floride, mais en élargissant sa quête à l'ensemble du pays, elle apprit qu'un certain Ronald Vance, âgé de vingt-quatre ans, était sorti neuf mois plus tôt de l'hôpital Powder Valley d'Allentown, en Pennsylvanie, et qu'il avait fait un séjour au centre de soins King of Prussia avant d'être définitivement rendu à une existence normale au mois de septembre précédent.

Google lui apprit que l'hôpital Powder Valley était un établissement spécialisé dans le traitement à long terme des traumatismes neurologiques. Tout comme le centre de soins King of Prussia, il était proche de Scranton. Si Ronald était mineur lors de son admission à Powder Valley, son dossier n'était pas accessible, ce qui aurait le mérite d'expliquer qu'aucune information ancienne ne soit disponible.

Entraîné par son père dans un périple monstrueux avant d'être grièvement blessé dans un accident de voiture, il n'y avait rien de surprenant à ce que ce type soit dérangé. Il avait d'ailleurs mis une décennie à se remettre… s'il s'était remis. Il avait fort bien pu développer une psychose ignorée par ses médecins, persuadés qu'il souffrait d'un grave traumatisme neurologique.

Tout collait. Ronald Vance n'était autre que Cœur-Brisé, rendu à la vie normale six mois avant le début des meurtres. Il avait décidé d'expier ses crimes d'autrefois en tuant à nouveau ! Le mobile, aussi fou soit-il, était limpide.

Fauchet prit une longue respiration. Il lui restait quelques recherches à effectuer, mais le plus dur était fait.

Sur un nuage, elle entra d'un doigt « Ronald Vance, Miami » sur le moteur de recherche et un résultat s'afficha à l'écran moins de dix secondes plus tard.

Nom :
Ronald C. Vance
Âge :
24
Adresse :
203 Tarpon Court
Golden Glades, FL33169

Putain de merde ! Il était bel et bien rentré au bercail !

Ne sachant pas précisément où se trouvait Golden Glades, elle tapa l'adresse sur le clavier de l'ordinateur et un plan de l'agglomération de Miami s'étala sous ses yeux. Golden Glades, situé aux confins de North Miami Beach, était à quelques kilomètres à peine de la planque de Pendergast. Et tout près de l'endroit où avait été déposé le premier cœur.

Une demi-heure en voiture, peut-être même moins s'il n'y avait pas trop d'embouteillages.

Elle tenta une nouvelle fois de joindre Pendergast et Coldmoon, mais la ligne bascula directement sur messagerie.

Elle repassa lentement dans sa tête l'ensemble des éléments dont elle disposait. Avait-elle vraiment raison? Ronald Vance était-il réellement M. Cœur-Brisé? Pouvait-il vivre à moins d'une demi-heure de distance?

Sur son écran, la petite flèche rouge clignotait de façon insistante au-dessus de Tarpon Court.

42

De près, l'hydroglisseur était plus petit qu'il ne le paraissait de la rive, sa proue dressée vers le ciel à la façon de celles des péniches de débarquement de la Seconde Guerre mondiale. L'esquif était équipé de deux sièges surélevés, alignés l'un derrière l'autre. L'énorme hélice, enfermée à l'arrière dans une cage de fil de fer, était reliée à un moteur Lycoming de 90 chevaux. Coldmoon tapota d'un doigt le réservoir : il était plein.

— Avez-vous déjà piloté l'un de ces engins ? lui demanda Pendergast.

— Non, répondit Coldmoon.

— Dans ce cas, autant entamer votre initiation sur-le-champ. Je vous laisse le volant ?

— Euh… j'aimerais autant pas. J'ai… je n'aime pas l'eau.

Pendergast posa sur lui un regard amusé.

— J'avoue ne pas être un fanatique de cette substance moi-même, en tous les cas sous forme d'une masse stagnante pleine de miasmes. Si cela ne vous dérange pas, je préfère de loin vous servir de guide et de guetteur.

— Laissez-moi deviner. Si jamais je ne suis pas d'accord, vous allez me rappeler que l'idée d'interroger John B. Vance vient de moi.

Coldmoon monta sur le bateau en marmonnant des paroles inintelligibles en lakota, posa les mains sur le volant et se pencha sur le tableau de bord. Rien de bien compliqué en apparence. Une clé, un starter et une manette à trois positions: point mort, marche avant et marche arrière. Un petit robinet permettait d'ouvrir et de fermer l'arrivée d'essence. Il s'installa sur le siège avant, tourna le robinet, mit la manette des gaz au point mort, tira le starter et enclencha le contact à l'aide de la clé.

— Prêt à larguer les amarres? lui demanda Pendergast.

— Je n'ai pas vraiment le choix.

Pendergast détacha la corde, sauta à bord et repoussa le ponton à l'aide d'un soulier à bout fleuri.

Coldmoon enfonça le levier en avant, l'hélice se mit en route en provoquant un remous d'air et l'esquif à fond plat bondit en avant. Coldmoon, la main sur le volant, le manœuvra prudemment jusqu'au chenal principal tandis que Pendergast récupérait une carte dans la poche de sa veste. *Pas étonnant qu'il ait proposé de me guider*, pensa Coldmoon qui en arrivait à se demander si son collègue ne s'était pas procuré son mystérieux costume dans une boutique de magie.

— Canepatch se trouve très exactement à cinq kilomètres au sud-ouest, annonça Pendergast.

Coldmoon sortit son portable dans l'espoir de vérifier l'information sur son GPS.

— Pas de réception.

— C'est la raison pour laquelle j'ai emporté ceci, dit Pendergast en déployant la carte d'un geste ample. Mettez le cap au 210.

— Comment voulez-vous que je fasse? C'est la première fois de ma vie que je pilote un bateau. Je me déplace de préférence à cheval, mais les canassons sont rarement équipés de GPS.

Pendergast lui désigna une boussole qui flottait dans un globe transparent fixé au tableau de bord.

— Il vous suffit de tourner le volant jusqu'à ce que l'aiguille pointe le cap 210. Vous n'aurez plus qu'à poursuivre tout droit.

— Si c'était pour me dire ça, je le savais déjà.

Il tourna le volant jusqu'à ce que l'hydroglisseur dirige sa proue dans la bonne direction. De nombreux chenaux sillonnaient entre les cyprès et la voie était assez dégagée dans la direction où les entraînait la boussole.

— Quelle est notre vitesse? s'enquit Pendergast.

— Euh... treize kilomètres-heure.

— Sauf obstacle imprévu, nous devrions atteindre Canepatch d'ici une vingtaine de minutes.

La surface de l'eau était lisse et la vitesse provoquait une brise rafraîchissante. Le moteur était très bruyant, plus encore que celui de la Mustang. Coldmoon, zigzaguant entre les énormes troncs, s'efforça de suivre les indications de la boussole. Ils passaient régulièrement à côté de bancs de boue, peuplés systématiquement d'un ou deux alligators. Coldmoon crut même discerner un serpent dans l'eau.

Ils poursuivirent leur route à travers la mangrove, sans pouvoir se parler tant le vrombissement du moteur était assourdissant. Des arbres aux formes étranges formaient au-dessus de leur tête un dais végétal qui maintenait le bayou dans une semi-obscurité. Coldmoon avait les plus grandes difficultés à imaginer que quelqu'un puisse vivre dans un enfer pareil. Plus l'hydroglisseur s'enfonçait dans le marais, plus il s'interrogeait sur le bien-fondé de cette expédition. Le bateau de location devait uniquement servir à des pêcheurs de passage. Si Vance n'était pas mort, il avait forcément regagné la civilisation, personne n'aurait pu tenir toute une décennie dans ces conditions sans sombrer dans la folie.

— Nous y voilà, déclara soudain Pendergast.

Coldmoon distingua dans la pénombre un ponton accroché à une bande de terre ferme. Aux cyprès succédait un bois de chênes dont les troncs surgissaient d'un épais tapis de fougères.

Coldmoon ralentit à l'approche du ponton et aperçut soudain, à travers les arbres, une grande maison en bois posée sur une butte et ceinte d'une véranda. En dépit de son apparence miséreuse, elle était clairement habitée, sans que Coldmoon puisse savoir quel indice l'incitait à le croire : aucun ronronnement de groupe électrogène ne traversait l'air, aucun filet de fumée ne s'échappait de la cheminée, aucune parabole n'était fixée sur le toit.

Il aborda maladroitement la rive en venant cogner l'avant du bateau contre le ponton. D'un bond, Pendergast sauta à terre et accrocha l'hydroglisseur à un pieu en laissant le soin à son compagnon de couper le moteur.

— Si on comptait sur l'élément de surprise, c'est raté, remarqua Coldmoon.

— Personnellement, je ne m'aventurerais pas à tenter de surprendre le genre d'individu capable de vivre dans de telles conditions.

Coldmoon tapota sa veste à l'endroit où se trouvait son arme de service.

— Vous pensez à un vieux cinglé capable de tirer d'abord et de poser des questions ensuite ?

— Précisément.

— J'imagine que vous allez me demander de vous ouvrir la voie.

Debout sur le ponton, ils examinèrent la bâtisse. Un sentier sablonneux menait jusqu'à un petit pont de l'autre côté duquel grimpait un chemin. Une pancarte de fortune était fixée à l'entrée du pont, sans qu'ils parviennent à en déchiffrer le contenu.

Pendergast mit ses mains en porte-voix.

— Holà !

Un grand silence lui répondit.

— Aucun bateau n'est amarré au ponton, nota Coldmoon. Il n'y a peut-être personne.

— Holà ! répéta Pendergast. John Vance ?

Une voix lui répondit faiblement. Coldmoon plissa les paupières, sans distinguer quiconque autour de la maison.

— Allons-y, décida Pendergast en entraînant son compagnon.

Parvenus au pont, ils s'arrêtèrent en découvrant une inscription rudimentaire.

DANGER!!!
N'ALLEZ PAS PLUS LOIN!

Pendergast tenta une nouvelle fois sa chance.

— FBI! cria-t-il. Nous avons quelques questions à vous poser!

La même voix inintelligible lui répondit, à la fois aiguë et désespérée.

Coldmoon posa un regard perplexe sur la pancarte. Le sentier se séparait en deux: la première branche passait au-dessus du pont vermoulu, tandis que sa jumelle serpentait au milieu des fougères en contournant le bras d'eau.

Un nouvel appel fusa de la butte.

— Je me trompe, ou bien quelqu'un appelle à l'aide? s'inquiéta Coldmoon.

— On le dirait, en effet.

— Monsieur Vance? cria Coldmoon. Vous avez besoin d'aide?

Il tourna le dos au pont et emprunta le chemin de sable.

— Dieu soit loué, s'éleva faiblement la voix. Je me suis blessé avec une tronçonneuse!

La voix semblait s'échapper de la maison, mais il était difficile d'en avoir la certitude, du fait de l'écran formé par les arbres. Coldmoon tenta de mieux voir à travers le rideau de végétation.

— Oh merde! Je le vois. Un type à cheveux blancs, allongé sur la véranda.

— Au secours, gémit le blessé, au bord de l'épuisement. Aidez-moi!

— Seigneur, s'écria Coldmoon en remontant le sentier d'un pas rapide.

— Arrêtez-vous, tenta de le freiner Pendergast en lui saisissant le bras.

Coldmoon se dégagea d'un geste brusque.
— Attendez ! lui cria Pendergast. Nous ne savons pas...
Il n'eut pas l'occasion d'achever sa phrase. Coldmoon eut la sensation surréaliste que les fougères s'écartaient brusquement, le sol se déroba sous ses pieds et les deux hommes s'enfoncèrent à une vitesse terrifiante dans un gouffre noir.

43

Le quartier de Golden Glades était un quadrillage de rues bordées de pavillons de plain-pied, entourés de pelouses mal entretenues et de parcelles sablonneuses. Seuls quelques palmiers dépenaillés venaient rompre l'alignement monotone des maisons. Les trottoirs débordaient de poubelles, vertes pour les ordures ménagères et bleues pour les produits à recycler, signe que c'était un jour de ramassage.

Fauchet s'était promis de passer devant la maison en voiture, rien d'autre, histoire de voir si elle était occupée. Cela ne prêtait pas à conséquence, ni ne présentait aucun danger. Elle se contenterait d'observer en passant et de rapporter à Pendergast ce qu'elle avait vu. Encore fallait-il qu'elle parvienne à le joindre.

Elle s'engagea sur Tarpon Court, une rue au macadam bombé moins prospère encore que ses voisines. Quelques pavillons étaient même abandonnés, leurs ouvertures aveuglées par des planches, alors que les façades de plusieurs autres étaient recouvertes de graffitis colorés. Elle vit défiler sur sa gauche les numéros 119, 127, 165, 201…

Elle ralentit en arrivant à hauteur du 203. La maison, avec sa façade crépie en jaune passé et ses huisseries blanches, était plus miteuse encore que ses voisines. Elle se tenait en retrait par rapport à celles-ci et un chêne à moitié mort dressait sa masse sombre devant la baie vitrée du salon, une tondeuse rouillée à son pied. L'herbe pelée du jardin, chiffonnée par les pluies récentes, était haute de près de trente centimètres. L'allée était marbrée de fissures et un vieux journal subissait les assauts du soleil au pied de la porte du garage dont le placage s'écaillait par plaques.

Fauchet poursuivit sa route jusqu'au carrefour suivant avec l'intention de faire le tour du pâté de maisons. À peine avait-elle tourné le coin de la rue qu'elle s'autorisa une courte halte afin d'appeler Pendergast. Sans succès.

Elle redémarra en concoctant une histoire dans sa tête, au cas où un voisin un peu trop curieux s'étonnerait de son manège. *Je cherche la maison de ma tante. Reba Jones.* Il y avait peu de chances qu'on la soupçonne d'un mauvais coup, d'autant qu'elle circulait à bord d'une Lexus neuve, mais cette histoire de tante était douteuse. Elle avait besoin d'un alibi plus crédible.

Quelques instants plus tard, elle s'engagea à nouveau sur Tarpon Court. Et si Cœur-Brisé était en train de traquer sa prochaine victime? Et s'il s'était enfui en laissant une masse d'indices à l'intérieur du pavillon? Son silence était pour le moins étrange. Les paroles de son frère revinrent brusquement la hanter. *Laisse agir les professionnels.* Après tout, elle aussi était une pro. Comme médecin légiste, elle avait contribué au progrès de l'enquête, sans compter qu'elle avait découvert l'identité et l'adresse de Cœur-Brisé. Du moins en avait-elle la conviction.

Elle passa devant le pavillon une deuxième fois en se promettant que ce serait la dernière. Pas question de faire un troisième tour du quartier, c'était maintenant ou jamais.

À moins que… peut-être aurait-elle pu… il lui suffisait de s'arrêter et de sonner.

Oui, mais sous quel prétexte? Prise d'une inspiration, elle jeta un coup d'œil par-dessus son épaule et vit, Dieu soi béni, des prospectus que des Témoins de Jéhovah lui avaient tendus deux jours plus tôt au moment où elle reprenait sa voiture dans le parking de la morgue. Parfait.

Elle prit son courage à deux mains en pensant à ce que dirait Pendergast si elle lui apportait le nom et l'adresse du tueur sur un plateau. Sans l'ombre d'une hésitation, elle s'engagea sur l'allée du 203, récupéra les prospectus à l'arrière, descendit de voiture, se dirigea vers la porte d'entrée d'un pas décidé et appuya sur la sonnette.

Celle-ci resta muette.

La porte était en aussi piteux état que le reste de la maison. Elle colla son oreille contre le battant et s'escrima de plus belle sur la sonnette. Rien. Elle devait être cassée.

Elle toqua une première fois, attendit, toqua à nouveau, plus fort cette fois, au point que la peinture s'écailla sous ses doigts.

Pas un mouvement, pas un son. Rien. La maison était vide. Que faire? Les stores ourlés de moisissures étaient soigneusement tirés, pas moyen de rien distinguer à l'intérieur.

Et puis après tout... Ses prospectus à la main, elle contourna le pavillon et s'immobilisa devant la porte de derrière. Personne ne pouvait la voir des maisons voisines. Frapper à nouveau? S'il venait lui ouvrir, comment justifier sa présence là? Tout ça était idiot.

Elle rebroussait chemin lorsqu'elle se ravisa. Jamais il ne s'attaquerait à elle dans sa propre maison. Ce n'était pas sa technique. À condition que ce soit effectivement Cœur-Brisé.

C'était *forcément* lui. Forcément?

Laisse agir les professionnels.

Elle prit sa respiration, retourna en arrière, leva la main, hésita une dernière fois et abattit son poing lourdement sur le battant. La porte, ébranlée par le coup, s'écarta de quelques centimètres et elle ne put s'empêcher de glisser un œil à travers l'ouverture. Là, accrochée à une patère, se trouvait une vieille casquette des Marlins.

44

Coldmoon crut un instant que Mère Nature avait décidé de l'avaler en l'enveloppant de son haleine humide dans un grondement de terre et un bruissement de fougères. Il basculait dans le vide lorsqu'un bras d'acier arrêta sa chute. Au bord de l'étouffement, il recracha le sable qui lui envahissait la bouche et les poumons avant de comprendre que Pendergast, en l'agrippant au dernier instant, l'avait empêché de tomber la tête la première dans un tourbillon de boue.

Pendergast s'était lui-même accroché de l'autre main à une épaisse racine.

— Enfoncez vos talons de façon à bénéficier d'une meilleure prise, lui conseilla son aîné.

Coldmoon gratta la terre meuble de sa main libre et trouva à son tour une racine en s'évertuant à préserver un semblant d'équilibre. Le grondement finit par s'éteindre et l'avalanche se stabilisa à mesure que le bord du trou géant achevait de s'effriter dans un entrelacs de fougères.

— Un tremblement de terre? demanda Coldmoon.

— Un éboulement, le corrigea Pendergast.

Avec une force peu commune, ce dernier se hissa jusqu'à une racine située plus en hauteur tandis que la terre meuble continuait de s'écouler lentement tout autour de la fosse.

Coldmoon, imitant l'exemple de son collègue, trouva une autre racine et tendit les muscles de ses jambes à la recherche d'un meilleur appui.

— Je devrais pouvoir me hisser tout seul, dit-il, et Pendergast s'autorisa à le lâcher.

La pente, particulièrement raide, laissait deviner de nombreuses racines dont Coldmoon s'aida dans l'espoir de remonter à la surface. La terre continuait de pleuvoir sur lui, l'aveuglant et lui bouchant les narines. L'éboulement s'était stabilisé, mais escalader cet amas de terre meuble était aussi vain que partir à l'assaut d'une dune de sable en mouvement. Chaque mètre conquis l'était au prix d'une glissade quasiment égale, à mesure que le sol s'effritait sous son poids. À force d'acharnement, Pendergast réussit pourtant l'exploit d'atteindre le bord du trou et Coldmoon imita son exemple. Il passa à son tour la tête hors de la fosse et reconnut un peu plus loin le cabanon. Le vieil homme allongé dans la véranda tenta vainement de se relever en criant à l'aide.

Un claquement sec traversa l'air et Coldmoon ressentit un choc brutal au niveau du dos. Il comprit soudain qu'on lui avait tiré dessus. Sans éprouver la moindre douleur, il lâcha prise et bascula en arrière. Quelques secondes plus tard, il s'enfonçait dans un bassin d'eau stagnante et le monde vira au noir.

45

Le bras de Pendergast jaillit au moment où Coldmoon lâchait prise, mais ce dernier, fauché par une balle, avait déjà basculé en arrière. L'inspecteur, accroché à une racine au bord de l'éboulement, vit son jeune collègue chuter lourdement et disparaître dans un tourbillon de boue.

Une nouvelle détonation se fit entendre et la terre trembla sourdement juste à côté du visage de Pendergast. D'une détente puissante, il se hissa hors du trou et exécuta une roulade sur lui-même afin de se mettre à couvert. Une troisième balle déchiqueta les fougères au-dessus de sa tête et il se jeta derrière un chêne. Les coups de feu provenaient de la vieille maison, sans doute du premier étage. Il fouillait la façade des yeux dans l'espoir de localiser le tireur lorsqu'un nouveau coup de feu retentit, et la tête de l'inconnu qui rampait sur la véranda s'effaça dans un brouillard rouge et gris.

Pendergast, en sortant son Les Baer, s'aperçut qu'il avait perdu son Glock de rechange dans l'effondrement de la clairière. Il compta jusqu'à dix, protégé par le tronc du chêne, avant de glisser un œil prudent en direction de la vieille masure. Le calme était revenu, le tireur avait disparu, et Coldmoon gisait au fond du trou, grièvement blessé. Il passa à nouveau la tête et tira à deux reprises sur la maison, puis il rampa sous le couvert des fougères jusqu'au cratère. Des ruisseaux de sable et de terre continuaient de s'écouler sur le bord du trou sans qu'il voie Coldmoon.

Il regagna précipitamment l'abri du chêne dont les branches tordues dessinaient des membres arthritiques, persuadé que le répit serait de courte durée. Il ne se trompait pas, un coup de feu traversa le silence et la balle le frôla en traversant le rembourrage de sa veste au niveau de l'épaule. Il avait toutefois pu voir l'éclair provoqué par la détonation s'échapper d'une lucarne de la maison. Après avoir abattu l'inconnu de la véranda, le tireur avait gagné le dernier étage, d'où il bénéficiait d'une position dominante. L'homme disposait de toute évidence d'un fusil à lunette dont il maîtrisait parfaitement le maniement. Collé contre le tronc de l'arbre, le souffle court, Pendergast prit le temps d'évaluer la situation. Deux coups de feu retentirent et il se demanda brièvement quelle était la cible de son adversaire avant de comprendre en voyant une colonne de feu s'élever au niveau du ponton, suivie par une déflagration : le tireur venait de détruire l'hydroglisseur.

Coldmoon et lui étaient tombés dans un piège, cela ne faisait guère de doute, mais qui avait bien pu anticiper leur venue dans cet endroit perdu dont ils ne connaissaient pas l'existence le matin même ? Le tireur avait soigneusement préparé son embuscade, preuve qu'ils n'avaient pas été suivis. Leur adversaire savait forcément qu'ils avaient consulté le dossier de Lydia Vance. De là à penser qu'ils voudraient interroger son mari, il n'y avait qu'un pas.

Il y avait bien une autre possibilité, celle que John Vance et M. Cœur-Brisé soient une seule et même personne, et qu'ils l'aient surpris dans sa tanière. Dans ce cas, qui était l'inconnu de la véranda ?

Pendergast disposait de très peu de temps pour prendre une décision. S'il s'avisait de quitter l'abri du chêne, il se retrouverait sous le feu de son adversaire. Celui-ci se trouvait à une centaine de mètres, trop loin pour que le Les Baer puisse être efficace. À moins d'avoir beaucoup de chance. Pendergast savait toutefois que la chance entrait rarement en ligne de compte lors d'une bataille rangée. Il serait mort avant que sa bonne étoile puisse le sauver.

Il devait absolument se rapprocher afin de mettre le tireur à portée de son arme. Et le temps lui était compté.

Il quitta l'abri du chêne et bondit en direction de la maison. Un coup de feu l'obligea à se mettre à couvert derrière un autre tronc. L'espace était entièrement dégagé entre la maison et son rempart, il allait devoir contourner le bâtiment s'il voulait se rapprocher tout en restant à couvert.

C'était précisément ce qu'attendait le tireur.

Fort de son expérience de chasseur de gros gibier, Pendergast décida de suivre l'exemple du buffle du Cap : fuir afin d'obliger le tireur à se lancer à sa poursuite, revenir en arrière en parcourant un large cercle et prendre à revers son adversaire.

L'île sur laquelle il se trouvait était très étroite. Il allait devoir s'enfoncer dans l'eau s'il entendait mettre son plan en action.

Il jaillit de son abri, tira en direction de la lucarne et s'éloigna en multipliant les zigzags d'un arbre à l'autre. Des coups de feu lui répondirent, auxquels il répliqua. Il allait atteindre le ponton lorsqu'il ressentit une brûlure au niveau de la cuisse. Profitant de l'écran que lui offrait la fumée noire s'échappant de l'hydroglisseur en feu, il examina sa blessure d'un coup d'œil. La balle, en éraflant la cuisse, avait épargné l'os et les artères. Il se glissa dans l'eau sans se soucier du picotement provoqué par sa plaie et avança, courbé en deux. Le marais était peu profond, mais la boue qui en couvrait le fond l'empêchait d'avancer aussi vite qu'il l'aurait voulu. Une détonation troua l'air et il s'efforça d'atteindre l'extrémité du ponton sain et sauf, ses pieds aspirés par la vase à chaque pas.

Protégé par la carcasse du bateau en feu, il s'enfonça dans le marais de façon à pouvoir s'immerger. Bientôt, seule sa tête dépassa de l'eau et il poursuivit son avance latéralement au milieu des racines de cyprès.

Un léger mouvement attira son attention et il aperçut brièvement des narines et des yeux dans l'eau. Un alligator. Des ondes à la surface du marigot trahirent l'avancée du monstre dans sa direction.

D'un coup de talon, Pendergast échappa à la gangue de boue qui lui emprisonnait les pieds. Il lança une jambe en avant et effleura la créature. Celle-ci émergea avec une rapidité fulgurante en le fixant de ses yeux reptiliens, la gueule grande ouverte sur de longues rangées de dents inégales. Pendergast visa le gosier de la bête dont la tête explosa. L'alligator retomba dans l'eau, projeté en arrière par l'impact, fouettant l'eau de sa queue dans un ultime réflexe.

Un coup de feu retentit du côté de la maison et un geyser jaillit sur la gauche de Pendergast.

Il plongea aussitôt et poursuivit sa route du mieux qu'il le pouvait à travers l'eau trouble en maintenant les yeux ouverts, en apnée. Une balle le frôla en laissant derrière elle une traînée de bulles et il refit surface derrière un cyprès. La maison, distante de deux cents mètres, ne donnait pas directement sur le marigot, mais son adversaire avait pu suivre son avancée au murmure de l'eau. Seule la chance l'avait épargné jusque-là. Il lui fallait continuer tout droit, protégé par le rideau d'arbres, de façon à s'éloigner du tireur.

Il scrutait les alentours lorsqu'il remarqua un peu plus loin deux yeux au ras de l'eau brunâtre, puis deux autres. Un clapotis à l'extrémité du ponton lui confirma que les alligators déchiquetaient le corps de leur congénère.

La profondeur du marais l'autorisait désormais à nager librement sous la surface de l'eau. Il récupéra son chargeur de rechange dans la poche de sa veste et se débarrassa de celle-ci, puis il se repéra, se remplit les poumons, plongea et s'éloigna en nageant avec ardeur, les yeux ouverts.

Les coups de feu avaient cessé, il se trouvait trop loin au milieu des arbres pour que le tireur gâche ses munitions. Il sortait la tête de l'eau pour reprendre de l'air lorsqu'une onde en surface lui signala l'arrivée d'un autre alligator. Il tendit le bras, le canon de son pistolet sous l'eau, et attendit que l'animal se trouve suffisamment près pour tirer. La violence du recul faillit lui arracher l'arme de la main, mais le coup avait fait mouche. Le reptile tressauta de côté, la gueule en partie arrachée, puis il retomba dans un nuage de sang.

Pendergast continua de contourner l'île en direction d'une langue de terre sur laquelle s'élevaient les ruines de plusieurs bâtiments. La péninsule était peuplée de pins, de quenouilles et de figuiers étrangleurs qui formaient une masse végétale dense, idéale pour se cacher. Il s'approcha de la rive en veillant à ne laisser sortir de l'eau que ses yeux, à l'affût des alligators et des panthères de Floride qui pullulaient dans les Everglades. L'absence de coup de feu lui confirma que le tireur avait perdu sa trace.

Il s'échoua sur un banc de boue, rampa à travers la mangrove et finit par atteindre l'étroite bande de terre. Il devait continuer à se déplacer s'il entendait dépister son adversaire. Il sortit de l'eau et se jeta dans les fourrés qu'il traversa, courbé en deux, en veillant à rester le plus silencieux possible. C'est tout juste s'il apercevait encore la vieille maison à travers les trouées de verdure. Il parvint enfin en vue des ruines : quelques cabanons sur pilotis, un hangar à bateau en tôle ondulée, des fûts métalliques rouillés, deux palans en piteux état, et la coque d'une vieille gabare en bois, sans oublier des dizaines d'alligators gras qui donnaient l'impression de somnoler au soleil. Pendergast savait ne pas pouvoir s'y fier : tous leurs sens en alerte, les reptiles guettaient leurs proies.

Pendergast enregistra la scène avec ses yeux argentés, découvrant un peu plus loin des rangées de pieux plantés dans l'eau et de vieilles cages métalliques : il se trouvait sur une ferme d'alligators abandonnée. Les ruines offraient une mine de cachettes idéales pour un homme armé d'un simple pistolet face à un adversaire équipé d'un fusil. Tapi dans une colonie de quenouilles, il commença par se repérer. À condition de se mettre à couvert dans les cabanons, il pouvait inverser les rôles. Il lui restait à savoir si le tireur avait réellement perdu sa trace, ou bien s'il attendait son heure.

Il jaillit de son abri en faisant taire la douleur qui traversait sa cuisse et sprinta jusqu'au cabanon le plus proche. Un déluge de coups de feu s'échappa de l'un des bâtiments en ruine et il n'eut que le temps de se jeter à terre, le sol criblé de balles tout autour de lui. Il rampa frénétiquement jusqu'à un fossé boueux au milieu des détonations et regagna la rive où il fit feu en direction de la porte sombre d'où étaient partis les coups de feu. L'instant d'après, il se glissait dans le marais.

Non seulement le tireur n'avait pas perdu sa trace, mais il avait anticipé sa réaction en lui tendant une embuscade. Sous la protection du talus, Pendergast continua de longer la rive jusqu'à la carcasse d'un cyprès mort, au pied de la remise où s'était posté le tireur. Il releva la tête millimètre par millimètre et observa les alentours à travers les fougères. Du coin de l'œil, il vit dans un éclair une silhouette s'éloigner en courant entre les cabanons. Il leva son arme, mais la distance était trop grande, il ne pouvait que rater son coup tout en signalant sa position. L'inconnu s'était réfugié au centre de la presqu'île, bien décidé à empêcher Pendergast de s'aventurer au milieu des ruines. Non seulement l'homme connaissait la disposition des lieux, mais chacun de ses mouvements jusqu'à présent trahissait une solide expérience dans la police ou les forces armées. Comme John Vance.

De son poste d'observation, Pendergast ne voyait quasiment rien. Le mieux était encore de retourner dans l'eau et de poursuivre son tour de l'île, à la recherche d'une solution. Face à un adversaire aussi aguerri, ses chances étaient minces. Le tireur savait que Pendergast chercherait à le débusquer, et il avait le temps pour lui. Tant que Coldmoon avait une chance d'être en vie, aussi ténue soit-elle, l'inspecteur s'efforcerait d'abattre le tireur dans l'espoir de sauver son équipier, et l'inconnu au fusil le savait.

Pendergast rejoignit le cyprès mort en veillant soigneusement à ne pas troubler l'eau, puis il observa les alentours.

Il ne pouvait localiser le tireur qu'en l'obligeant à faire feu. En clair, cela le contraignait à se montrer. Il était convaincu, au bruit comme à l'efficacité de l'arme, que son adversaire disposait d'une Winchester 94 à lunette de calibre .30-30. Un bon fusil de chasse, mais en aucun cas une arme de combat.

Tout en progressant dans l'eau, à l'affût des alligators et des serpents, Pendergast gagna un bosquet d'arbres particulièrement touffu, ce qui lui permit de se rapprocher discrètement des ruines en gardant la tête sous l'eau le plus possible. Sa progression était facilitée par la présence des pieux. Il avait parcouru une centaine de mètres lorsqu'un coup de feu éclata. La balle fit jaillir une pluie d'échardes d'un tronc voisin. L'information était bonne à prendre, l'inconnu se trouvait à présent dans le bâtiment principal et lui tirait dessus depuis la gueule sombre d'une porte béante.

Pendergast se rapprocha d'une cinquantaine de mètres. La porte coulissante du bâtiment était à moitié ouverte. Faute de connaître l'emplacement exact du tireur dans la pénombre du hangar, il devait l'obliger à tirer de façon à le localiser grâce à l'éclair du coup de feu. Pendergast avait toutefois conscience de se trouver trop loin pour se servir efficacement de son arme de poing.

À plus de cinquante mètres, il n'avait aucune chance de l'atteindre; plus près, son 1911 ne faisait pas le poids face à la Winchester.

La situation était d'une logique imparable. Il ne pouvait quitter l'île tant qu'il n'avait pas l'assurance de la mort de Coldmoon, et quand bien même il aurait voulu s'éloigner à la nage, le tireur disposait forcément d'un bateau et s'empresserait de le prendre en chasse. Sans même parler des alligators. Non, son unique option était d'abattre son adversaire au plus vite.

Un objet, jeté du hangar, traversa l'air et s'enfonça dans l'eau. Pendergast ne comprit pas immédiatement de quoi il s'agissait avant de voir les alligators se jeter dans le marigot et s'agiter dans un claquement de mâchoires furieux autour de l'endroit où avait disparu le projectile.

Un carré de viande!

Le morceau suivant provoqua une nouvelle frénésie chez les monstres, de plus en plus nombreux à se jeter à l'eau. Au troisième jet de viande, Pendergast visa l'intérieur du hangar. L'inconnu riposta, l'obligeant à se réfugier derrière une souche géante.

La nouvelle stratégie du tireur faisait ses preuves. Des centaines de reptiles, leur appétit aiguisé, se dispersaient de tous côtés en quête d'une proie. Les rides à la surface signalaient une activité intense sous l'eau, plusieurs alligators se dirigeaient déjà vers Pendergast. Ce dernier se réfugia dans un nœud de racines, ramassé sur lui-même, dans l'espoir que les reptiles ne le voient pas et ne sentent pas le sang qui s'écoulait lentement de sa blessure à la cuisse. Toute tentative de fuite n'aurait fait que les attirer vers lui.

Il changea de chargeur, se cala contre la souche et resta immobile. Des silhouettes sinueuses s'agitaient de tous côtés, telles des anguilles géantes. Une première tête apparut, réduite à des yeux et des narines, puis une deuxième, jusqu'à ce que le marigot grouille d'alligators affamés.

Coincé entre les monstres et le tireur, Pendergast attendit sans bouger.

46

Pendergast sentit un courant agiter l'eau juste avant que l'animal ne passe à l'attaque. Il saisit une racine et se hissa hors du marais à l'instant où le reptile se jetait sur lui. La gueule du monstre se referma sur la pointe d'une chaussure, mais celle-ci lui échappa et il plongea. Une deuxième créature se précipita, dont les mâchoires se refermèrent avec la puissance d'un piège à loup. Pendergast finit de s'extraire du marécage en s'efforçant de se soustraire aux gueules béantes des alligators tout en restant à couvert. Un animal se jeta sur lui, qu'il atteignit à bout portant d'une balle dans le gosier. L'alligator retomba en arrière et se débattit, les yeux grands ouverts, au milieu d'une mare de sang noir. D'autres patientaient, les mâchoires en attente. Grimper plus haut l'exposait au tir de l'inconnu, mais il ne pouvait rester là plus longtemps, certain que les reptiles finiraient par l'atteindre. Il abattit une créature qui voulait lui saisir la jambe, puis une autre. Il ne pouvait se permettre de gâcher ses munitions de la sorte, conscient que la bataille était perdue d'avance. Chaque animal mort exacerbait la voracité de ses congénères, de plus en plus nombreux à se précipiter, et les blessés se faisaient déchiqueter sans pitié par leurs semblables dans un tourbillon d'entrailles et de chair. Pendergast n'avait aucun espoir de tous les tuer, pas plus qu'il ne pouvait remonter sur la rive, ou retourner dans l'eau.

Il se creusait la tête à la recherche d'une solution lorsque le rugissement caractéristique d'un moteur se fit entendre. Il jeta un coup d'œil de l'autre côté de l'arbre et vit un hydroglisseur sortir d'un hangar éloigné, une silhouette au volant. Le bateau effectua une boucle entre les arbres et Pendergast lui tira dessus tout en sachant qu'il était trop loin et se déplaçait trop vite.

Il voulut passer de l'autre côté du tronc, mais un alligator s'en prit à sa chaussure abîmée, la déchirant à moitié. À mesure que le bateau s'approchait, il réalisa qu'il était à la merci de l'inconnu, dans l'impossibilité de bouger ou de se mettre à l'abri.

Le bateau ralentit et stoppa de l'autre côté du plan d'eau, à deux cents mètres de lui, son pilote invisible dans une poche d'ombre.

Pendergast visa longuement et tira. Un geyser s'éleva dans l'eau à une dizaine de mètres de l'hydroglisseur.

— Inspecteur, l'apostropha l'inconnu. Vous épuisez inutilement vos munitions tout en attirant toujours plus d'alligators.

Pendergast, stupéfait, reconnut la voix du commandant Grove.

— Vous avez une arme superbe, mais ne lui demandez pas de réaliser des miracles.

Grove laissa s'écouler un court silence avant de reprendre.

— Allez-y, montrez-moi de quoi vous êtes capable.

Joignant le geste à la parole, il écarta les bras.

Pendergast visa le moteur de l'hydroglisseur et tira ses deux dernières balles à quelques secondes d'intervalle en s'efforçant de corriger la trajectoire. Le premier projectile s'écrasa dans l'eau quatre mètres trop à droite, le second à moins d'un mètre de sa cible, mais encore trop loin. Il appuya une troisième fois sur la détente et le chien retomba sur la chambre vide.

— Belle performance, étant donné les circonstances. Il n'en reste pas moins que vous êtes un incurable optimiste, et qu'il n'y a pas de place pour les optimistes dans ce monde.

Grove fit vrombir le moteur et l'hydroglisseur s'approcha lentement.

— J'ai vu tomber votre arme de rechange dans l'éboulement, en vous observant à travers la lunette de mon fusil, et je me doutais que vous n'auriez pas de troisième chargeur. Ces petites bêtes sont lourdes et je n'ai encore jamais croisé d'agent du FBI qui emporte plus d'un chargeur de rechange. Si vous n'êtes pas capable d'atteindre votre cible avec quinze balles, à quoi bon insister? plaisanta Grove.

Tout en le laissant parler, Pendergast termina de réunir dans sa tête les pièces du puzzle qui lui manquaient *vraiment*. Le tableau qui se dessina sous ses yeux était d'autant plus déprimant que ses options étaient limitées : il lui restait le choix de se lancer au milieu des alligators, ou bien d'attendre sur son refuge que son ennemi l'abatte. Les reptiles continuaient de s'agiter à ses pieds. L'un d'eux voulut se jeter sur lui et Pendergast lui assena un coup de crosse. À quoi bon rester à couvert, de toute façon?

— Écartez les bras, les mains bien en vue, lui ordonna sèchement Grove.

Le commandant tenait le volant d'une main, et de l'autre le fusil braqué sur l'inspecteur.

— J'en arrive à me demander si vous avez la moindre idée des enjeux réels de cette affaire. Vous autres connards du FBI débarquez ici en sauveurs de l'humanité, comme toujours.

— Je viens de comprendre, répliqua Pendergast.

Grove positionna le bateau à quelques mètres de lui et coupa les gaz.

— À mon tour de me demander si vous avez bien tout compris, ajouta Pendergast.

Grove éclata de rire.

— Je sais ce qui s'est passé à quatre-vingt-dix pour cent. Grâce à vous et Coldmoon. Une fois que vous serez morts tous les deux, j'aurai tout le temps de deviner le reste et de nettoyer derrière moi. À moins que vous n'insistiez pour me fournir gentiment quelques tuyaux, histoire de m'aider.

— J'aimerais que vous acceptiez tout d'abord de satisfaire ma curiosité. J'imagine que c'est vous qui avez maquillé le dossier de Lydia Vance afin de nous attirer jusqu'ici ?

Grove afficha une moue satisfaite.

— Vous devriez m'accorder une médaille pour avoir deviné que John Vance était à l'origine de toute cette histoire. J'ai commencé à me poser des questions en découvrant la deuxième lettre. En tant que chargé de liaison, c'était un jeu d'enfant pour moi de percer les secrets des enquêteurs du FBI. Un excellent moyen de surveiller vos faits et gestes. Quand est arrivée la troisième lettre, plus aucun doute n'était permis. Sachant que Vance était mort depuis longtemps, victime d'un accident de la route, j'avoue avoir été perplexe avant de comprendre. Il n'y avait qu'une explication possible.

Il secoua la tête.

— Qui aurait pu penser que le petit Vance, avec ses airs de chien battu, deviendrait un tueur en série ?

— Vous avez retiré l'annonce de décès de John Vance de son dossier avant d'y ajouter ce faux interrogatoire qui nous a conduits tout droit à Canepatch. Vous n'aviez plus qu'à nous y attendre.

— J'ai surtout supprimé toute mention du fils pour ne pas éveiller vos soupçons.

— Vance aurait sûrement été heureux de vous poser quelques questions, lui aussi. Car j'imagine que c'est vous qui avez tué sa femme. Je me trompe ?

— Vous êtes un petit malin, pas comme vos confrères. Pour votre gouverne, la mort de Lydia était un accident.

— Vous étiez son amant. Quand vous avez appris que son mari rentrait aux États-Unis et qu'elle avait l'intention de tout lui avouer, vous l'avez tuée afin de vous assurer de son silence, histoire de préserver votre carrière. Votre expérience dans la police vous avait montré à quel point il était facile de maquiller un meurtre en suicide.

— Je le répète, c'était un accident.

— Faites-moi grâce de ce genre de cliché ! Vous avez œuvré suffisamment longtemps au sein de la brigade criminelle pour connaître la valeur des protestations d'innocence. *C'était un accident*, prononça Pendergast sur un ton geignard.

Le sourire satisfait de Grove s'effaça.

— Je vous emmerde...

— Le mari de Lydia, qui avait appartenu à la police militaire, a tout de suite pensé à un crime, même s'il ne détenait pas de preuve. Il le *sentait*. Jamais il n'a réussi à convaincre les hommes de la Criminelle de Miami, j'imagine que vous vous êtes employé à brouiller les pistes, en échangeant des radiographies potentiellement dangereuses pour vous avec celles d'une véritable victime de suicide, par exemple.

Grove le fusilla du regard.

— Il était fort habile de votre part de laisser dans le dossier, pour davantage de crédibilité, les traces du harcèlement bien réel dont la police de Miami a été victime de la part de Vance.

— Je suis heureux de vous l'entendre dire. En tout cas, Vance est mort depuis belle lurette. Une fois que je vous aurai éliminés, Coldmoon et vous, je n'aurai plus qu'à m'occuper de M. Cœur-Brisé. Je rendrai service à la planète en le fumant comme un chien.

— Tant de grandeur d'âme me laisse pantois... sachant que c'est vous qui êtes à l'origine de sa carrière.

— Des conneries, oui !

— Pas le moins du monde. C'est vous qui êtes responsable de ce long enchaînement de meurtres. Vous en êtes même le *primum mobile*, et vous ne pouvez plus l'ignorer dorénavant. Combien de meurtres vous doit-on, exactement ? Faisons nos comptes : Lydia Vance, Jasmine

Oriol, Laurie Winters, Mary Adler, Élise Baxter, Agatha Flayley, et cela sans compter les femmes tuées par Cœur-Brisé : Felice Montera, Jenny…

— Je vous répète que je n'y suis pour rien. Lydia voulait tout avouer à son mari. J'ai essayé de la raisonner, nous en sommes venus aux mains, et puis…

Pendergast reprit sa voix de fausset.

— *J'ai essayé de la raisonner, nous en sommes venus aux mains, et puis… eh bien je l'ai étranglée.*

— Fermez votre gueule !

— Contrairement à ce que vous affirmez de façon pusillanime, ces meurtres sont le résultat direct de vos actions, commandant. Inutile de vous enfermer dans le déni. Vous êtes responsable de neuf meurtres inutiles, aussi absurdes que cruels.

— Assez ! grinça Grove en mettant Pendergast en joue.

L'inspecteur, avec un détachement résigné, vit l'index du commandant se crisper sur la détente. Les muscles tendus, il se tint prêt à sauter dans les eaux troubles du marais tout en sachant que son geste serait inutile.

Du moins aurait-il lutté jusqu'à son dernier souffle.

47

Pendergast s'armait de courage pour le saut final lorsqu'un bruit sec se fit entendre sur le bateau. La tête de Grove bascula en avant, comme s'il avait reçu une tape sur la nuque. Le fusil tressauta entre ses doigts et le coup partit, mais la balle se perdit dans les profondeurs du bayou. La détermination sur le visage de Grove laissa place à l'étonnement et le commandant tourna sur lui-même dans un mouvement d'une parfaite élégance, révélant une hachette plantée dans sa nuque. Il resta comme suspendu une fraction de seconde, puis il tomba dans l'eau tête la première.

Le bruit provoqué par sa chute, ajouté au mélange de sang et de matière grise qui s'échappaient de la plaie provoquèrent un bouillonnement frénétique dans le marigot. Une douzaine d'alligators convergèrent vers l'hydroglisseur dans un concert de claquements de mâchoires et de battements de queue. Les reptiles se jetèrent sur le corps et le déchiquetèrent en quelques secondes.

Pendergast vit soudain apparaître un kayak fatigué manœuvré par un jeune homme armé de rames. Il était mince et musclé et un large sourire éclairait son visage couturé de cicatrices. Sur son T-shirt s'étalaient les mots : CETTE SAVEUR AMÈRE DE L'AMOUR[1]. Il leva un bras en guise de salut et ses lèvres s'écartèrent sur une langue

1. Il s'agit du titre d'un roman de Joyce Carol Oates (1990).

d'un rouge vif derrière des dents plantées dans tous les sens.

— Inspecteur Pendergast? C'est moi.

— M. Cœur-Brisé, répondit Pendergast.

Le jeune homme monta à bord de l'hydroglisseur dont il tourna la clé de contact. Le moteur au ralenti, il dirigea le bateau vers la souche en traversant la masse des alligators afin que Pendergast puisse le rejoindre. Le jeune homme cracha dans l'eau en direction des reptiles qui achevaient de se disputer leur proie et un long couteau de cuisine, sa lame noire tranchante comme un rasoir, apparut dans sa main.

— C'est donc lui qui a tué ma mère. J'aurais dû me douter qu'il s'agissait d'un flic. Je vous suis depuis votre intervention à la télévision…

— Je sais, l'interrompit Pendergast en lui prenant le volant des mains. Nous aurons tout le loisir d'en discuter plus tard. Pour l'heure, nous avons une urgence.

— Non, non! Je ne peux pas abandonner Archy!

— Le temps nous est compté.

Le poing du jeune homme se crispa autour du manche de son couteau.

— Mais Archy… je ne peux pas l'abandonner à ces alligators!

Pendergast se retourna et posa sur lui un regard impérieux.

— En tuant cet homme, vous avez sauvé une vie. La mienne. Vous avez l'occasion à présent d'en sauver une seconde, celle de mon équipier. Il a été grièvement blessé, il nous faut le secourir.

Le jeune homme le dévisagea de ses grands yeux cernés de rouge.

— Je m'en fiche. Ma mère est morte et personne ne l'a ramenée à la vie. «La mort a cent mains et marche de mille façons[1].»

1. Citation de la pièce *Meurtre dans la cathédrale*, de T. S. Eliot.

— Ne vous réfugiez pas dans la littérature. C'est une démarche lâche, et vous n'êtes pas un lâche. Nous vivons dans un monde réel, peuplé de personnes réelles qui vivent, souffrent et meurent.

— Oui, et la violence est notre unique recours.

— La violence vous a-t-elle aidé? Avez-vous fini d'expier? Vous sentez-vous guéri?

Pendergast baissa la voix avant de poursuivre:

— Croyez-moi, je *sais* ce qu'est la violence.

Cœur-Brisé le regardait, sans voix, ses traits contractés par l'émotion.

— La violence vous a-t-elle rendu votre mère, en dépit de toutes les tentatives de votre père? Que vous a donc apporté la violence? La violence est sans doute un recours, mais le *dernier* de tous.

Un gémissement de désespoir s'échappa des lèvres du jeune homme.

— Je vous invite à ressentir la souffrance que vous avez provoquée chez les autres par la violence. Ressentez la perte, la terreur et le chagrin, et vous commencerez à expier.

Pendergast baissa à nouveau la voix.

— Je vous sentais derrière moi. Je l'espérais, en tout cas. Nous sommes l'un en face de l'autre à présent. Le reste vous appartient.

Il tendit la main.

— Votre couteau, tout d'abord.

Le jeune homme resta un long moment immobile, puis il tendit la main et Pendergast s'empara doucement du couteau qu'il empocha avant de se retourner et de mettre les gaz. L'hydroglisseur bondit en avant dans un rugissement et Pendergast le dirigea vers la terre ferme où il s'échoua dans la boue. Il sauta à terre d'un bond et traversa les taillis au pas de course en direction de l'éboulement. Une minute plus tard, il arrivait au bord du cratère et découvrait Coldmoon au fond du trou, péniblement accroché à une racine, à peine conscient, tout juste capable de maintenir sa tête hors de l'eau. Plusieurs mocassins d'eau nageaient dans la mare boueuse, rougie de son sang, dans laquelle il gisait.

— Tenez bon! lui cria Pendergast.

Il s'agrippa à un arbuste et entama la descente du cratère en passant de racine en racine le plus vite qu'il le pouvait. Parvenu au fond, il nagea jusqu'à Coldmoon sans se soucier des serpents, lui enferma le torse dans ses bras en lui maintenant la tête hors de l'eau et le ramena au bord de la mare. En levant la tête, il vit M. Cœur-Brisé qui l'observait depuis le bord du cratère, le visage sans expression.

Pendergast, serrant Coldmoon contre lui, saisit une première racine et entama une lente remontée le long de la pente glissante. En approchant du but, à la limite de l'épuisement, il tourna son visage vers M. Cœur-Brisé.

— Donnez-moi la main, haleta-t-il.

Le jeune homme l'observa, ses traits déformés par l'indécision. Il regarda d'un côté, puis de l'autre, comme s'il cherchait par où fuir. L'hydroglisseur se trouvait sur la rive, il avait toute latitude de disparaître.

— Vous pourriez vous enfuir, insista Pendergast en devinant la lutte intérieure qui se jouait dans l'âme de Cœur-Brisé. Mais je sais que vous ne le ferez pas. Pas si vous souhaitez sincèrement expier vos fautes, en tout cas.

Le jeune homme tendit le bras et attrapa Coldmoon d'une main, puis il saisit Pendergast de l'autre, et hissa les deux hommes sur le rebord du trou. Coldmoon, allongé sur les fougères écrasées, avait perdu connaissance. Pendergast prit son pouls, s'assura que sa trachée n'était pas obstruée, et procéda à un examen superficiel de ses blessures. Blessé par balle, peut-être mordu par un serpent, il respirait difficilement à cause de l'eau qui noyait ses poumons. Pendergast le tourna sur le flanc et lui tapa dans le dos en le secouant. Coldmoon toussa violemment, un mélange d'eau et de sang s'échappa de sa bouche. Il avait une respiration sifflante, probablement souffrait-il d'un pneumothorax, peut-être même pire.

— Aidez-moi à le hisser sur le bateau.

Cœur-Brisé et Pendergast transportèrent Coldmoon jusqu'à la rive où ils le déposèrent sur le siège arrière de l'hydroglisseur en lui calant la tête à l'aide d'un gilet de sauvetage avant de recouvrir son corps d'une bâche. Pendergast mit le contact, la main sur le volant, et enclencha la marche arrière.

— Poussez-nous, ordonna-t-il au jeune homme.

Cœur-Brisé obtempéra, sauta à bord et prit place derrière Coldmoon pendant que Pendergast exécutait un demi-tour et regagnait Paradise Landing à pleine vitesse en évitant les cyprès et les bancs de sable couverts d'herbe.

Il se rangea le long du ponton, sauta à terre et se précipita vers la Mustang. Il ouvrit la portière, empoigna le micro de la radio et s'empressa d'indiquer ses coordonnées au central en signalant qu'il fallait évacuer son collègue d'urgence.

Cette mission accomplie, il regagna le bateau et se pencha sur Coldmoon. La vie du jeune inspecteur ne tenait plus qu'à un fil, son cœur battait trop vite et de façon désordonnée, mais il respirait encore. Sa peau était froide et moite. La blessure par balle saignait modérément, restait à savoir quels dégâts elle avait provoqués sur son passage. Le mieux était encore de bouger le blessé le moins possible en attendant l'arrivée des secours.

— Je... je peux vous aider? s'enquit Cœur-Brisé.

— Oui, répondit Pendergast en détachant les menottes de la ceinture de Coldmoon avant de les lancer au jeune homme. Vous êtes en état d'arrestation.

Cœur-Brisé tâtonna un moment avec le mécanisme des menottes avant de parvenir à les refermer autour de ses poignets.

— Je suis désolé, dit-il, soudain pris du besoin de se confier. Je sais que vous comprenez. Vous l'avez dit vous-même à la télévision, en expliquant aux gens que je n'étais pas un monstre. Je crois pourtant que vous ne mesurez pas l'ampleur de mon chagrin. Tout ce que vous avez dit ce soir-là, au sujet de la violence, du besoin d'expier…

Le flot des paroles se tarit soudain, le temps d'un silence.

— Je suis incapable de traduire mon chagrin par des mots. J'ai essayé, mais je n'y arrive pas. Stephen Crane a pourtant réussi, lui. Je pourrais vous citer…

— Nous aurons le temps plus tard, le coupa Pendergast d'une voix douce.

Et tandis qu'il serrait la bâche autour du corps de Coldmoon, un battement de pales d'hélicoptère résonna dans le lointain, de l'autre côté des bois.

48

Pendergast regarda l'hélico des secours reprendre l'air en emportant son collègue. Coldmoon, plongé dans le coma, serait bientôt pris en charge à l'hôpital universitaire de Miami.

Le silence retomba sur le ponton délabré de Paradise Landing. Pendergast voulut faire monter Cœur-Brisé à l'arrière de la Mustang, mais ce dernier lui demanda l'autorisation de récupérer ses affaires dans son propre véhicule, dissimulé au milieu des herbes sauvages un peu plus loin. Les affaires en question n'étaient autres qu'un recueil de poèmes. Cœur-Brisé prit place sur la banquette arrière de la Mustang en se balançant d'avant en arrière, le livre serré entre ses mains menottées. Pendergast crut reconnaître les vers qu'il marmonnait.

Dans le désert
Je vis une créature nue, bestiale[1],

Pendergast se glissa derrière le volant, alluma le gyrophare et fit rugir le moteur. Il effectua un demi-tour dans un nuage de poussière et s'élança sur le petit chemin, sirène hurlante. Une fois sur la route goudronnée, il enfonça la pédale d'accélérateur et l'aiguille franchit la

1. Il s'agit du poème «In the Desert» (1895) de Stephen Crane.

barre des cent soixante à l'heure. La végétation défilait de l'autre côté des fenêtres dans un brouillard vert.

Qui, accroupie sur le sol,
Tenait son cœur entre ses mains
Et le mangeait.

Pendergast aperçut des gyrophares dans le lointain et crut deviner que la brigade criminelle de Miami ralliait Canepatch afin de collecter des indices et récupérer les restes du corps de Grove. Quelques minutes plus tard, il croisait un cortège de voitures de patrouille et de camionnettes dont les sirènes s'éteignirent rapidement dans son sillage.

Il s'arrêta sur le bas-côté dix minutes plus tard en entendant grésiller sa radio. Il décrocha le micro et une voix lui signala que Coldmoon, dans un état critique, avait été conduit au bloc dès son arrivée à l'hôpital.

Je lui demandai: «Est-ce bon, mon ami?»

Pendergast croisa d'autres véhicules de police en s'engageant sur Tamiami Trail. Les yeux rivés sur l'horizon, concentré sur la route qui s'étendait droit devant lui, il roulait à plus de deux cents kilomètres-heure tandis que Cœur-Brisé poursuivait sa récitation d'une voix monocorde.

«C'est amer, amer», répondit-il.

Le grésillement de la radio se fit entendre une nouvelle fois.

— Pendergast, dit-il dans le micro.

— Lieutenant Sandoval. J'ai bien compris ce qu'on m'a dit? Vous avez vraiment arrêté Cœur-Brisé?

— C'est exact.

— Nous sommes en contact avec vos collègues du FBI. Le mieux est encore de nous retrouver directement dans leurs locaux.

— Compris. Des nouvelles de Coldmoon?

— Ils sont en train de l'opérer, mais les médecins ne sont guère optimistes. Je suis sincèrement désolé. Quand je pense que c'est ce salopard de Grove qui...

Pendergast raccrocha le micro et enfonça la pédale d'accélérateur jusqu'au plancher.

Les autres véhicules s'écartaient prudemment de sa route en entendant hurler sa sirène. Sur la banquette arrière, Cœur-Brisé continuait de se balancer doucement en remuant les lèvres. La circulation se faisant plus dense à mesure qu'apparaissaient les faubourgs de Miami, Pendergast ralentit progressivement. Il traversa Tamiami, puis Sweetwater, avant de se retrouver englué dans les embouteillages.

«Mais j'aime cela
Parce que c'est amer,

La Mustang roula au pas jusqu'à la bretelle d'accès au Reagan Turnpike. Vingt minutes plus tard, il atteignait le QG du FBI. À peine avait-il franchi les barrières qu'il était accueilli par une nuée d'agents fédéraux et de flics de Miami. Une demi-douzaine de personnes se précipitèrent vers la Mustang afin d'ouvrir la portière arrière et Cœur-Brisé se laissa emmener sans résister.

Sandoval s'approcha, saisit le bras de Pendergast et l'aida à descendre de voiture.

— Toutes mes félicitations, inspecteur. Pardonnez ma question, mais qui est ce garçon? Quelle est sa véritable identité?

— Il se nomme Vance, répondit Pendergast en voyant les policiers enchaîner les chevilles du prisonnier. Je souhaiterais qu'on me conduise en hélicoptère à l'hôpital universitaire.

Des agents fédéraux qui avaient entendu cette requête donnèrent des ordres à grands renforts de gestes. Cœur-Brisé, lourdement enchaîné, allait disparaître en compagnie des policiers qui le maintenaient lorsqu'il marmonna une dernière phrase à l'adresse de Pendergast :

« Et parce que c'est mon cœur. »

*

La portière de l'hélicoptère coulissa et Pendergast sauta sur le toit de l'hôpital universitaire de Miami où l'attendaient plusieurs de ses collègues du FBI, ainsi que des représentants de la police de Miami. Sans un mot pour eux, il se précipita au pas de course, malgré sa blessure à la cuisse, et s'engouffra dans le bâtiment en négligeant les ascenseurs au profit des escaliers. Arrivé à l'étage du service de chirurgie, il se dirigea vers la petite salle d'attente voisine du bloc où patientaient deux hommes du Bureau.

— Comment va Coldmoon ?

— Le mieux est encore de poser la question aux médecins, inspecteur.

Pendergast hocha la tête et entama une ronde nerveuse dans la petite pièce.

Une chirurgienne le rejoignit enfin, sa blouse couverte de sang.

— Monsieur Pendergast ? Je suis le docteur Webern, se présenta-t-elle sans lui tendre la main.

— Enchanté, docteur. Comment va-t-il ?

Elle eut une hésitation.

— Eh bien, c'est un garçon résistant, mais je dois vous avouer qu'il se trouve dans un état critique.

— Quelles sont ses chances ?

— Je peux difficilement me prononcer. La balle a traversé un poumon en provoquant une importante plaie thoracique. Il a perdu beaucoup de sang et la morsure de ce mocassin d'eau n'a pas aidé, le venin induisant une coagulopathie. Je suis surprise qu'il soit encore en vie. Huit chirurgiens et quatorze infirmiers s'occupent actuellement de lui, ce sont tous des as, il est entre de bonnes mains.

Pendergast opina sans un mot.

— Mais peut-être aimeriez-vous voir un psychologue, ou un prêtre ?

— C'est inutile, je vous remercie.

La chirurgienne fronça les sourcils.

— Vous êtes sûr de vouloir attendre ici tout seul, inspecteur Pendergast ? Vous êtes blessé à la jambe.

— Tout va bien, je vous assure.

— Dans ce cas, je vous laisse. Je retourne au bloc.

— Bien évidemment.

Le docteur Webern lui adressa un sourire timide, releva son masque et s'éclipsa.

49

Il n'avait pas fallu soixante-douze heures pour que le personnel soignant manifeste son agacement.

Coldmoon avait repris connaissance une première fois en salle de réveil. Il avait d'abord cru nager en plein cauchemar, enfermé dans une cellule aux murs verts pleine d'individus masqués qui s'agitaient dans la lumière criarde de néons aveuglants. Il avait compris en se réveillant la fois suivante qu'il ne s'agissait pas d'un rêve. Les médecins se succédaient à son chevet en discutant de son cas à voix basse, les infirmières mesuraient ses signes vitaux avant d'injecter des produits dans sa perfusion, et puis il se rendormait, bercé par les bips et le ronronnement des machines. Cette étape dura le temps d'une éternité, rythmée par des périodes de léthargie et de conscience dont il finit par comprendre qu'elles n'avaient pas excédé une journée.

Lorsqu'il se réveilla pour de bon dans une chambre individuelle, il avait faim, soif, et souffrait beaucoup. Une fois nourri, si l'on pouvait parler de nourriture, les médecins lui avaient expliqué qu'il avait eu beaucoup de chance, étant donné le calibre de la balle et l'emplacement de sa blessure, mais qu'il allait s'en tirer.

Deux jours de plus s'écoulèrent avant qu'il trouve la force de se plaindre. C'était infernal. On ne lui donnait que du décaféiné, sans qu'il puisse convaincre les infirmières de lui préparer du café à sa façon. Il y avait bien une machine dans le local de pause du personnel, mais chaque fois qu'une âme compatissante laissait la verseuse sur la plaque chauffante, la collègue qui prenait sa place au moment du changement de poste jetait le café bouilli afin d'en filtrer du frais. Coldmoon se plaignait avec tant de virulence que les infirmières finissaient invariablement par lui administrer un sédatif.

Il observait d'un air maussade les immenses palmiers dans le bleu immaculé du ciel d'avril, de l'autre côté de la vitre, lorsque la porte s'ouvrit. Coldmoon vit trois silhouettes s'avancer dans la pièce. Il écarta les paupières en grimaçant légèrement sous l'effet de la douleur et reconnut son patron, le directeur adjoint Pickett, accompagné du docteur Fauchet, vêtue d'une robe pastel comme elle les affectionnait, et d'une ombre noire qui se matérialisa sous la forme de l'inspecteur Pendergast. Le trio se pencha au-dessus de lui.

— Il était temps, grommela-t-il.

— Je suis déjà venu, se défendit Pickett. Vous n'étiez pas en état de vous en apercevoir.

— L'hôpital m'a refusé toute visite jusqu'à présent, alors que je suis médecin, se justifia Fauchet.

Pendergast préféra ne rien répondre. Au fond de sa conscience, Coldmoon avait pourtant le sentiment d'avoir vu à plusieurs reprises ce visage d'albâtre et ce costume funèbre hanter sa chambre.

Estrellita, l'une des infirmières, poussa la porte de la chambre avec une tasse de café sur un plateau. Elle allait repartir lorsque Coldmoon lui fit signe d'attendre. Il goûta le liquide tiède et lui tendit la tasse.

— Il n'a pas suffisamment infusé. Rapportez-le-moi dans quelques heures.

L'infirmière le fusilla des yeux et se tourna vers Pickett.

— Plus tôt il sortira d'ici, mieux on se portera.

Pickett s'approcha du malade et lui prit doucement la main.

— Vous croyez pouvoir vous souvenir de ce que je vais vous dire, cette fois ?

— Je vais essayer.

— Vous allez vous en tirer. Vos blessures sont en voie de guérison, bien que vous ayez perdu beaucoup de sang, et il n'y a pas de trace d'infection. Surtout, vous êtes un héros. Vous allez recevoir l'Étoile du FBI.

— Vraiment ?

— Oh oui.

— C'est drôle, je n'ai aucun souvenir de m'être comporté en héros. Je ne me souviens de rien. On se dirigeait vers la vieille maison quand la terre s'est ouverte sous nos pieds.

— C'est à peu près cela, intervint Pendergast en sortant de son silence.

— En parlant de héros, reprit Pickett, Pendergast vous a sauvé la vie et il a réussi à capturer Cœur-Brisé. Une grande première pour lui, les coupables ne lui survivent jamais habituellement. J'avais pensé lui attribuer la médaille du Courage avant de m'apercevoir qu'il l'avait déjà reçue à deux reprises. Et comme il a déjà la grosse tête…

La façon affable dont Pickett s'exprimait aurait pu laisser croire qu'il plaisantait, mais son sourire était forcé. Coldmoon tenta de se redresser avant de renoncer. Il n'avait pas les idées claires et se sentait constamment épuisé.

— Quelqu'un pourrait me dire ce qui s'est vraiment passé ?

— Les détails attendront, répliqua Pickett. L'essentiel est que Cœur-Brisé soit en prison.

— Qui était-ce ?

— Ronald, le fils de l'individu que nous comptions interroger, lui répondit Pendergast.

— John Vance était le vieux type blessé dans la véranda ?

— Non, l'homme aux cheveux blancs était le loueur d'hydroglisseurs. Qu'il repose en paix.

— Ronald Vance, répéta Coldmoon, songeur. Il vivait là-bas, à Canepatch ?

— Non, intervint Charlotte Fauchet. Il s'agissait d'une ancienne ferme d'alligators ayant appartenu autrefois à... mais c'est sans importance. Cœur-Brisé vivait dans un pavillon sinistre de Golden Glades.

— Où est-ce ?

— Un quartier du nord de Miami situé à une vingtaine de kilomètres d'ici. C'est moi qui ai découvert sa maison, précisa fièrement la légiste.

— Vous n'y êtes tout de même pas allée seule ?

Elle hocha la tête.

— Et vous êtes entrée chez lui comme ça ? Dans l'antre de Cœur-Brisé ?

— Bien sûr que non ! J'ai toqué à la porte avant de faire le tour de la maison. Comme personne ne venait m'ouvrir et que vos portables étaient sur messagerie, je suis repartie. Vous me croyez assez folle pour me hasarder dans la maison d'un tueur en série sans renfort ?

Une infirmière les interrompit :

— M. Coldmoon a besoin de se reposer.

— J'ai surtout besoin de caféine, rechigna l'intéressé.

— Vous n'avez pas voulu du café qu'on vous a apporté tout à l'heure.

— Il suffit de m'en donner un qui soit digne de ce nom, articula-t-il péniblement.

L'infirmière secoua la tête avec virulence.

— Armstrong Coldmoon, je me tue à vous répéter que si vous voulez du café bouilli, vous allez devoir quitter cet établissement.

— Armstrong ? répéta Pendergast.

— Oui, et alors ?

— C'est votre nom de baptême ?

— Le baptême n'a rien à voir là-dedans, mais c'est mon prénom, en tout cas.

Comme personne ne disait rien, Coldmoon comprit que ses interlocuteurs attendaient une explication.

— Mon arrière-arrière-grand-père faisait partie de ceux qui ont tué le général Custer. Les Lakotas prennent parfois le nom de l'ennemi qu'ils ont vaincu, si bien que le nom Armstrong est resté dans la famille depuis.

— M. Coldmoon a besoin de…

L'infirmière n'eut pas la possibilité d'achever sa phrase, Fauchet se chargea de l'entraîner dans le couloir en la bombardant de questions relatives au traitement du malade. La porte refermée, les trois hommes se retrouvèrent seuls.

Pickett se raidit, comme à l'approche d'une annonce officielle.

— Le moment est venu de vous signaler qu'un poste de directeur adjoint à la sécurité nationale s'est libéré à Washington et qu'on me l'a proposé. La réussite de cette enquête a indéniablement joué un rôle dans cette promotion.

Il s'éclaircit la gorge avant de poursuivre :

— Sans doute suis-je un chef de service exigeant, mais cela ne m'empêche pas de reconnaître les qualités de ceux qui m'entourent. Inspecteur Coldmoon, en plus de l'Étoile du FBI, j'ai demandé votre élévation au grade d'inspecteur principal.

Coldmoon, presque sans voix, se contenta de balbutier des remerciements. Pickett se tourna alors vers Pendergast.

— Inspecteur Pendergast, je l'ai dit, une bonne part du mérite de cette arrestation vous revient. Je pourrais vous proposer un poste d'inspecteur principal, mais je ne suis pas certain que vous accepteriez de diriger une équipe.

Pendergast s'inclina légèrement.

— Je refuserais, en effet.

Pickett regarda sa montre.

— Je vais devoir m'en aller, mais en quoi pourrais-je vous être utile ? Sur le plan professionnel, s'entend.

— À vrai dire, il y a bien un point sur lequel votre appui me serait précieux. Sans doute avez-vous le souvenir de l'accord que nous avons passé sur la terrasse du toit de mon hôtel, concernant mon… euh… mon mode de fonctionnement?

Le visage de Pickett s'assombrit.

— Bien sûr. Je compte bien m'assurer que mon successeur à New York continue de respecter votre façon de travailler, aussi peu orthodoxe soit-elle. À condition que les résultats soient au rendez-vous.

— Je m'y emploierai, le remercia Pendergast d'un mouvement de tête. Ce qui nous laisse un ultime point à régler. Je veux parler de la présence à mes côtés d'un équipier.

Ses traits, d'une pâleur extrême en temps ordinaires, étaient d'une blancheur de marbre.

— Vous vous en souviendrez sans nul doute, j'ai exprimé quelques réticences à l'idée de travailler avec l'inspecteur Coldmoon. Cela dit… je dois reconnaître que…

Coldmoon, voyant son embarras, l'interrompit:

— Un petit détail, au sujet de ma promotion.

Pickett et Pendergast se tournèrent vers lui.

— J'aimerais autant travailler avec quelqu'un d'autre, monsieur le directeur.

Pickett haussa les sourcils.

— Sans vouloir vexer l'inspecteur Pendergast, je ne suis pas certain qu'on soit toujours sur la même longueur d'onde tous les deux.

— Vous ne me vexez nullement, s'empressa de réagir Pendergast avant que Pickett ait pu ouvrir la bouche. À la lumière de ce qui a pu arriver aux collègues avec lesquels j'ai eu l'occasion de collaborer par le passé, ce n'est que justice. L'état dans lequel se trouve l'inspecteur Coldmoon en est la meilleure preuve. J'ai cru comprendre qu'une rumeur courait dans les couloirs du Bureau, selon laquelle je ne portais guère chance aux collègues qui me secondaient. Tel Jonas sur son navire, on me montre du doigt. Cette rumeur est absurde, mais elle est tenace.

— Très bien, décida Pickett en regardant les deux inspecteurs d'un air soupçonneux. Je ne peux que respecter votre requête, inspecteur Coldmoon.

L'infirmière pénétra en trombe dans la chambre, bien décidée à obtenir gain de cause cette fois.

— Dehors tout le monde.

— Bien sûr, se hâta de répondre Pickett. Inspecteur Coldmoon, vous aurez bientôt de mes nouvelles. Je vous souhaite un prompt rétablissement.

Pendergast allait sortir de la pièce à la suite du directeur adjoint lorsqu'il lança un regard en arrière.

— Je vous remercie, *Armstrong*.

— Vous me devez une fière chandelle, lui répondit Coldmoon, gagné par l'épuisement. À charge de revanche.

50

Roger Smithback regardait son écran d'un air pensif, les doigts figés sur le clavier. Les caisses de courrier avaient disparu, rendues inutiles par la capture du véritable Cœur-Brisé, et Miami avait retrouvé son visage ordinaire.

Le journaliste ne pouvait s'empêcher de penser que l'affaire n'était pas totalement élucidée. Il avait entendu les explications officielles de la police, bien sûr, mais trop de pièces manquaient au puzzle. Quel avait été le déclencheur dans la tête du tueur ? Et quel rapport y avait-il entre les crimes d'aujourd'hui et les suicides d'autrefois, dont on croyait comprendre qu'il s'agissait de meurtres déguisés ? En fin de compte, qui était coupable de quoi ? Smithback avait tenté d'en savoir davantage, mais on s'était contenté de lui répondre que M. Cœur-Brisé, Ronald Vance de son vrai nom, faisait l'objet d'examens psychiatriques poussés et qu'il était trop tôt pour connaître ses motivations.

Les explications qui entouraient la mort du commandant Grove lors d'une fusillade dans les Everglades étaient plus obscures encore. La police laissait entendre qu'il avait joué un rôle dans le déclenchement des meurtres en série, mais chacun sait que la police serre volontiers les rangs lorsqu'il s'agit de protéger ses brebis galeuses, si bien que personne n'acceptait de lui en dire plus.

Cette situation n'arrangeait pas ses affaires. Ses premiers articles avaient été très remarqués et ses lecteurs étaient avides de connaître la suite, mais il n'était pas mieux informé que ses collègues. L'intérêt du grand public commençait à s'émousser, les crimes de M. Cœur-Brisé passaient en arrière-plan et son rédacteur en chef songeait à le renvoyer dans son ancien service. Il avait fallu toute la pugnacité de Smithback pour que Kraski lui accorde le droit de publier un résumé de l'enquête.

Encore fallait-il le rédiger et Smithback était en panne, cela faisait plus d'une demi-heure qu'il n'avait pas écrit une ligne :

En attendant que les psychologues de la police de Miami et du FBI complètent leur évaluation de M. Cœur-Brisé, dont on sait à présent qu'il se nomme Ronald Vance, on ne peut que s'interroger sur ses motivations. À défaut de percer ses secrets, nous ne connaîtrons peut-être jamais les raisons qui l'ont poussé à vouloir «expier» avec tant de rage.

Henry Miller a écrit qu'«à moins d'accepter le fait que la vie elle-même est un mystère, il est impossible de savoir». À ce stade, qui sait si le mieux n'est pas d'accepter cette tragédie dans l'espoir de comprendre un jour ce qui l'a provoquée.

— Henry Miller, vraiment? s'éleva une voix douceâtre dans son dos. Vous montrez un bien mauvais exemple aux lecteurs du *Herald*, à un moment où la presse a pourtant besoin de toute l'aide qu'elle peut recevoir.

Smithback se retourna d'un bloc et découvrit l'inspecteur Pendergast derrière lui. Depuis combien de temps était-il là ?

— Seigneur, j'ai bien cru avoir une crise cardiaque !

— C'est une réaction courante chez ceux dont je croise la route, dit Pendergast en balayant du regard la salle de rédaction à moitié vide.

Il prit une chaise, s'y installa confortablement, croisa les jambes et observa le journaliste d'un air impassible.

— Votre frère aurait bouclé son article depuis longtemps.

— Sans doute, mais à l'inverse de moi, Bill ne s'embarrassait pas des détails lorsqu'il flairait un papier juteux.

— Quels sont donc les détails qui vous font défaut?

Smithback regarda son interlocuteur en plissant les paupières, intrigué.

— Vous plaisantez, ou quoi? Encore faudrait-il que Cœur-Brisé s'explique sur son mobile.

— Il a fourni toutes les explications dont il est capable. Il a avoué les trois meurtres récents, et reconnu son implication dans les faux suicides d'autrefois. C'est également lui qui a tué le commandant Grove.

— Pourquoi lui en voulait-il autant?

Tout en posant la question, il eut une idée.

— Attendez une petite seconde: ne me dites pas que c'est Grove qui a tué sa mère il y a douze ans?

Pendergast lui répondit par un sourire.

— J'ai compris! Le père allait gâcher la fête en rentrant à Miami, Grove s'est embrouillé avec sa maîtresse et il l'a «suicidée». C'est ça?

— Disons qu'il s'agit d'une hypothèse crédible.

— Vance se doutait que le suicide de sa femme n'en était pas un, mais les flics refusaient de l'écouter. J'imagine que Grove s'est évertué à brouiller les pistes.

— Poursuivez.

— Mais alors, pourquoi le père de Ronald a-t-il tué ces femmes en faisant croire à des suicides?

— Pourquoi, en effet? Quels points communs pouvaient bien avoir tous ces meurtres?

— Toutes ces femmes ont été étranglées, puis pendues.

— Quoi d'autre?

— Elles étaient toutes originaires de Miami.

Pendergast croisa les bras en regardant fixement Smithback.

— Quand John Vance est rentré chez lui et que les flics ont refusé de croire au meurtre de sa femme, il a pété les plombs et s'est embarqué dans une virée meurtrière à travers le pays en compagnie de son gamin.

Pendergast acquiesça lentement.

— Dans quel but?

Smithback se gratta la joue d'un air pensif.

— Il est... il avait peut-être l'intention d'avouer ses crimes par la suite de façon à humilier la police de Miami. Mais pourquoi ne pas tuer ses victimes en Floride?

— Ne le prenez pas pour un idiot. Au-delà du plaisir pervers qu'il prenait à ridiculiser la police locale, il ne voulait pas risquer l'arrestation avant d'en avoir terminé.

— C'est logique. Tuer était pour lui une sorte d'exutoire. Le jour où il en aurait eu assez, il aurait trouvé le moyen de traîner la police de Miami dans la boue pour son aveuglement. L'accident de la route dont il a été victime ne lui en a pas laissé le temps.

— Pas mal. Cela vous vaudrait la moyenne dans une école de journalisme. Cela dit, vous ne répondez pas à une question cruciale: le rôle du fils dans tout cela.

Smithback ne répondit pas sur-le-champ.

— D'après les flics, Cœur-Brisé a avoué le crime d'Ithaca. J'ai cru comprendre que son père voulait lui passer le flambeau, faire de lui un homme.

— Croyez-vous qu'il y était prêt?

Le journaliste hésita longuement.

— Non.

— Dans ce cas, poursuivez le raisonnement jusqu'à sa conclusion. *Pourquoi* les meurtres se sont-ils arrêtés?

— Je viens de vous le dire, à cause de cet accident d'auto.

Pendergast le sonda de son regard argenté.

— Attendez... vous voulez dire que ce n'était pas un accident? Que Ronald n'en pouvait plus et qu'il a voulu tuer son père et se suicider? Mais il n'était même pas en âge de conduire!

Pendergast resta silencieux.

— Après tout, poursuivit le journaliste, il a très bien pu s'agripper au volant au moment fatal.

Les idées s'enchaînaient à toute allure dans la tête du journaliste.

— Son père est mort, mais pas lui. Il était jeune, complètement perdu, et secoué par la mort de sa mère et les meurtres de ces femmes qu'il n'avait jamais voulus. Il a été lui-même grièvement blessé dans l'accident.

— Victime d'un traumatisme crânien. Dans le même ordre d'idée, la notice nécrologique de son père vous semblera sans doute édifiante. Je ne parle pas de celle publiée dans les colonnes du journal de Scranton, mais de l'article paru dans le *Greater Pittston Eagle*, tout près du lieu du drame. Il y est précisé avec une précision macabre que John Vance est mort empalé, le cœur transpercé par la colonne de direction. Le fils est resté prisonnier de la carcasse du break, coincé à côté du cadavre de son père pendant plus de quarante minutes, avant d'être désincarcéré par les secours.

— Mon Dieu, balbutia Smithback, sous le choc. Il a été hospitalisé dans un premier temps avant d'être interné par la suite, jusqu'à ce qu'on le croie guéri à l'âge adulte. Les médecins ont dû attribuer ses délires à l'accident, alors qu'il ressassait ses crimes passés. D'où ce besoin d'expier. C'est bien ça ?

— À peu près. Souvenez-vous de la lettre qu'il vous a envoyée : *Leurs morts ne demandent qu'à être vengées. Surtout la sienne. Elle était ma raison de vivre. Il me faut expier ma faute.* Je dirais que vous méritez un quinze, monsieur Smithback.

Mais le journaliste ne l'entendait même pas.

— Pendant toutes ces années, Grove a pensé qu'il s'en était tiré, sans se douter que le mari de sa maîtresse s'était lancé dans une virée meurtrière. Comment aurait-il pu être au courant puisque toutes ces femmes s'étaient officiellement suicidées ? Et voilà qu'à la veille de la retraite, il comprend que les meurtres d'aujourd'hui ont un rapport avec ceux d'autrefois, qui reproduisaient au détail près la façon dont il avait tué Lydia Vance. Il craint brusquement qu'on ne remonte jusqu'à lui.

Pendergast opina lentement.

— C'est de l'or en barre ! M'autorisez-vous à vous citer ?

— Me citer, moi ? Mais je ne vous ai rien dit. Je me suis contenté de vous poser des questions. Il vous suffira d'écrire que vous disposez d'une « source bien informée au sein de la police ».

— Je devrais pouvoir me débrouiller avec ça.

Smithback allait recommencer son article lorsque ses doigts s'immobilisèrent au-dessus des touches.

— Comment diable Cœur-Brisé pouvait-il prétendre expier ses anciens crimes en faisant de nouvelles victimes ?

— Seul Ronald Vance pourrait répondre à une telle question, à supposer qu'il le sache lui-même. Qui sait ce qui a pu se passer dans cet esprit tourmenté au cours de sa longue hospitalisation ? Une chose est certaine, il ne voulait pas que ses victimes souffrent, d'où sa décision de les égorger avec un couteau parfaitement aiguisé. Son unique but était de récupérer les... les *offrandes* dont il avait besoin.

— D'accord, fit Smithback.

Il fut pris d'une hésitation.

— Ne le prenez pas mal, mais... euh... pourquoi m'aidez-vous de la sorte ?

Pendergast tira nerveusement sur ses poignets de chemise.

— La Nouvelle-Orléans, dont je suis originaire, est une terre de superstitions tenaces. Votre frère Bill était un ami et je redoutais que son ombre vienne me hanter si je ne me décidais pas à vous soutenir dans votre enquête.

— Vous avez probablement raison, approuva Smithback en laissant courir ses doigts sur le clavier de son ordinateur.

Il s'escrimait depuis une bonne minute lorsqu'il s'arrêta.

— Ah, un dernier détail ! Tout ça ne m'explique pas comment le commandant Grove a réussi à vous attirer avec votre collègue dans…

Mais lorsque le journaliste se retourna, Pendergast avait disparu.

Cet ouvrage a été composé
Par Atlant'Communication au Bernard (Vendée)

Impression réalisée par
CPI France
en avril 2019
pour le compte des Éditions de l'Archipel
département éditorial
de la S.A.S. Écriture-Communication.

Imprimé en France
N° d'impression : 3033456
Dépôt légal : mai 2019